https://www.ludwigs-literatur.com/

Simone Guggemos

Festspielschmaus –
Immer so ein Theater mit Ludwig

Bibliografische Information der Deutschen Nationalbibliothek
Die Deutsche Nationalbibliothek verzeichnet diese Publikation
in der Deutschen Nationalbibliografie, detaillierte bibliografische
Daten sind im Internet über http://dnb.dnb.de abrufbar.

Lektorat: Christin Ullmann
Korrektorat: Martha Wilhelm
Cover :   Anke Koopmann,
                                             Designomicon, München

Herstellung und Verlag
BoD –Book on Demand, Norderstedt

ISBN: 9783746088433

Kapitel 1

Das Wasser schimmerte schwarz im Halbdunkel der gedämpften Scheinwerfer, als ob jemand die Wasseroberfläche mit Diamantenpulver bestäubt hätte. Immer wieder berührte mich dieser Anblick aufs Neue, denn gleich würde König Ludwig aus den Fluten auftauchen. Ich sah ihn schon unter Wasser, mit großen Zügen schwamm er an den Beckenrand.

»So, mein Lieber, jetzt bist du dran!«, zischte Andreas Fischbach zwischen den Zähnen hervor und schlich langsam Richtung Bassin, ohne mir Beachtung zu schenken.

Ich traute meinen Augen nicht. Was machte Fischbach hier? Der Geschäftsführer befand sich doch sonst nie um diese Zeit hinter der Bühne.

König Ludwig tauchte mit der dunklen Haarpracht aus dem Wasser auf, wollte sich gerade am Beckenrand hochstemmen, als Fischbach ihm mit einer Holzlatte so auf den Schädel schlug, dass dieser benommen im Wasser zurücktaumelte. Blut ergoss sich als schwarze Flüssigkeit in das Becken. Oder bildete ich mir das nur ein? *Was verdammt noch mal soll das?* Ich geriet in Panik, fühlte, wie meine Nackenhaare sich aufstellten. Und war dabei wie gelähmt. König Ludwig fasste sich mit einer Hand an die Kopfwunde, wollte zurück zum Beckenrand schwimmen, dachte wohl, das wäre ein Unfall, aber wieder holte Andreas Fischbach aus, um auf den ahnungslosen König einzudreschen.

Das kann ich nicht zulassen, dachte ich, rannte um das Bassin herum. Dabei machten meine Krallen auf den Holzdielen klackernde Geräusche. Um Schlimmeres zu verhindern, biss ich Fischbach in die Wade. Nicht gerade sanft.

Dieser konnte es nicht fassen, wollte mit dem Holz nach mir schlagen, doch dank seiner stark blutenden Wunde, die nun all seine Aufmerksamkeit auf sich zog, konnte er mich weder mit der Latte treffen noch mich verfolgen.

»Du Sauhund. Ich bring dich um«, schrie er.

Da erschien endlich Sissi in der Türe zur Hinterbühne. Keine Sekunde zu früh. Sie eilte zu mir, und ich sprang mit meinen Vorderbeinen an ihr hoch. Schützend hob sie mich auf ihre Arme.

»Du bringst hier niemanden um«, fauchte sie Fischbach an, ihre grünen Augen funkelten bedrohlich und wirkten noch grüner als sonst. Nun tauchte König Ludwig wieder auf und kletterte aus dem Wasserbecken. Sissi schrie um Hilfe. Alles ging unglaublich schnell, während das Orchester im Zuschauerraum unbehelligt von dem Tumult, der hinter der Bühne ablief, weiterspielte. Thomas Gubath alias König Ludwig hielt sich geschockt die blutende Platzwunde. Die hohen, schwarz gestrichenen Betonwände und ebenholzfarbenen Holzdielen ließen das ganze Geschehen noch unheimlicher wirken.

Es herrschte ein wildes Stimmengewirr. Andere Schauspieler, Bühnentechniker und Giovanni Bellini, Intendant und Regisseur, rasten auf den hinteren, für die Zuschauer nicht sichtbaren Teil der Bühne, wo sich das Wasserbecken befand.

Fünfzehn Minuten später saßen wir alle im Probenraum, einem schmucklos gehaltenen Raum mit einer Spiegelwand und ein paar Stühlen. Dank des beherzten Einsatzes des Regisseurs hatte alles noch so hingedreht werden können, dass das Publikum des Musicals »Ludwigs Träume« auf der anderen Seite der Bühne nichts von dem hoch dramatischen Zwischenfall mitbekommen hatte, nachdem König Ludwig wie immer am Ende der Vorstellung im Wasser verschwunden war. Ich war immer noch sehr erregt und wich Sissi nicht von der Seite, saß schwer neben ihr auf einem Mauervorsprung. Auch bei den anderen herrschte helle Aufregung.

Thomas saß mit seinem dicken weißen Kopfverband und Wut im Gesicht auf einem der grauen Stühle. Die Maskenbildnerinnen hatten sich seiner Wunde angenommen, sahen ihn mitleidig an und eine hielt seine Hand.

Fischbachs Bein war notdürftig versorgt worden. In seinem grauen Jackett und rosa Hemd saß der Mann auf einem der Stühle und schaute mich aus abgrundtief bösen Augen durchdringend und stolz an. Nur die roten nervösen Flecken am Hals und im Gesicht zeigten, dass er wütend war. Bellini hatte ihn auf einen Stuhl in der ersten Reihe verbannt, wo ihn alle im Blick hatten und ihn unter Kontrolle halten konnten.

»Der Köter muss eingeschläfert werden, ein Hund, der beißt, hat hier nichts verloren, schon gar nicht auf der Bühne!«, fauchte er.

Frauchen Sissi wollte gerade dazu ansetzen, mich zu verteidigen, als König-Ludwig-Darsteller Thomas Gubath zu reden begann. »Sie sind jetzt mal lieber ganz ruhig«, sagte er gedehnt, wobei er das »Sie« und das »ganz« extra betonte. Wütend fixierte er Fischbach. »Muss ich Ihrem Gedächtnis ein wenig auf die Sprünge helfen? Sie wollten mich umbringen!« Der attraktive junge Schauspieler schien langsam seine Fassung wiederzufinden, während er diese Worte aussprach. Mittlerweile trug er nicht mehr seine elegante blaue Uniform mit weißer Reithose und Stiefeln, sondern Jeans und Pullover. Wie konnte er nach diesem vereitelten Attentat so ruhig sein? Frauchen war noch ganz außer sich, ich konnte ihre Aufregung förmlich spüren und riechen. Alle im Raum waren geschockt. Gespannte Stille herrschte, während Thomas fortfuhr: »Und mein kleiner Namensvetter Ludwig hier hat mir soeben das Leben gerettet.«

Fischbach sprang auf, seine Augen verengten sich zu Schlitzen. »Reden Sie keinen Blödsinn«, kam leise und bedrohlich aus seinem Mund, der beim Sprechen nur die untere Zahnreihe zeigte.

Zwei andere Schauspieler waren aufgesprungen und deuteten ihm mit bösen Blicken, sich wieder zu setzen.

»Na, na, na. Sie wollten mich gerade mit einer Latte ohnmächtig schlagen, ich sollte zurück ins Becken fallen und die ganze Sache hätte ausgesehen wie ein Unfall, ein Herztod, was weiß ich.«
Ich bellte zustimmend, während ein ungläubiges Raunen durch den Raum ging.
»So, der Ludwig gibt mir recht, seht ihr? Ich weiß nämlich zu viel von den dunklen Machenschaften des Geschäftsführers und Finanzvorstands, der unser geliebtes Musical langsam, aber sicher in den Ruin treiben will.«
»Wieso denn das?«, fragte ein anderer Schauspieler.
Thomas lächelte souverän und setzte eine Kunstpause, um seinen Worten Nachdruck zu verleihen und den Zuhörern Zeit zu geben, das Gesagte zu verdauen.
Der Regisseur wurde leichenblass.
»Jetzt ham mer endlich einen Beweis dafür«, ergriff jetzt Schauspieler Gerhard Wackerl das Wort. »Ich hab's dir eh scho immer gsagt, Giovanni, der Hund spielt falsch. Ned du, Ludwig, der Fischbach.«
Ich bellte wieder zustimmend. Die Schauspieler starrten einander ungläubig an.
»Das ist der größte Blödsinn, den ich je gehört habe!«, versuchte Fischbach, sich zu verteidigen.
Ich vertraute ihm kein Stück weit.
»Ich habe die Pläne und Dokumente von diesem Herrn Wolf doch in deinem Büro gesehen, du Schuft! Bevor du zurückgekommen bist und mich erwischt hast, hatte ich schon alles kopiert«, erwiderte Thomas triumphierend.
Ihre Blicke trafen sich wieder für einen Moment, dann wandte Thomas sich traurig und ernst an Giovanni Bellini. »Du, mein Lieber, bist viel zu gutmütig und hast dich von diesem Schurken einlullen lassen; schon seit Monaten investiert der keinen Cent mehr in PR-Maßnahmen oder Werbung. Wir sind nicht mehr gut ausgelastet, wir schreiben rote Zahlen.«

»Diese böse und unhaltbare Unterstellung muss ich mir nicht anhören!« Mit diesen Worten stand Fischbach auf und verließ den Raum, der in eine Schockwolke des Schweigens gehüllt war, bis Bellini sie durchbrach.

»Das wird ein rechtliches Nachspiel haben. Wir wollen dich hier nie wieder sehen«, schrie er ihm theatralisch hinterher.

Eine der Nymphen, Chantal Dychenne, die mit überkreuzten Beinen elegant auf dem Boden saß, brach in leises Schluchzen aus. Aus einem Gespräch zwischen Sissi und Chantal hatte ich gehört, dass ihr Vater aus Togo kommt, ihre Mutter aus München, wo sie seit ihrem sechsten Lebensjahr wohnt. Die beiden anderen, Sarah und Lilly, legten ihr liebevoll die Arme um ihre Schultern.

»Wie kann man nur so unmenschlich sein?«, sagte sie mit ihrem süßen französischen Akzent. »Was sind das für Menschen? Fast wäre Thomas gestorben.« a

Wenn sie weint, sieht sie noch hübscher und zerbrechlicher aus als sonst, dachte ich mit fast schon schlechtem Gewissen.

Vorsichtig tupfte sie mit einem Tempotaschentuch ihre großen dunklen Rehaugen ab. Im Halbprofil sah ich ihre langen, geschwungenen, dichten Wimpern. Ihre Nase war klein, die Lippen voll und weich. Elegant legte sie sich die Fülle an dunklen Locken über ihre rechte Schulter. Frauchen sagt immer, sie hasse ihre Spaghettihaare und hätte gern die von Chantal. Ich finde beide schön, aber bei der Dychenne, wie Frauchen sie nennt, kriegt man schon ganz weiche Knie, und das, obwohl ich gar nicht auf Frauen stehe!

Ich ging zu ihr rüber, setzte mich neben ihre Knie und drückte meine Schnauze in ihre Hand. Mein Verhalten verfehlte seine Wirkung nicht, und sie streichelte mich liebevoll.

»Von welchen Plänen hast du gesprochen, Thomas?«, wollte nun Wackerl wissen.

Der aber winkte müde ab, fasste sich an seinen Verband und sagte: »Bitte lasst mich jetzt heimgehen und schlafen. Ich habe gerade ein Attentat überlebt. Das hat man nicht jeden Tag!«

Ein anderer Schauspieler namens Alexander begleitete ihn. Alle guckten ihnen mit fragenden Blicken nach. Vermutlich war ich nicht der Einzige, der verwirrt war von dieser seltsamen Situation.

Sonja Schön, die bisher nur stumm und blass dagesessen und gelauscht hatte, stand auf und ging zur Tür.

»Was isch denn mit der Frau Schön, dia isch so blass?«, murmelte Wackerl Sissi zu.

Die war davon peinlich berührt, weil selbst ein Murmeln bei Wackerl schon eine recht ordentliche Lautstärke hatte. »Keine Ahnung, vielleicht schwanger«, flüsterte Frauchen zynisch und extraleise.

»Wer will die Blunzn denn schwängern?«, kommentierte Wackerl.

Frauchen lachte laut auf und die Schön, Sonja Schön, drehte sich im Türrahmen um und schaute vorwurfsvoll zu ihnen herüber. In diesem Fall traf die Redewendung »Nomen est omen« nicht zu, denn die Schön war das genaue Gegenteil davon. Frauchen sagte immer, ihre Hässlichkeit komme von innen, weil sie so selbstsüchtig und intrigant sei, um nur ein paar Attribute zu nennen. Ihre Lippen waren ein Strich mit nach unten hängenden Mundwinkeln, ihre Augen stets hinter einer dunkel getönten Brille versteckt. Oft war sie schwarz gekleidet, da die Farbe Schwarz ja schlank machen soll. Aber man kann halt auch mit dem schwärzesten Schwarz keine hundert Kilogramm wegmogeln.

»Sonja, bist du nicht sogar mit dem Fischbach befreundet? Ihr habt doch immer sehr eng zusammengearbeitet«, fragte einer der Schauspieler, der einen Minister im Musical spielte.

»Gearbeitet, jawohl, aber das ist ja erlaubt, oder?«, erwiderte sie spitz und verließ den Raum.

Keiner traute sich, Widerworte zu geben. Diese Frau mit ihren fast vierzig Jahren hatte durchaus etwas zu sagen im Team. Sie war die Chefin des Besetzungsbüros.

»Hoffentlich wird das Festspielhaus überleben, sonst sind wir arbeitslos«, warf ein anderer Schauspieler ein. »Quatsch, wir sind so gut ausgelastet. Das Musical ist der Hit«, meinte der Mann, der Bismarck spielte.

»Dieser Fischbach, so ein falscher Kerl, das hätte ich nicht von dem erwartet!«, meinte Nymphe Lilly, eine adrette Brünette.

Und so wurden die Sorgen und Nöte des Ensembles weiter diskutiert.

»Komm, Ludwig, wir gehen heim, uns reicht es für heute.«

Mein Frauchen Sissi und ich fuhren in unserem silbernen Kombi los. Während der Fahrt sah ich im Rückspiegel, dass Frauchen Tränen in den Augen hatte.

»Ich bin so enttäuscht, Ludwig, so widerlich können nur Menschen sein. Jetzt weißt du, warum ich dich so liebe, mein kleiner Freund. Wenn das Musical pleitegeht, dann habe ich noch weniger Geld!«

Jetzt brach mein Frauchen endgültig in Tränen aus. Ich war betrübt über ihre Sorgen. Nachdem sie das Auto geparkt hatte und wir ins Haus gegangen waren, kuschelten wir uns endlich ins Bett. Bevor ich mich jedoch zum Schlafen an ihren Bauch drückte, schleckte ich ihr liebevoll die Tränen ab. Ganz vorsichtig und nur an der Wange und unter den Augen. Sissi genoss die Zuwendung und lachte schon wieder, während sie jetzt zu ihren Tränen auch noch meine Spucke wegwischen musste. Dennoch lagen die Sorgen des Tages wie eine schwere Last auf uns.

Starnberg, 13. Juni 1886, Pfingstsonntag[1]

Ein leises Lüftchen weht um den Würmsee[2]. Mücken fliegen wie lustige Punkte durch die Luft. Wie fröhlich unbeschwert sie sind. In der Ferne weint ein Kind, eine Mutter tröstet es, indem sie sich zu ihm niederbeugt und ihm sanft übers Haar streicht. Wer tröstet mich jetzt?

Es ist Pfingstsonntag, früher Abend, kurz nach 18 Uhr. Es könnte alles so unbeschwert und schön sein, ist es aber nicht. Bernhard von Gudden[3] hat sich dazu bereit erklärt, mit mir noch ein wenig an die frische Luft zu gehen, bevor ich weggesperrt werde für die Nacht. Wie ein Verbrecher, wie ein Tier, jedes Funkens Würde beraubt. Nicht einmal zum Pfingstgottesdienst haben sie mich gehen lassen. Weil ich ja »seelengestört« bin. Wäre da ein Gottesdienst nicht das Beste? Wo ist übrigens die Wache? Wo sind die anderen Pfleger? Was geht da vor sich?

Ich atme lang und schwer aus. Ich, der König von Bayern, Ludwig II. Betont würdevoll schreite ich auf dem schönen Kiespfad, langsam, hoch erhobenen Hauptes, stolz, wie es sich für einen König geziemt. Dr. Gudden missachtend. Die Vögel zwitschern fröhlich. Amseln, Blaumeisen und Singdrosseln. Vielleicht ist mein geliebtes Schwanenpaar wieder an seinem angestammten Platz.

Dr. Gudden schluckt schwer und setzt an, nachdem er sich wohl innerlich einen Stoß gegeben hat. »Ihre Majestät, König Ludwig, ich habe Sie immer verehrt.« *Pause.*

Aha, was kommt jetzt? Ich sehe ihn unverwandt an, er weicht meinem Blick aus.

---

[1] Die Nacht auf den 14. Juni 1886 ist die Todesnacht König Ludwigs II. Sein Tod gibt bis heute Rätsel auf.

[2] Der Starnberger See hieß früher Würmsee.

[3] Psychiater von König Ludwig II.

»Ich, ich …« Er blickt sich um, um sicherzugehen, dass wir allein und ungestört sind. Ich schürze die Lippen. »Ich gebe es zu, gegen Sie ist eine böse Intrige gelaufen. Lassen Sie uns das Beste daraus machen. Ich helfe Ihnen und Sie können ungestört auf einem Ihrer schönen Schlösser leben. Nur für Ihre geliebte Kunst. Ohne die lästige Politik. So wie Sie es immer wollten. Die Minister, allen voran Lutz, haben einfach keine Ruhe gegeben. Sie haben mir keine Wahl gelassen.«

Ich bleibe stehen und sehe ihm ungläubig und direkt in die Augen. »Sie haben mich verraten, mich für verrückt erklärt, damit ich kein Geld mehr für meine Schlösser, für die Kunst ausgebe? Welche Vergünstigung haben diese Lakaien Ihnen versprochen?«, frage ich sachlich und tonlos. Oder war gar mein Onkel mit im Spiel? Der Schmerz darüber, von allen verlassen worden zu sein, niemanden auf der Welt zu haben, dem man vertrauen kann, ist unglaublich und macht sich als stechender Schmerz in meiner Brust bemerkbar. Ich kann es nicht fassen. Es ist, als ob man mir den Boden unter den Füßen weggezogen hätte. Aber habe ich es nicht schon vorher geahnt?!

Mein Lieblingslakai folgt uns unauffällig, das beruhigt mich.

»Ich hasse Sie, Dr. Gudden, ich hasse Sie.« Wortlos lasse ich ihn stehen und laufe weiter. Weg, nur weg.

Dr. Gudden holt auf. Redet irgendetwas, das meine Ohren, aber nicht meine geschundene Seele erreicht. Dass man mir die Krone nimmt, könnte ich verschmerzen, aber dass man mich für wahnsinnig erklärt hat, überlebe ich nicht. Ich könnte es nicht ertragen, wenn es mir erginge wie meinem Bruder Otto, dem jeder Wärter befehlen darf und dem man mit Fäusten droht, wenn er nicht folgen will.

Hinter uns sind Schritte zu hören, die Gendarmen. Was tun die hier?!

Wie von Sinnen laufe ich zurück.

Für Menschen, die meisten zumindest, kann ich schon lange nichts mehr empfinden außer Verachtung. Verachtung und Hass. Sie sind *doch wie unbewusst handelnde, ja sogar bösartige Tiere. Das alles denke ich mir, während ich in die Ferne schaue. Mir meine Flucht-möglichkeit durchdenke. Das Wasser funkelt so schön in der Abend-sonne. Diamantenstaub. Schnell schreibe ich ein paar Sätze nieder und stecke das Notizblatt meinem Lieblingslakai zu, der es in mein Tagebuch legen wird. Wer weiß, ob die Flucht glückt?*

»Ludwig, was ist denn los?«
Ich erwachte, atmete schwer. Die Angst schnürte mir die Kehle zu. *Wer hat da gesprochen?* Eine zarte Frauenstimme. Ich öffnete die Augen. Es war Sissi, sie streichelte mich sanft und sah mich warm-herzig an.
»Ludwig, hast du schlecht geträumt? Es ist alles gut. Ich bin doch bei dir.«
Nur langsam fiel ich in einen leichten, traumlosen Schlaf, Sissis Nähe gab mir Geborgenheit und Wärme.

14

Kapitel 2

Am nächsten Morgen gingen wir ins Festspielhaus. Sissi war nervös. Lustlos hatte sie morgens an ihrem Marmeladenbrot geknabbert. Und das, wo sie sonst immer so hungrig war.

Sissi heißt eigentlich Elisabeth Bierbichler und ist mein Frauchen. Mit ihren Anfang dreißig sieht sie aus wie Ende zwanzig, sehr hübsch, wie ich finde, blond, groß und schlank. Sie besitzt schöne, leicht schräg gestellte, grüne Elfenaugen mit langen Wimpern. Sie hat Kunstgeschichte studiert, fand aber keine adäquate Arbeit, da sie lieber in der Natur ist und mit Tieren arbeitet. Neben mir kümmert sie sich um Midnight, ihren weißen Lipizzaner. Ansonsten gibt es im Leben meines Frauchens keinen Mann, das ist auch gut so, ich bin nämlich sehr eifersüchtig … und passe gut auf sie auf.

Um Geld zu verdienen, fährt sie Touristen mit einer Kutsche auf das nahe gelegene Schloss Neuschwanstein und macht Schlossführungen für Touristen, bei denen ich auch manchmal mitdarf. Ich freue mich jedes Mal sehr, wenn ich mal wieder in das schöne Schloss komme, wenngleich Sissi sich über die vielen Besucher ärgert. Jahr für Jahr werden ihrer Meinung nach zu viele schlitzäugige Touristen durch König Ludwigs hochheilige Gemäuer geschleust, die mit diesem Gesamtkunstwerk eh nichts anfangen können.

Außerdem treten Midnight und ich im Musical sozusagen als tierische Darsteller auf und verdienen so etwas zu unserem Lebensunterhalt dazu. Midnight zieht den Winterschlitten, in dem König Ludwig, also Thomas oder die zweite Besetzung Karl Beyerle sitzt. Das kommt beim Publikum tierisch gut an. Um einen realistischen Eindruck zu erwecken, läuft Middy, wie ihn Frauchen liebevoll nennt, auf einem schnellen Laufband. Dazu trägt er sein sehr nobles ungarisches Brustblattgeschirr mit roten Verzierungen und einem Federbusch auf dem Kopf.

Ich darf neben König Ludwig hinten in dem Schlitten sitzen, als Begleit- oder Wachhund. Das macht mir immer viel Freude und das Publikum liebt mich.

Das trifft sich auch deswegen prima, da ich nämlich ein reinrassiger Jack-Russel-Terrier aus dem Zwinger »Die Zwerge von der Pöllatschlucht« bin. Eine freundliche Schwangauer Familie unterhält eine liebevolle kleine Hundezucht, die bis ins Jahr 1843 zurückgeht. Das heißt, schon meine Vorfahren durften für König Ludwig arbeiten. Ich bin sehr stolz darauf, dass einer meiner Urahnen – er trug den witzigen Namen Seppi und sah mir zum Verwechseln ähnlich - der beste Freund des jungen Kronprinzen Ludwig war. Es wird sich noch heute in meiner Familie erzählt, wie eng die beiden miteinander waren und dass mein Urahn Seppi als vierbeiniger Gefährte auf jedem Reitausflug, auf jeder Wanderung und sogar in München in der Residenz dabei war; und so führe ich die Tradition meiner Vorfahren fort. Auch Sissi ist sehr stolz auf diese Tatsache, denn sie ist eine große Bewunderin des sagenumwobenen Bayernkönigs. Nach meinem Auftritt bekomme ich immer eine Leckerei vom König zugesteckt. Manchmal auch ein Wienerle von Sissi.

»Jetzt aber schnell, Ludwig«, sagte Sissi und rannte aus der Haustür. »Sonst kommen wir zu spät zur Besprechung. Wir müssen ja nicht in jedes Fettnäpfchen treten. Dass letztes Mal mein Handy in der Probe geklingelt hat, reicht an Peinlichkeiten für die nächsten zwei Monate.« Sissi parkte ihren silbernen Ford hinter einem anderen Fahrzeug und öffnete mir schnell die Heckklappe; ich hüpfte hinaus, und wir rasten Richtung Hintereingang des Theaters. Noch am Baum schnüffeln – so viel Zeit muss sein. Leider konnte ich nicht an jedem Baum halten. Die von Linden gesäumte Allee – nach jedem zweiten Parkplatz stand ein Baum – war aber auch wirklich herrlich! »Ludwig!«, rief mein Frauchen gehetzt.

Ich eilte ihr hinterher Richtung Hintereingang und ließ eine Wolke aus Steinchen hinter mir aufwirbeln. Jetzt musste ich mich aber wirklich beeilen, sonst würde sie mir die Tür vor der Nase zuschlagen! Schnell noch durchgequetscht und Sissi hinterhergerast.

In den Garderoben, auf der Bühne und in der Kantine hingen gelbe Poster mit der Aufschrift »Große Besprechung für alle Mitwirkenden und Schauspieler des Musicals *Ludwigs Träume* am Dienstag, dem 14. Juni, 10:00 Uhr, Ort: Probenraum«.

»Ui, gibt es etwa eine Gehaltserhöhung?«, frotzelte Gerhard Wackerl, der den Ministerpräsidenten spielte, vor dem Poster stehend.

»Oder an Anschiss, weil d'wieder dein Text vergesse hosch gestern«, maulte der andere Minister mit gespieltem Ernst. »Hoffentlich hat es nichts mit den Insolvenzgerüchten zu tun«, warf die Souffleuse Rosl ein.

»Nach der Sache mit Fischbach gestern wohl eher schon«, mutmaßte Wackerl, während wir in den Probenraum gingen, der als Besprechungszimmer diente. Gerhard Wackerl sah mit seinen Ende fünfzig noch recht gut aus, er trug einen grau melierten Vollbart, war eher der rundlich gemütliche Typ und hatte warmherzige braune Augen und volle Lippen. Weil er zu oft und zu laut Opern konsumiert hatte, hörte er schon ein wenig schlecht.

Der Besprechungsraum war fast voll. Die Uhr schlug zehn.

Giovanni Bellini saß mit eingezogenen Schultern vor seinem Tischchen und war in seine Unterlagen vertieft. Neben ihm stand seine Frau Jacky, zusammen mit wichtigen Männern in grauen Anzügen und Krawatten. Fischbach war nicht dabei. Die Lage wirkte ernst.

Das Ensemble schien nun komplett zu sein. Sissi drückte sich leise und unauffällig auf einen Stuhl in der hintersten Reihe neben Ministerpräsident Wackerl, der ihr freundlich zunickte.

»Bin ich die Letzte?«, fragte sie leise.

»Ne, das Letzte!«, gab Wackerl ernst zurück, grinste dann aber breit über sein freundliches Gesicht.

»Scherzkeks«, war Sissis lakonische Antwort.

17

»Hm, ich glaub, der Thomas ist auch noch nicht da«, sagte Wackerl nun wieder ganz ernst.

Ich gab ihm von der Seite einen Nasenstups ans Knie und erinnerte ihn daran, wie man mich gebührend begrüßte. Nämlich mit einer Streicheleinheit und lieben Worten. Mit Leberkäs hatte ich jetzt wohl nicht zu rechnen. Die doofe Besprechung hätte doch auch in der Kantine stattfinden können. Oder in der Bierwirtschaft – die haben eh den besten Leberkäse.

Jäh wurde ich aus meinen Träumereien gerissen, als Bellini das Wort ergriff, und ich schluckte die Geschmacksfäden, die sich mittlerweile gebildet hatten, herunter.

Sein sonst so fröhliches und visionäres Künstlergesicht wurde heute von Stirnfalten und dunklen Augenringen dominiert. Die sonst strahlenden, verschmitzten braunen Augen waren zu Schlitzen verengt und sein weich geschwungener Mund einem schmalen Strich gewichen.

»Liebe Freunde, liebe Angestellte, liebe Musicalcrew ...«

»Der Thomas fehlt no!«, rief der Wackerl dazwischen.

Giovanni Bellini guckte zuerst zu Wackerl, dann irritiert und suchend in die Runde. »Wir haben alle gestern Abend beziehungsweise heute in der Früh informiert. Per Mail oder telefonisch.«

»Ich habe ihn auch nicht erreicht«, meinte Alexander, der mit Thomas befreundet war. »Aber ich habe ihm auf die Mailbox gesprochen. Vielleicht hat er verpennt.«

»Gut, dann machen wir weiter«, meinte Bellini.

»Ich habe leider heute keine guten Nachrichten für euch: Die Gerüchte, die wahrscheinlich schon an euer Ohr gedrungen sind, sind wahr. Fischbach hat übrigens gekündigt.«

»Wollte der wirklich den Thomas umbringen?«, rief Rosl dazwischen.

Bellini atmete genervt aus, schloss die Augen für einen kurzen Moment und machte eine bedeutungsschwangere Pause. Typisch Dramaturg.

»Lasst mich doch bitte der Reihe nach erklären!«, bat er, während Rosl ein wenig beschämt zu Boden schaute.

Vereinzelte Zuhörer rutschten nervös auf ihren dunklen Stühlen herum. Von dem etwa siebzigköpfigen Ensemble waren alle anwesend außer Thomas. Der sonst so gewitzte Wackerl verkniff sich jedes Späßchen oder Witzlein, und selbst ich verhielt mich ruhig und bettelte ausnahmsweise mal nicht um eine Leckerei.

»Unsere finanzielle Schieflage hat sich in eine eklatante Notlage verwandelt. Wir müssen vielleicht in die Insolvenz gehen. Die Bank hat uns keinen Kredit zur Zwischenfinanzierung genehmigt. Die Einnahmen reichen nicht mehr aus. Es gibt schon eine neue Crew an Gesellschaftern, die das Musical übernehmen wollen, ich weiß aber nicht, unter welchen Bedingungen und wen sie übernehmen werden. Schon morgen ist eine Besprechung mit der Insolvenzverwaltung und den neuen Interessenten. Sobald ich mehr weiß, meine Lieben, werde ich euch informieren!«

»Warum erfahren wir das erst jetzt?«, rief Alexander erzürnt aus und viele gaben ihm recht.

Ich hörte Gesprächsfetzen wie: »Mist, jetzt haben die kein Geld mehr«, und: »Wir waren doch stets zu 75 Prozent ausgelastet …«

»Toll, ein Gehalt weniger«, meinte Sissi merklich deprimiert. Ich begriff, dass das eine Katastrophe war, und schmiegte mich an Frauchens Knie, um sie zu trösten. Das mache ich immer so, wenn sie traurig ist, und es hilft meistens.

»Bitte Ruhe!«, ermahnte Bellini sein Team. »Und dass der Fischbach den Thomas zusammenschlagen wollte, habt ihr ja mitgekriegt. Mehr weiß ich jetzt grad auch nicht«, sagte er ein wenig unbeholfen. »Die Sissi und der Ludwig waren doch dabei!« Vielleicht hoffte er, wenigstens ein bisschen von den finanziellen Problemen des Theaters ablenken zu können.

Auffordernd sah er uns an, was den Rest des Ensembles dazu veranlasste, uns neugierig anzustarren. Leider können Hunde nicht reden.

19

Sissi begann zu erzählen: »Der Ludwig war dabei. Also mein Hund. Und natürlich der König Ludwig, also der Thomas, der ihn im Musical spielt. Der Thomas ist aber nicht da, sonst könnte der uns erzählen, wie es war.«

»Genau der isch heit it do«, rief Wackerl bestürzt. »So a Zufall!«

»Wenn der Hund nur reden könnte ...«, fuhr Sissi sinnierend fort. »Ich habe den Ludwig bellen hören, und zwar rasend vor Wut. Ich war grad auf der Toilette. So aggressiv habe ich ihn selten bellen hören. Ich bin dann auf die Hinterbühne geeilt, sah, wie der Ludwig an Fischbachs Bein hing und der ihn noch mit der Latte erwischen wollte. Der Thomas Gubath taumelte im Wasser, tauchte dann aber auf; ich hab den Fischbach angeschrien, er solle aufhören, er wollte auf den Hund eindreschen. Aber seine blutende Wunde hat ihn abgehalten.«

»Dann hat der echt auf den Thomas eingeprügelt«, stellte Chantal tonlos fest.

»Warum nur?«, fragte eine andere.

»Der Fischbach wollte ihn kaltmachen!«, rief Rosl schon fast hysterisch aus.

»›Ich bring dich um!‹, hat er meinen Ludwig angeschrien!« Bei der Erinnerung stiegen Sissi Tränen in die Augen. Chantal sprang auf und nahm sie in den Arm. »Der wollte den Ludwig umbringen. Also beide Ludwigs«, stammelte Sissi weiter.

»Und jetzt ist er weg. Also der König Ludwig, der Thomas«, schlussfolgerte Alexander. »Wenn da mal kein Zusammenhang besteht!«

»Oder Thomas ist irgendwo zusammengebrochen. Vielleicht war die Verletzung doch schlimmer als erwartet«, warf eine Maskenbildnerin ein.

»Wir hätten ihn zur Beobachtung ins Krankenhaus bringen sollen!«, rief eine andere, während Sissi sich langsam beruhigte.

Das Wort »Schädel-Hirn-Trauma« fiel.

»Oder Fischbach hat sein Werk gestern Nacht oder heute Morgen vollendet«, mutmaßte Wackerl langsam und betont. Allen stand nun der Mund offen.

»Leute, das bringt nichts«, rief Bellini sein Team zur Ordnung.

»Ich gehe zur Polizei«, sagte mein Frauchen bestimmt und stand auf.

»Das bringt doch nichts. Der Thomas ist noch keine 24 Stunden weg«, meinte Jacky Bellini und drückte sie zurück auf ihren Platz.

»Trotzdem gehört Fischbach, dieses Schwein, angezeigt!«, insistierte Sissi, die einen ausgeprägten Gerechtigkeitssinn hatte.

»Das ist aber Thomas' Sache. Wir machen heute ganz normal weiter«, befahl Bellini und verließ sichtlich um Fassung bemüht sein Rednerpult, fast schon wie ein geprügelter Hund, dachte ich mir und verspürte Mitleid, wenngleich ich natürlich nicht wusste, was »Insolvenz« bedeutete und was es mit Thomas' Verschwinden auf sich hatte. Sissi würde es mir schon noch erklären.

»Wuff!« Fordernd sah ich Frauchen mit hungrigen Augen an.

»Hast recht, Ludwig, wir gehen jetzt erst mal etwas essen, und dann sieht die Welt schon wieder anders aus.«

Wenig später saßen wir mit einigen Kollegen bei bayerischem Leberkäs und Kartoffelsalat in der Bierwirtschaft und versuchten, unseren Frust mit Essen zu betäuben. Wir teilten brüderlich, Sissi aß den Karosalat, wie sie ihre Lieblingsspeise Kartoffelsalat liebevoll nennt, ich den Leberkäse. Bei mir hilft das immer. Eigentlich hatte ich ja gar keinen Frust, nur Sissi. Aber ihr Kummer ist mein Kummer, schließlich sind wir ein Team, und noch ein gutes dazu.

Am frühen Nachmittag versuchte Sissi nochmals, Thomas anzurufen, doch vergeblich. Er ging nicht an sein Handy. Auch den anderen kam die Abwesenheit des beliebten jungen Schauspielers mittlerweile komisch vor.

Bellini rief die Zweitbesetzung an. Gott sei Dank hatte Karl Beyerle an diesem Abend noch nichts vor. Im ganzen Theater herrschte eine latent nervöse Stimmung - schon am nächsten Tag würde die Insolvenzsitzung stattfinden. Dennoch lief die Abendvorstellung reibungslos ab.

»Wir müssen etwas tun, Wackerl«, forderte Sissi den lebenserfahrenen Mann auf.

Dieser schaute zu Boden. »Was denn? Für die Polizei ist es wirklich zu früh«, versuchte er, Sissi zu überzeugen. »Ich weiß ja, wie sehr du Thomas magst«, fuhr er einfühlsam fort, »aber vielleicht gibt es eine ganz einfache Erklärung. Seine Mutter musste ins Krankenhaus, er hat sein Handy verloren, oder …«

»Ach, Wackerl, das sind doch alles keine Zufälle. Der Anschlag auf Thomas, die Geldprobleme, und dann ist er plötzlich wie vom Erdboden verschluckt!« Sissi beharrte auf ihrer Verschwörungstheorie.

»Geh jetzt heim und schlaf, es war alles etwas viel für uns heute«, meinte nun auch Rosl, die auf die beiden zukam und tröstend eine Hand auf Sissis Schulter legte.

»Mein Gefühl sagt mir aber, dass da etwas Krasses abgeht!« Sissi fand keine Worte mehr, sah aber ein, dass sie hier niemand so richtig ernst nahm. Deswegen wollte sie nur noch heim und allein sein. Also allein war sie ja sowieso nicht, sie hatte ja mich. Lustlos spulten wir unseren Part in der Vorstellung ab. Danach verabschiedeten wir uns von Wackerl und Rosl.

»Gute Nacht, Sissi, und übrigens, Bellini hat schon versucht, Thomas' Eltern zu erreichen. Bestimmt klärt sich morgen alles auf«, sagte Wackerl.

»Wenn wir morgen noch kein Lebenszeichen von Thomas haben, gehen wir zur Polizei, Ludwig!«, insistierte Sissi, als sie die anderen nicht mehr hören konnten.

Am nächsten Morgen hatte Sissi weder von Thomas noch von Bellini eine Nachricht bekommen. Wir fuhren schon morgens zu Thomas' Wohnung, doch niemand öffnete, egal wie oft sie klingelte.

Kurze Zeit später standen wir vor dem Gebäude der Polizei in Füssen.

Sissi drückte auf die Klingel, und ein Geräusch suggerierte, dass man die Türe nun öffnen konnte. Nichts ging. Alles Drücken half nicht. »Ach, da steht ja ›Pull‹.«

So eine blöde Tür. Aua, jetzt hatte Sissi mir auch noch die Pfote eingequetscht. Ich schrie auf, wir mussten aber schnell durch die Türe huschen, eh der Summton vorüber war. Sissi besah sich besorgt meine Pfote, die schmerzte und ein wenig blutete. Dieses Missgeschick tat ihr sehr leid.

»Guten Morgen, Sie wünschen?«, fragte eine junge Frau hinter einer Glasscheibe freundlich, während sie von oben herab auf die bei mir kniende Sissi schaute.

»Ich möchte einen Polizisten sprechen«, erwiderte Sissi etwas unbeholfen, während sie aufstand.

»Das tun Sie bereits«, meinte die Frau lächelnd. Komischerweise trug sie gar keine grüne Uniform.

»Worum geht es denn?«, fragte sie weiter um Freundlichkeit bemüht.

Sissi sah mich angesichts dieser zivil gekleideten Polizistin verunsichert an. Noch immer schmerzte meine Pfote ein wenig und ich hielt sie ihr demonstrativ entgegen. Sie hob mich hoch und besah sich weiterhin meine kleine Verletzung.

Da die Frau hinter dem Glas langsam ungeduldig wurde, fuhr Sissi fort: »Muss das hier zwischen Türe und Angel sein? Mein Hund hat sich die Pfote eingeklemmt, und ich möchte jemanden als vermisst melden.« Jetzt wurde Sissi ungeduldig. *Moment mal, du hast mir die Pfote eingeklemmt.* Ich guckte sie vorwurfsvoll an.

Wieder ertönte eine Klingel, eine zweite Glastür öffnete sich wie von Zauberhand, und wir traten ein. Sissi behielt mich auf dem Arm, damit sie mich nicht wieder einklemmen konnte.

»Vorn links im Büro sitzen zwei Kollegen, die nehmen Ihre Vermisstenanzeige auf«, meinte die Frau sachlich und deutete den langen

Flur entlang. Die Blutung hatte aufgehört, und ich konnte nun auch wieder laufen, obwohl ich eigentlich noch ein wenig hätte weiterhumpeln können, war grad so nett auf ihrem Arm.

»Grüß Gott«, begrüßte Sissi beim Eintreten die zwei Polizisten, beruhigt über die schnelle Genesung meiner Pfote.

Ein junger, schlanker Polizist mit Nickelbrille machte sich gerade an einem hochmodernen Kaffeeautomaten zu schaffen. Ein sympathischer braunhaariger Polizist in den Vierzigern saß vor einem alten vergilbten Röhrenbildschirm und aß genüsslich einen Müsliriegel.

»Setzen Sie sich«, meinte der Nette.

»Ich möchte jemanden als vermisst melden!«, antwortete Sissi selbstbewusst, während sie sich setzte. Ich nahm stolz neben ihr Platz.

Der nette Polizist klickte ein wenig an seinem PC herum und begann dann zu fragen. Sissi nannte den Namen, Wohnort und Beruf von Thomas Gubath. Gott sei Dank wusste sie auch noch sein Geburtsdatum. Sie war ja wie gesagt ein wenig in ihn verschossen.

»Sind Sie auch Schauspielerin?«, fragte der Polizist Sissi bewundernd; er hätte gut in eine dieser TV-Serien gepasst. Ich konnte Sissi ansehen, dass sie sich geschmeichelt fühlte.

»Na, äh, ja, also der Ludwig«, sie deutete auf mich, »der ist der Schauspieler!« Sie grinste breit. Wohl ein wenig zu breit, denn jetzt guckte der nickelbebrillte Streberbatzen zu uns herüber.

»Gute Frau, wir können auch gern einen Drogentest machen!«, meinte er bedrohlich.

Sissi sah ihn verständnislos an.

»Geht's no?«, fragte sie dann beleidigt. »Sie sind ja ein kultureller Tiefflieger. Haben Sie noch nie das König-Ludwig-Musical in Füssen gesehen?«

Der Streberbatzen rang nach Luft. »He, ich zeige Sie gleich an wegen Beamtenbeleidigung …«

Der nette Beamte versuchte, die Situation zu retten. »Jens, vielleicht solltest du da mal hingehen«, forderte er seinen Kollegen grinsend auf. »Ich resümiere: Thomas Gubath, geboren am 12.12.1971 in Starnberg, Schauspieler am Festspielhaus Füssen, wird vermisst. Seit wann denn?«, fragte er weiter.

Sissi überlegte ein wenig und sagte dann: »Seit gestern, also dem 14. Juni. Vielleicht aber schon seit der Nacht vom 13. auf den 14. Juni.«

Während der Mann das in seinen PC eintippte, kam der Dünne bedrohlich auf uns zu und machte sich vor Sissi und mir groß. Dabei verschränkte er die Arme vor der Brust und legte den Kopf schief. Eigentlich süß, nicht aber bei ihm.

»Das ist ja gerade mal ein Tag. Wenn überhaupt. Das ist viel zu früh für eine Vermisstenanzeige. Sind Sie mit ihm verwandt?«, bohrte er nach und sah Sissi eindringlich an.

»Nein.«

»Verheiratet, verschwägert?«

»Nein! Aber …«, kam kleinlaut von Sissi.

»Seine Freundin?«, fragte der nette Polizist interessiert.

Der andere deutete ihm an, er solle still sein, und fuhr selbst fort: »Also, nur weil einer Ihrer Schauspielkollegen mal einen Tag nicht da ist, brauchen Sie uns hier nicht zu stören!«

»Also, wofür sind Sie dann Polizist?«, fragte mein Frauchen ungläubig.

»Der ist vielleicht mit seiner Freundin durchgebrannt, hat gerade keine Lust oder doch einen zu viel geraucht.« Während der Dünne das sagte, guckte er Sissi leicht debil durch seine Nickelbrille an.

»Was fällt Ihnen ein?«, fragte sie erzürnt. Dieser unverschämte Kerl schien sie ganz durcheinanderzubringen, sie vergaß schon fast, was sie noch sagen wollte. »Außerdem hat ihn ein Herr Fischbach vorgestern mit einer Latte geschlagen!«, ergänzte sie ungläubig angesichts von so viel Ignoranz.

Groß stand der Beamte nun nah vor Sissi, die zu ihm hochsehen musste. Ich begann zu knurren. Sissi beruhigte mich und legte mir die Hand auf den Kopf. *Der kann doch mein Frauchen nicht so behandeln.*

»Pack schlägt sich, Pack verträgt sich. Wir machen da gar nix, Paul. Übermorgen ist der Schauspieler wieder da, und alle lachen uns aus, weil wir einen Großeinsatz gestartet haben und der mit seinem Gschpusi[4] auf der Fritz-Putz-Hütte beim ... bei was auch immer erwischt wird.« Bei diesen Worten sah er seinen Kollegen eindringlich an, der genervt ausatmete. Auch er hätte sich wohl einen netteren Kollegen gewünscht.

»Sie hören es, Frau ...«

»Frau Bierbichler«, ergänzte Sissi an den Netten gewandt.

»Frau Bierbichler, meinem Kollegen ist es jetzt noch zu früh. Gerne können Sie zu einem späteren Zeitpunkt mit unserer Hilfe rechnen«, versuchte er einzulenken.

Wortlos und enttäuscht stand Sissi auf, sah die beiden nochmals an und versuchte gegenüber dem Netten ein Lächeln. »Auf Wiedersehen.« Den nachgeschobenen »Wichser« hörte der Bebrillte Gott sei Dank wegen des zischenden Kaffeeautomaten nicht mehr.

Warum glaubten sie ihr nicht? War es, weil sie blond war? Weil sie eine Frau war? Oder blond und eine Frau? Sie warf mir einen verzweifelten Blick zu. Betrübt fuhren Sissi und ich nach Hause.

»Nachmittags ist die Sitzung, die über die Zukunft des Musicals entscheidet. Noch eine Niederlage brauche ich wirklich nicht«, meinte Sissi traurig.

Die Zeit bis dahin verbrachten wir mit einem Spaziergang. Danach fuhr Sissi mit mir ins Theater. Im Probenraum saß das Team und wartete gespannt darauf, dass das Ehepaar Bellini aus der Sitzung kam. Thomas war noch immer nicht aufgetaucht.

---

[4] Dialektwort für Freundin.

Es war schon nach 17 Uhr, als Giovanni und Jacky den Raum betraten. Giovanni erzählte uns alles sehr detailliert: dass alle da gewesen seien - Herr Gottstein, ein Insolvenzverwalter namens Rieger und potenzielle Käufer für das Musical –, wodurch es nicht zu einer offiziellen Insolvenz käme, was für alle Beteiligten das Beste wäre. »Dann werden wir übernommen?«, fragte Wackerl hoffnungsfroh.
»Mit den neuen Eigentümern kommt natürlich ein neuer Vorstand. Außerdem wollen sie einige Änderungen vornehmen«, antwortete Bellini. Es folgten noch weitere Ausführungen, die gespickt waren mit wirtschaftlichem Fachjargon. Ich hörte schon gar nicht mehr richtig zu und beobachtete Sissi, die mich mit leerem Blick ansah und das alles nur wie durch einen trüben Schleier wahrzunehmen schien.

Schloss Hohenschwangau, Hohenstaufenzimmer, 1865

Mein teurer Freund hat vorgestern mein Kronprinzenzimmer auf Hohenschwangau bezogen. Es ist wunderbar, diesen Menschen, den einzigen, den ich wirklich liebe, je geliebt habe und je lieben werde, toujours um mich zu haben. In meinem lieben Heimatschloss Hohenschwangau! Wir verleben gar wunderbar sorglose Tage, die nur der Kunst, unserem geistigen Austausch und der Rekreation dienen. Fern der höfischen Pflicht, fern meiner ignoranten, intriganten Minister, die sich nur um den profanen Alltagstrott und ihre Kriegsspiele kümmern. Wie mich dieser niedere Alltag anwidert.
Heute sind wir vierspännig ausgefahren nach Füssen, es war ein herrlicher Ausflug. Da das Wetter so schön und sicher war, sind wir weiter über Hopferau nach Eisenberg. Dort befindet sich eine beliebte Hähnchenbraterei. Sie servieren weit und breit die besten Brathähnchen. Der Ausblick in dem wunderschönen Biergarten ist einzigartig: die Alpenkette, davor das malerische Dorf Maria Hilf mit seiner Wallfahrtskirche, fern im Hintergrund mein geliebtes Schloss

Neuschwanstein als weiße Miniatur. Im Schatten der großen Kastanie saßen wir angenehm kühl, ein Bier erfrischte und der Duft des Hähnchens wehte uns in die Nase. Wir waren völlig ungestört, fern jeder höfischen Etikette. Lustige Bauernkinder spannten uns beim Heimweg auf Höhe des Dorfes Hopferau eine Schnur über die Straße, als sie den königlichen Wagen herantraben sahen. Die haben nicht schlecht gestaunt, den König höchstpersönlich vor sich zu haben, und wollten schon weglaufen, ich musste sie zurückrufen. Ich gab den Jungen und Mädchen ein paar Münzen, und schon ließen sie uns durch. Reizend war das.

Während der ganzen Heimfahrt schwelgten wir in Erinnerungen über die fulminante Aufführung von »Tristan und Isolde«. Dieser triumphale Erfolg musste den Münchner Bürgern und auch den höchsten Kritikern Wagners zeigen, welch Genie dieser Mensch ist. Wir wollen, dass unser geliebtes München eine Stadt der Kunst und Kultur wird. Wir wollen das Volk bilden, es teilhaben lassen an der Kunst, an Oper und Theater. Die gemeine Dummheit des Pöbels muss und kann nur über die Kunst überwunden werden. »Ertrinken … versinken – unbewusst – höchste Lust …« Die Macht, die Schönheit dieser Worte, ich könnte darin versinken. Gestern Abend las mir der Holde aus seiner Autobiografie vor, die er der guten Cosima diktiert hat. Wir haben gelacht wie die Kinder. Könnte ich nur immer so sorglos leben. Aber Sorgen kommen mir in den Sinn und trüben meinen Mut, mir wird schwer ums Herz. Die Minister und das Volk dürfen nicht wissen, dass Wagner bei mir auf Schloss Hohenschwangau ist. Sie dürfen nicht wissen, dass ich ihm unlängst 400.000 Gulden durch Cosima habe überbringen lassen. Zwei Kutschen waren nötig, um die Münzen zu transportieren. Noch heute bewundern wir Cosimas Mut. Ich habe Angst, dass sie mir meinen geliebten, teuren Freund wegnehmen, mir die Möglichkeit nehmen, die wahre Kunst und damit das Edle, Wahre und Gute zu fördern. Sie setzen mich so unter Druck. Allen voran Kabinettssekretär Pfis-

termeister, der die öffentliche Meinung anheizt. Doch ich bin schließlich der König, ich bezahle Wagner aus meiner Privatschatulle. Dennoch ahne ich das Schlimmste …

*Wieder weht mir feiner Hühnchengeruch in die Nase. Ich öffne die
Augen …*

Kapitel 3

Schon am nächsten Tag saß das Ensemble erneut im Probenraum. Diesmal war es amtlich: Die neuen Gesellschafter und Investoren würden das Musical kaufen.

Bellini erklärte dem Ensemble die Details. »Liebe Freunde, es ist endgültig aus. Der Eigentümer hat sich zum Verkauf entschlossen. Wir werden diesen Monat noch nach Plan spielen, dann ist Schluss. Die neuen Besitzer Wolf und Vogler übernehmen keinen von euch.«

»Wolf!«, rief Wackerl dazwischen. »Der Name fiel doch schon einmal.«

»Ja«, meinte auch Rosl, »im Zusammenhang mit Fischbach und den Plänen, die Thomas in Fischbachs Büro gesehen hatte.«

»Der neue Eigentümer Wolf und Herr Fischbach werden doch nicht unter einer Decke stecken«, kam Sissi ein Geistesblitz. Ich bellte.

Bellini dachte nach, schien aber zu keinem sinnvollen Ergebnis zu kommen und fuhr damit fort, die Fakten weiter zu klären. »Sie haben sich das Stück mehrmals angesehen. Doch, wartet mal, den Hund, den Ludwig wollen sie als Publikumsmagnet, weil Tiere immer gut ankommen. Sie werden mit dir noch extra reden, Sissi, wegen Vergütung und so. Ich kann euch allen aber nicht versprechen, ob ihr diesen Monat noch euer volles Gehalt bezieht. Der Eigentümer wollte seinen Verlust so gering wie möglich halten, durch den Verkauf ist er fein raus. Was mit uns passiert, war ihm egal.« Bellini schien untröstlich.

Auch Wackerl: »Des goht doch it. Mir hand doch oh eisre Fixkoschte. Aber für unser Musical verzichte ich auch auf einen Teil, wenn es das Stück rettet.«

»Ich fürchte, dafür ist es jetzt zu spät, aber ich weiß, dass auch ihr sehr an unserem Stück hängt. Und dass ihr dafür auf Geld verzichten würdet, ehrt euch.«

»Da läuft doch ein krummes Ding, warum übernehmen die uns nicht? Und wie kann der Wolf schon so schnell ein neues Team zusammenhaben?«, fragte Rosl.

»Dann hatte der Thomas also recht und die wollen das Ganze ganz anders aufziehen«, mutmaßte ein anderer Schauspieler.

»Warum sagt uns der Eigentümer das nicht persönlich?«, fragte eine Schauspielerin.

»Weil er ein feiger Kerl ist«, rief ein anderer dazwischen.

»Er hat mich in meiner Funktion als Regisseur und als euer Vertrauensmann damit beauftragt«, versuchte Bellini, sein Ensemble zu beruhigen. »Ich bin jetzt auch arbeitslos«, ergänzte er resigniert.

»Den Ludwig übernehmen sie? Ja, und den Midnight? Fällt die Schlittenszene weg?«, fragte Sissi vorsichtig, fast schon ängstlich.

»Ja, ich weiß auch nicht, wie sie den Hund einsetzen werden, aber soweit ich es gehört habe, ist das Konzept ziemlich verkitscht. Also mach dich auf etwas gefasst. Der neue Geschäftsführer Wolfgang Wolf erscheint heute ab 15 Uhr in meinem Büro, dann ist er dazu bereit, euch Rede und Antwort zu stehen.« Bellini schluckte hart. »Fischbach hat bewusste Fehlplanung betrieben! Da liefen ganz schmutzige Dinge gegen mich.«

Wie schlimm musste es für ihn sein, sein geliebtes Musical, sein Kunstwerk, sein Büro, das ganze Festspielhaus einem anderen zu überlassen?

Bellini schnäuzte sich. Dann sprach er mit verschnupfter und zitternder Stimme weiter. Er tat mir so leid. Aber ich war entschlossen zu kämpfen, für meine Seelenfreundin Sissi, für Bellinis Musical und die Kunst. *Niemals mehr werden Intrigen und böse Machtspiele das Leben meiner Liebsten zerstören.*

»Ihr werdet das alles in Kürze schriftlich erhalten und solltet euch dann mit euren Unterlagen beim Arbeitsamt melden.« Ehefrau Jacky legte sanft den Arm auf seine Schulter. »Es tut mir so leid, es tut so weh!« Jetzt brach der Damm, Bellinis Tränen flossen hemmungslos, er stützte sein Gesicht in die Hände und schluchzte laut mit bebenden Schultern. Jacky umarmte ihn. Einige im Ensemble weinten mit, wenngleich leise.

Natürlich konnte auch mein Frauchen sich nicht beherrschen und wischte sich verstohlen eine Träne aus dem Augenwinkel. Sie nahm mich auf den Schoß und drückte ihr Gesicht in mein Fell, sodass niemand ihre Tränen sehen konnte. »Hoffentlich können die mich wieder für die Schlossführungen brauchen, sonst wird es finanziell eng, die Wohnungsmiete, die Boxenmiete für Middy ...«, erklärte mir Frauchen traurig.

Wie konnte ich ihr nur helfen? Warum musste dies so kommen? Wer hatte da die Fäden im Hintergrund gezogen? Fischbach war mit Sicherheit daran schuld, wenigstens in Teilen, weil er Interesse an der Zusammenarbeit mit dem neuen Besitzer Wolf hatte. Aber wieso hatte Bellini dies nicht durchschaut? Und wo war Thomas Gubath?

»Was ist mit der Stadt, dem Landkreis oder dem Freistaat Bayern?«, fragte die Nymphe Lilly in die Runde.

»Stimmt, die haben doch irre an uns verdient. Denkt nur, wie viel Geld die Touristen, die wegen des Musicals kommen, in die Stadtkasse gespült haben. Und die Hotels und Pensionen«, meinte Wackerl.

»Vielleicht machen wir eine Unterschriftenaktion«, warf Chantal, die schöne Halbafrikanerin, ein.

Unruhe und Hoffnung breiteten sich im Raum aus.

Bellini versuchte, das Wort zu ergreifen. »Ihr habt recht, aber mit dem Bürgermeister habe ich schon gesprochen, der Gottstein, der sture Hund, rückt nichts raus«, erklärte er desillusioniert.

»Gott, der Größte, und Stein, der Härteste«, parodierte Wackerl den oft belächelten, aber gefürchteten Satz des Bürgermeisters, der seine Stadt mit strenger Hand führte. Der meinte, er lebte noch im Mittelalter. Machte einen auf feinen Herrn, eloquent und charmant, hörte sich die Argumente an, entschied dann aber letztlich allein. Gerade bei den Damen und unkritischen Schichten der Bevölkerung kam er allerdings gut an. Sein Aussehen - Gottstein war ein großer, schlanker, dunkelhaariger Mann mit einem attraktiven Gesicht - verstärkte diese Wirkung.

Bellini erklärte weiter: »Das wäre ja unsere Rettung gewesen, wenn wir das Grundstück, auf dem unser Theater steht, hätten kaufen können, dann hätten wir mit einem Kredit die momentane geringere Auslastung ausgleichen können. Der Grund gehört aber dem Freistaat Bayern, und so bieten wir zu wenig Sicherheit.« Bellini wirkte immer deprimierter.

Die anderen redeten nun wild durcheinander, denn niemand wollte sich mit der Situation abfinden.

»Es ist kurz vor drei, ich gehe jetzt zu dem Wolf rüber, ich muss schließlich wissen, wie es mit den Tieren weitergeht«, sagte Sissi, und dann leiser zu mir: »Ludwig, wir finden heraus, wie dieser Wolf mit Fischbach zusammenhängt, das schwöre ich dir!«

Und so schlenderten wir durch das schöne Festspielhaus, den schicken grauen Gang entlang, der sich an die halbrunde Probenbühne anschmiegte und mit Premierenfotos geschmückt war, typische Theaterfotos, die Szenen aus dem Musical mit Schauspielern in Aktion zeigten. Stilvoll in Schwarz-Weiß!

Mir graute es ein wenig vor dem Wolf, der sich so pietätlos das Musical krallte und womöglich mit Fischbach kriminelle Dinge machte. Wäre er auch dazu imstande, einen Mord in Auftrag zu geben, um sein Musical zu bekommen? Sissis Gehirn arbeitete auf Hochtouren, ich konnte sie leicht durchschauen.

»Pst, sei leise und bleib hier, Ludwig«, meinte sie flüsternd.

Die Bürotür stand offen, und ich vernahm Stimmen. Wie befohlen blieb ich stehen. Eine Männer- und eine Frauenstimme sprachen angeregt miteinander und kicherten.

Wir waren etwa fünf Meter von Wolfgang Wolfs, also eigentlich Bellinis, Büro entfernt und lauschten.

Dieses aufgesetzte Kichern, das hatte nur eine. Ich lauschte weiter.

»Ja, die ziehen ganz schön lange Gesichter, die Schauspieler, da heißt es, sich eine neue Arbeit suchen«, meinte die Frauenstimme nicht ohne einen Hauch Schadenfreude.

»Mei, und des wo's Schauspieler gibt zum Saufuadern[5]«, erwiderte der Mann. »Ich hab mein Team jetzt zusammen, und du hast mir ja einige gute Tipps gegeben, Sonja, danke.«

Ich konnte es nicht fassen. Die Schön steckte jetzt schon mit dem neuen Gesellschafter unter einer Decke. Ich lief los, direkt in Bellinis respektive Wolfs neues Büro. Sissi wedelte noch mit den Armen, um mich davon abzuhalten. Aber zu spät.

»Pst, der Köter«, zischte die Schön und hielt sich den Finger vor den Mund, um Wolf zu signalisieren, er solle jetzt still sein. Und so musste auch Sissi eintreten.

»Oh, Herr Wolf, 'tschuldigung, ich wollte nicht stören, da Sie eh schon Besuch haben, kann ich auch wieder gehen«, sagte Sissi diplomatisch.

»Nein, nein, äh Frau …«

»Frau Bierbichler.«

»Nein, nein, Frau Bierbichler, wir waren gerade fertig, die Frau Schön und ich. Warten Sie schon lange da draußen?«, fragte er etwas verunsichert.

»Nein, Herr Wolf, bin grad erst gekommen, nur der Hund ist schon vorgerannt, der mag Herrn Bellinis Büro, also jetzt das Ihrige, so gerne.«

Die Schön lächelte, doch verzog sie dabei nur ihren Mund, ihr Lächeln erreichte ihre Augen nicht. So verließ sie das Büro, wie immer schwarz gekleidet und mit platinblonder Kurzhaar-Punkfrisur.

Herr Wolf war ein rundlicher Mann, eigentlich ganz nett, wenn er nicht so schleimig gewirkt hätte. Umständlich bot er Sissi einen Stuhl

---

[5] Umgangssprachlich im Bayerischen: Es gibt zu viele Schauspieler.

an. Er trug einen dunkelgrauen Stresemann-Anzug der um den Bauch herum spannte, weil sein Träger etwas fülliger war. Ein wenig zu freundlich guckte er mein Frauchen an. Ich hatte kein gutes Gefühl und setzte mich schützend vor sie.

»So, das also ist der Hund, der berühmte.« Wolf lächelte schief und guckte von mir zu Sissi.

»Ja, deswegen wollte ich mal fragen …«

»Ja, Frau Bierbichler, Sie haben es vielleicht schon gehört. Der Hund passt sehr gut in unser Konzept, das Pferd mussten wir leider streichen, auch aus finanziellen Gründen. Ich habe schon einen Vertrag aufgesetzt, meine Sekretärin macht ihn morgen noch fertig, und wenn Sie wollen, können Sie ihn dann persönlich bei mir abholen.« Wieder lächelte er zu breit und sah mein Frauchen von oben bis unten interessiert an. »Wir haben uns das so vorgestellt, dass der Hund mit in das Stück einbezogen wird und auch einige Kunststückchen macht, wie zum Beispiel Pfote geben. Das kann er doch, oder?«

»Ja, klar, der kann sehr viel. Sie müssen mir nur sagen, was Sie von uns wollen.«

Schleim nicht rum, Sissi, und glaub nicht, dass ich mich auf der Bühne zum Deppen mache! Sissi fing meinen strengen Blick auf.

»Und für Midnight, mein Pferd, sehen Sie gar keine Chance? Es ist doch so eine tolle Sache, das mit der Schlittenszene, die Zuschauer finden das super.« Sissi wollte weiterreden, doch Wolf unterbrach sie jäh.

»Nein, liebe Frau Bierbichler, ein Pferd passt wirklich nicht in unser Konzept. Aber wenn es ums Geld geht, wir finden da sicher noch etwas, wo Sie sich ein paar Scheinchen dazuverdienen können.« Er stand auf und Sissi verstand die Geste, erhob sich ebenfalls und verabschiedete sich. »Dann bis morgen um drei Uhr, Frau Bierbichler, tschüss, Hundchen.«

Ich bin kein Hundchen, du Wolf!

Schloss Neuschwanstein, 12. Juni 1886

Ich sitze allein in der zweiten Kutsche, die innen keine Handgriffe hat. Ein Oberpfleger mit dümmlichem Gesicht sitzt auf dem Bock, ein Stallbursche reitet neben mir her, um zu verhindern, dass ich fliehe. Ich kann ihn kaum noch erkennen, da die Tränen in meinen Augen nur ein verschwommenes Bild des Reiters in der Dunkelheit abgeben, so verschwommen, wie die Herrn Doktoren meinen Verstand vermuten. Ich, der Souverän, für verrückt erklärt und eingesperrt? Der stolze Adler ist gestürzt, weil sie ihm die Flügel gestutzt haben. Und jetzt demütigen sie ihn, weil er nicht mehr fliegen kann. Es ist so leicht, einen Menschen verrückt zu machen, ihn zu zerstören! Mein Fluch komme über alle, die mich verrieten.

Das Atmen fällt mir schwer. Ich denke an meinen Bruder Otto, an Wagner, meinen Freund, der mich immer verstanden hat, an meine Seelenverwandte Sissi. Könnte ich doch nur mit ihr fliehen. Ist es jetzt zu spät? Ich habe denen, die mich gewarnt haben, nicht geglaubt. Wir fahren im flotten Trab Richtung Füssen, ich höre das regelmäßige Klappern der Hufe im Zweitakt der zwei Pferde, leicht zeitlich versetzt, sehe meine geliebten Berge als wunderschöne Silhouette vor einem helleren Hintergrund, der die Morgendämmerung schon andeutet, und verabschiede mich in Gedanken von ihnen. Geliebter Säuling, adieu! Ils ne savent pas c'est qu'ils font! Sie wissen nicht, was sie tun.

Anderntags saßen wir pünktlich in Wolfs Büro. Seine Sekretärin Sandra Schnell hatte uns ins Zimmer gelassen und bot uns einen Kaffee an. Sie hätte genauso gut als Model arbeiten können bei ihrem Aussehen: groß, blond, die Haare streng zu einem Dutt zusammengebunden in einem grauen Kostüm mit Bleistiftrock. Das mit dem Kaffee machte sie aber nur deswegen, um uns im Auge zu behalten und zu verhindern, dass wir herumschnüffelten. Vielleicht würden wir ja etwas Verdächtiges finden?

Sissi schüttelte sich kurz. Sie hatte ein wenig Angst.

Da kam auch schon Wolf zur Tür herein und begrüßte uns. »So die Dame, ich hoffe, Sie hatten bisher einen angenehmen Tag.« Wolf hielt es nicht für nötig, mich zu begrüßen. *Klar, bin ja auch nur der dumme Köter, der Kunststückchen macht. Solche Leute kann ich nicht ausstehen. Warum werde ich nur immer verkannt?* All das dachte ich mir, während er Sissi ein paar zusammengeheftete Blätter in die Hand drückte.

»So, Sie müssten nur noch da unten rechts unterschreiben«, drängte er mein Frauchen und zeigte mit dem Zeigefinger auf eine freie Stelle auf dem Papier.

Ich legte meine Vorderpfoten auf Sissis Oberschenkel und sah auf die Blätter. *He Sissi, guck dir das Zeug genauer an, bevor du was unterschreibst.* Sie schien meine Gedanken zu erraten.

»Herr Wolf, ich würde das schon vorher gern durchlesen, bevor ich etwas unterschreibe!«

»Selbstverständlich, Frau Bierbichler, lassen Sie sich alle Zeit der Welt und trinken Sie Ihren Kaffee in Ruhe. Ich habe derweil auch zu tun.«

An Sissis Reaktion, während sie las, merkte ich, dass da etwas faul war.

»Ludwig soll in der vierten Szene mit dem König-Ludwig-Darsteller spielen, dabei Pfote geben und andere Kunststücke machen«, las Sissi aus dem Text vor.

»Ja, das ist die Szene, als König Ludwig völlig bekifft ist und mit den Reitersleuten im Maurischen Kiosk[6] feiert. Und der Hund ist mit von der Partie und hat Spaß dabei«, erklärte Wolf belustigt. Sissi verlor die Kontrolle über ihre Gesichtszüge, ihr Unterkiefer klappte nach unten und sie guckte hilflos zu mir, der ich ebenso traurig und geschockt darüber war. So ein niveauloser Schwachsinn.

---

[6] Maurisch eingerichteter Pavillon auf Schloss Linderhof.

»Aha, das ist aber eine etwas gewagte Dramaturgie, oder?«, fragte sie diplomatisch.

»Ja, wir wollen das Ganze etwas moderner, etwas pfiffiger.«

»Die Frage ist nur, ob Sie König Ludwig von Bayern damit gerecht werden. Ich würde gerne den Rest der Inszenierung sehen. Und wer hat die Musik gemacht?«

Sissi wurde Wolf anscheinend zu unangenehm. Er schien nur auf dumme, folgsame Schäfchen zu stehen, die immer brav der Herde folgten. Ungeduldig rutschte er auf seinem Stuhl herum. »Frau Bierbichler, Sie sind aber ein kritischer Geist, so hätte ich Sie gar nicht eingeschätzt. Für Sie reicht es aber völlig aus, dass Sie die Szene kennen, wo der Hund, der süße Leopold, vorkommt.«

»Ludwig heißt er!«

»Ah, Entschuldigung, Ludwig, witziger Name, passt gut.«

Der Typ wird immer unhaltbarer.

»Und dafür, dass der Hund viermal in der Woche auftritt, im Zwei-Wochen-Turnus, kriege ich 400 Euro netto? Da rentiert sich ja die Fahrt mit dem Auto gar nicht.« Sissi wurde immer verzweifelter, traute sich aber nicht wirklich, Widerstand zu leisten. Warum war ich nur ein Hund? Wäre ich ein Mensch, würde ich jetzt diesen schmierigen Wolf verprügeln und Tag und Nacht arbeiten, um meine geliebte Sissi gut zu versorgen.

»Frau Bierbichler, Sie wechseln sich mit einer anderen Hundetrainerin ab, damit Sie auch mal frei haben. Die hat auch einen Jack-Russel-Terrier. Aber ich muss auch sagen, dass Sie diesen Job nicht machen müssen. Da stehen schon einige Schlange. Ich persönlich«, dabei grinste er anzüglich, »hätte Sie allerdings wirklich gerne im Team. So eine tolle Frau. Und vielleicht finde ich ja noch einen rentableren Job für Sie, geben Sie mir einfach etwas Zeit. Jetzt allerdings habe ich ein Gespräch mit dem Bürgermeister, aber es würde mich sehr freuen, wenn Sie am Freitagabend zu mir zum Essen kommen würden, dann können wir alles näher besprechen.

Bringen's einfach den unterschriebenen Vertrag mit. Hier ist mein Kärtchen mit meiner Adresse. Um 19 Uhr? Ich freue mich auf Sie!« So verließen wir Wolfs Büro. Sissi versuchte, sich vor mir zu rechtfertigen: »Ludwig, wir müssen das machen, schließ ich habe ich meine Ausgaben: Auto, Wohnung, Stallmiete, Versicherungen. Wenigstens bis ich etwas Neues habe. Und außerdem müssen wir diesen Wolf im Schafspelz im Auge behalten, vielleicht können wir ihm dann etwas nachweisen. Vielleicht hält er Thomas in seiner Wohnung als Geisel.« Sissi verfügte über eine lebhafte Fantasie.

Ich ging stolz neben ihr zum Auto. Wir fuhren nachdenklich und schweigend nach Hohenschwangau, wo Sissi noch arbeiten musste. Am Stall angekommen begrüßte sie die Kollegen und machte sich daran, ihre Kaltblüter Marco und Michl zu putzen. Ich machte es mir in der Zwischenzeit im Heu gemütlich. Konzentriert schirrte Sissi die beiden dicken Braunen ein. Wie immer waren sie sehr lieb und kooperativ, ich mochte die beiden lieber als Midnight. Der Lipizzaner war echt eingebildet. Außerdem akzeptierten die Kaltblüter mich als Chef. Ich begrüßte sie mit einem freundlichen Nasenstups. Als Antwort stießen sie ein leises, brummelndes Wiehern aus und näherten sich mit ihren großen Köpfen, um mich mit ihren langen Barthaaren zu fühlen. Dann bliesen sie mich mit ihren großen Nüstern an und saugten meinen Geruch ein. Lustig war das! »Komm, Ludwig, sitz auf, wir sind so weit, es kann losgehen.« Sissi hob mich zu sich auf den Kutschbock, nahm die Leinen fest an, löste die Handbremse und los ging's. Gemütlich fuhren wir durch Hohenschwangau bis zur Touristeninformation, wo wir immer auf die Gäste warteten. Gott sei Dank war heute ein sonniger, warmer Tag. Auf dem Weg kam Lukas mit seiner Kutsche auf uns zu, er war Sissis Lieblingskollege, und ich mochte ihn auch sehr gern. Sissi stand ein wenig auf Lukas, weil er so groß und stark war, aber natürlich würde sie das nicht zugeben.

»Hi Lukas, wie geht es dir heute?«, schrie sie ihm fröhlich entgegen und wedelte dabei mit der Bogenpeitsche, was die braven Kaltblüter aber kaltließ. Andere Pferde wären jetzt wahrscheinlich erschrocken zur Seite gesprungen. Vielleicht hießen die deswegen Kaltblüter, weil sie alles kaltließ, grübelte ich.

»Gut, und dir? Pass aber auf, heute sind voll die aggressiven Russen unterwegs, bei mir haben sich zwei in der Kutsche geprügelt«, warnte er Sissi.

»Okay, wir sind vorsichtig, ich habe ja den Ludwig dabei, meinen Kampfhund!«, rief sie ihm laut hinterher, weil Lukas schon fast vorbeigefahren war. »Kampfschmuser.« Sissi lachte, nun schon wieder gut drauf.

Wir parkten die Kutsche vor der Touristeninformation, und Sissi trank einen Schluck Wasser, als schon das erste Paar auf die Kutsche zukam.

»Good morning! How beautiful!«, dröhnte eine zu blonde und zu üppige Amerikanerin zu freundlich und tönte dabei in einem Singsang, der mindestens eine ganze Oktave beschrieb. »Good morning«, gab Frauchen freundlich zurück. Ohne zu fragen, ging die Lady auf Marco zu und streichelte ihn übermütig am Kopf. Das geduldige Tier ließ es sich gefallen, wie gesagt, diese Rösser waren echt brav. Ich hätte die Frau schon längst gebissen. Nun kam der Ehemann auf Sissi zu. Er trug eine blaue Baseballcap, ein blau-weiß gestreiftes Marineshirt über dem Wohlstandsbauch und Jeansshorts mit Socken in den Turnschuhen. Trendig war wohl etwas anderes. Das laute Kaugummienglisch des Amerikaners riss mich aus meinen Träumen.

»How much is it, Miss?«

»Six Euro per person, please.«

»That's too expensive!« Der Ami wollte nicht bezahlen.

»Sorry, Sir, it's really not expensive, we have to feed the horses, we need horseshoes from a blacksmith, the vet, the coach, that costs a lot of money.«

Nun verhandelten die beiden. Gut, dass Frauchen fließend Englisch spricht, schließlich hatte sie vor meiner Zeit auf einem Reiterhof in

Irland gearbeitet. Da sich die Amerikanerin in Marco verliebt hatte und man eh in Urlaubsstimmung war, war der Mann bereit, die zwölf Euro in eine Kutschfahrt hoch zum Schloss zu investeren. Obwohl es seiner Figur bestimmt nicht geschadet hätte, die 15 Minuten hoch zu laufen. Zumal danach bestimmt ein opulentes Mahl in einem der schicken Hotels hier auf ihn wartete. Dumplings and roast pork oder doch lieber sausages and Sauerkraut from the German Krauts? Auch Sissi konnte sich ein Grinsen nicht verkneifen. Mit noch zwei weiteren »Kunden« fuhren wir gemütlich den Weg durch den Wald zum Schloss hoch. Ich liebte es! Das Hufgetrappel war Musik in meinen Ohren, und bald würde sich das schöne Schloss zwischen den Bäumen zeigen, seine ersten edlen weißen Steine sich meinem Blick offenbaren.

Schloss Neuschwanstein, Dezember 1885

Es ist zwei Uhr nachts. Der Mond zeigt nur seine schöne schlanke Sichel, deswegen ist es recht dunkel. Umso intensiver leuchten die abertausend Sterne vor dieser schwarzen Kulisse. Klirrend kalt produziert mein Atem eine helle Wolke in der Finsternis. In meinem königsblauen Mantel schreite ich die steinerne Treppe in den unteren Hof hinab. Ich, der Souverän von Bayern. Mein geliebtes Schloss schimmert marmorweiß, fast engelsgleich, gespenstisch im Dunkel. Unten im Hof erledigt meine Equipage die letzten Handgriffe, sie bereiten die Felle vor, schließen die letzten Schnallen der Prunkgeschirre, polieren den goldenen Prunkwagen. Mein weicher Nerzmantel hält mich wohlig warm. Ich bin ergriffen und glücklich. Dieses Mal haben sie meine vier Schwarzen eingespannt, die schon ungeduldig auf der Stelle tänzeln. Wie schön das prachtvolle Geschirr und die roten Samtschabracken dazu aussehen. Ich strahle! Hornig hilft mir in die Kutsche, dann geht es endlich los. Die Pferde sind kaum noch zu halten. Der Vorreiter prescht mit der Laterne davon.

Ich werde in die Kutsche gedrückt mit einem Ruck. Diese preußischen Warmblutpferde sind wirklich wunderbar, obwohl ich Preußen eigentlich gar nicht mag. Aber Pferde züchten können sie. Im Trab geht es bergab den Weg entlang, die Fahrbahn ist gut und von einer weichen Schneeschicht bedeckt. Wir fahren Richtung Fernstein. Auf der Geraden lässt der Stallmeister die Rösser galoppieren, beugt sich nach hinten und nimmt die Pferde stark zurück, um ein Durchgehen zu verhindern. Ich halte mich fest. Der Wind bläst mir eisig ins Gesicht, und ich schütze es mit meinem roten bestickten Samtschal, den ich mir vor die Nase halte. Es kitzelt im Bauch. Welche Wonne!

Die Kutsche kam ruckartig zum Stehen. Eine Frauenstimme rief: »Und halt!« Unsanft wurde ich aus einem Tagtraum gerissen. Statt des Stallmeisters saß Sissi auf dem Bock. Statt vier edlen schwarzen Rössern standen zwei dicke, schläfrige Braune vor mir.

Auch gut so, dachte ich mir noch immer verschlafen und ... ups ... Mist, jetzt war ich beim Aussteigen aus der Kutsche gefallen. *Hoffentlich hat es keiner gesehen.* Wie ein nasser Sack! Verstohlen blickte ich mich um. Aber zu spät.

»Look, honey. The dog fell out of the carriage. I hope he's fine.« Besorgt schauend kam sie auf mich zu. Oh, nein, nur kein Mitleid. Schnell düste ich außer Reichweite der Amerikanerin um die Kutsche herum.

Drei weitere Touren später fuhr Frauchen langsam heimwärts, und ich lief neben der Kutsche her, um mich noch ein wenig auszutoben. Nach getaner Arbeit brachte Sissi die verschwitzten Tiere in den Stall, fütterte sie und deckte sie ein. So ging auch dieser Arbeitstag zu Ende, und ich freute mich schon auf einen gemütlichen Abend in unserer kleinen Wohnung mit meiner Sissi. Diese wohlige Geborgenheit war einfach mit nichts zu überbieten.

Kapitel 4

»Komm, Ludwig, auf geht's. Wolfgang Wolf hat uns zum Essen zu sich nach Hause eingeladen. Wenn der was mit Thomas' Verschwinden zu tun hat, dann kriegen wir das raus. Da will ich nicht zu spät kommen und gleich einen schlechten Eindruck hinterlassen.«

Aha, wegen mir zu spät kommen. *Die spinnt doch, steht stundenlang vor dem Badezimmerspiegel, malt sich an (umgangssprachlich »schminken«), duscht sich, föhnt sich die Haare mit der Rundbürste, und wegen mir kommt man dann zu spät. Weiber!*

Musste allerdings zugeben, dass Frauchen heute wieder sehr hübsch aussah; sie trug ein kurzes cremefarbenes Etuikleid mit leichtem Altrosa-Schimmer und goldfarbenen Fäden. Goldene Highheels ließen ihre Endlosbeine noch länger wirken, die schulterlangen blonden Haare trug sie offen und leicht gelockt. Was bitte sollte das werden?, fragte ich mich und guckte sie ernst an. Bitte nicht schon wieder einen neuen Lover.

Nicht nur, dass die mir mein Frauchen klauten, die spielten sich auch noch als Ersatzpapa auf.

»Ludwig, guck nicht so! Ich mach mich nur für mich schön, ich will nichts von dem Typen. Der ist ja fast doppelt so alt wie ich, gar nicht mein Typ!«

Okay, erinnere dich später dran. Wieso durchschaute ich die Typen beim ersten Blickkontakt und Frauchen erst nach einem gebrochenen Herzen, also nach sagen wir mal drei Wochen? Ich konnte Wolf, den schmierigen Schleimer, bereits jetzt schon nicht ausstehen. Dieser Wolf im Schafspelz!

»Und außerdem sitzt der im feindlichen Lager. Vielleicht ist er sogar ein Mörder.« Jetzt zog sie ängstlich die Stirn in Falten. »Wir müssen wirklich vorsichtig sein.« Nun hatte sie sich wieder daran erinnert, dass immer noch niemand über den Verbleib von Thomas Bescheid wusste. Noch immer machte sie sich Sorgen und hoffte, dass er noch lebte.

Die Höhle des Löwen, also Wolfs Haus, hätte typischer nicht sein können: ein betonierter Quader, Architektenhaus, ohne jeden Schnörkel in Weiß und Grau gehalten. Wahrscheinlich war das voll Frauchens Geschmack.

»Boah, guck, Ludwig, so ein Haus ... davon habe ich immer geträumt! Da macht ja sogar das Putzen Spaß.«

Vergiss es, Sissi, dir macht Putzen nicht mal im Buckingham Palace Spaß. Wir klingelten. Hat Frauchen ihm überhaupt gesagt, dass ich mitkomme? Wahrscheinlich hatte dieser Wolf etwas gegen Hunde. Die Typen kenn ich.

Da öffnete er schon die Tür. »Oh, là, là, die Dame, da hat sie sich aber selbst übertroffen. Sissi, meine Liebe, ich hätte nicht gedacht, dass eine Steigerung noch möglich ist.«

Wie erwartet gingen Sissi diese Komplimente runter wie Öl. Wann lernte sie endlich, mit dem Herzen zu sehen wie wir Hunde und sich nicht von Geschwätz und einer schönen Fassade respektive schönem Haus blenden zu lassen? Verzweiflung stieg in mir hoch. Dieser Abend würde kein gutes Ende nehmen.

»Danke, Herr Wolf, hören Sie auf, das ist zu viel des Guten. Ich habe den Vertrag dabei, unterschrieben ist er auch.« »Gut«, meinte Wolf freundlich.

Der Blick des Schleimers fiel auf mich und wurde eisiger. »Und Ihr süßes Hundchen haben Sie auch mitgebracht. Toll!«

Wie erwartet checkte sie seine Verlogenheit nicht mal.

»Ja, sollen wir ihn am Treppengeländer anbinden, wegen der Haare und der Hygiene und so ...?«, fragte Wolf.

Pass auf, was du sagst, Alter, und apropos Hygiene, ich habe keine Schweißflecken unter den Achseln!

Wolf trug ein tiefblaues Hemd, das eigentlich sehr geschmackvoll, aber leider unter den Achseln schon durchgeschwitzt war ...

»Ach, wenn es Sie nicht stört, nehme ich ihn mit, er ist auch ganz brav und sauber«, meinte Frauchen beschwichtigend.

»Okay, wenn Sie meinen. Er sollte halt nicht auf meinen Berberteppich pinkeln … So, Sissi, mögen Sie lieber Hugo oder Sex on the Beach?«, fragte der Wolf scheinheilig.

»Also, eigentlich bin ich eher der Hugo-Typ, aber ich muss ja noch fahren.«

»Ach, meine Hübsche, ich habe doch ein Gästezimmer.«

Der Typ wurde immer unerträglicher und schmieriger, ich setzte mich aufrecht neben Frauchen und guckte ihn böse an. Mittlerweile waren sie schon beim »Du«.

Er servierte ein kleines Amuse-Gueule: Chicoréesalat mit Feigen und Ziegenkäse. Ich grinste in mich hinein. Sissi ist der heikelste Mensch, den ich kenne. Sie isst keinen Fisch, keine Tomaten, keinen Käse. Viel Spaß mit dem Ziegenkäse, Sissi!

»Oh, das sieht aber lecker aus. Danke, Wolfgang!«

Danke, Wolfgang – lüg nicht rum und red nicht so gekünstelt, maulte ich Sissi an. *Und du, Wolfgang, koch mal was Anständiges, Leberkäs, Schnitzel oder 'ne Bratwurst, wenigstens. Ist ja auch Wurst, im wahrsten Sinne des Wortes, Hauptsache, nicht so überkandidelt.*

Frauchen stocherte in dem Essen rum und machte sich an den nichtkäsigen Sachen zu schaffen. Wolfgang, der in seiner Schuhbeck-Schürze noch lächerlicher aussah als sonst, aß sehr fein mit Gabel und Messer. War dieser Mann ein Mörder? Oder ein kalter, berechnender Typ, der einen Mord in Auftrag gab?

Sissi ihrerseits schien ihren Auftrag vergessen zu haben. Zu sehr war sie mit dem Essen beschäftigt.

»Schmeckt es dir denn? Ich hoffe doch, ich koche ja so gern, habe da letztes Jahr einen Kurs bei Alfons Schuhbeck belegt, also ich sag es dir: super. Da kannst du so viel dazulernen. Der hat auch meine Schürze handsigniert. Siehst du das?« Stolz zeigte er auf seine bestickte weiße Schürze.

»Ach, du hast ja gar keinen Wein, ich geh schnell und hol dir einen. Magst du lieber Weiß oder Rot? Nun, zum Gemüse trinke ich persönlich am liebsten einen leichten Weißburgunder.«

Beachtlich schnell für sein Körpergewicht – *gut, ich bin jetzt auch nicht grade magersuchtgefährdet, aber der ...*

Jedenfalls machte er sich beachtlich schnell auf in die Küche. Sissi nutzte ihre Chance.

»Schnell, Ludwig, iss den Ziegenkäse.« Sofort stopfte sie mir das weiße Zeug mit Zeigefinger und Daumen in den Mund. Ich schleckte noch mein Mäulchen ab, als Wolfi zurückkam, doch der hatte eh nur Augen für Sissi, die sich die Finger an der Serviette abputzte, sich entspannt zurücklehnte und ihm lässig ihr Glas hinhielt.

»Danke, Wolfgang, das war sehr fein.« Dazu grinste sie scheinheilig.

Nach weiterem Smalltalk und Gesprächen über das neue Musical und meine Rolle kamen wir endlich zur Vorspeise. Frauchen hatte Glück - es gab getrüffelte Kartoffelsuppe.

»Das ist schwarzer Trüffel aus Alba, den kriegst du hier im Allgäu gar nicht. War letzten Monat dort und hab ihn mitgebracht.«

Wir brauchen im Allgäu auch gar keinen schwarzen Trüffel, du Trüffelschwein, dachte ich mir, *wir haben schließlich Schwammerl.* Als Sissi meinen bösen Blick sah, besann sie sich auf ihre eigentliche Aufgabe und begann, Wolf auszuhören. Sie durfte nicht zu plump vorgehen.

»Kennen Sie eigentlich Thomas Gubath?«, fragte sie möglichst neutral und versuchte, unbeteiligt auszusehen, während sie Wolfs Reaktion genau beobachtete.

Der blies geräuschvoll Luft aus.

»Hm. Ach das ist doch der König-Ludwig-Darsteller. Der Schönling, oder?« Jetzt musterte er Sissi misstrauisch.

»Warum fragst du?«

»Ach, nur so. Ich fand ihn halt in der Rolle einzigartig, deswegen meine ich, man hätte ihn doch übernehmen können.«

»Bist du deswegen hier?«, fragte der Wolf ein wenig angesäuert mit zusammengekniffenen Augen.

Sissi bekam Angst. In ihren Gedanken sah sie sicher schon, wie er sie zusammenschlug und in den Keller warf, wo der ermordete Thomas Gubath schon vor sich hin verweste.

Sie schluckte. »Nein, ich ... ich habe halt Mitleid mit den Schauspielern.«

»Dein Hund wird doch übernommen. Und die anderer finden schon wieder einen Job. Das ging halt nicht anders.« Der Wolf versuchte, Sissi zu überzeugen. »Außerdem bekommt der Gubath die höchste Abfindung von allen. Der hat als Einziger einen Fünfjahresvertrag. Den dürfen wir mit einer fünfstelligen Summe ausbezahlen!«, meinte Wolf entnervt.

Aha, Sissi horchte auf. Wenn das mal kein Grund für einen Mord war. Sie wollte aber keinen Verdacht auf sich ziehen und ließ das Thema erst mal sein. Vielleicht war er später nach ein paar Gläsern in weinseliger Plauderstimmung.

Ein Entrecote mit Rosmarinkartoffeln, ein Tiramisu und endloses Geschwätz später landeten die zwei auf dem Sofa. Es war weiß und aus italienischem Leder.

Frauchen hatte schon das zweite Glas Weißwein intus und kicherte verlegen. Ich wich nicht von ihrer Seite und hatte mich – grad mit Fleiß - auf seinen beigen Berberteppich vor dem Sofa gesetzt. Natürlich legte ich mich nicht hin, sondern beobachtete sie genau.

»Also Sissi, wenn wir das Musical fest übernommen haben und alles routinemäßig läuft, dann bekommst du einen tollen Job, nicht nur das mit dem Hund.«

»Ach, Wolfgang, lass mal, ich mach das mit den Tieren doch gerne, ich gehöre nicht auf die Bühne, da bin ich doch nicht extrovertiert genug, aber ...«

»Nicht so bescheiden, meine Liebe, bei deinem Aussehen«, unterbrach er sie schon leicht angeheitert. Ich knurrte bedrohlich. »Was hat denn der Hund? Vielleicht muss er mal? Soll ich ihn rauslassen in den Garten?«

Nein, das könnte dir so passen, allein mit meiner Sissi. Nicht mit mir.

»Du, ich geh mal schauen!« Sissi stand auf und begleitete mich hinaus. Ich machte hinter einen Busch mein kleines Geschäft und eilte schnell rein, an die Füße meines Frauchens. *Ich beschütze dich, Sissi. Lass uns doch endlich gehen.*

Jetzt legte dieser Heini auch noch einen Arm um mein Frauchen und wollte sie auf den Mund küssen. *Ich werde noch wahnsinnig.* Ich ließ sie nicht aus den Augen. Als er anfing, ihren Oberschenkel zu streicheln, reichte es mir endgültig. Ich sprang auf und biss ihn ohne Vorwarnung in die Wade.

»Aua, Mist, nimm doch das Vieh weg!« Wolfgang schrie hysterisch wie ein Waschweib.

War doch nur ein Warnschuss. Ein kleiner Biss, ich hätte auch weiter hoch zwischen die Beine gehen können …

»Oh je, das tut mir leid.« Frauchen war ganz aufgeregt.

He, auf wessen Seite bist du eigentlich?

»Komm, ich verarzte dich, Wolfgang, wir desinfizieren das und geben Salbe und ein Pflaster drauf. Das ist nur eine ganz kleine oberflächliche Wunde«, versuchte sie, Wolf zu beschwichtigen. Die beiden verschwanden hastig im Bad.

Das war sehr erfolgreich gewesen, Wolfi war die Lust auf ein Schäferstündchen vergangen. Was war der denn für ein Wolf?

»Ist schon gut, Sissi, wir treffen uns nächste Woche sowieso im Festspielhaus, den unterschriebenen Vertrag habe ich ja schon«, verabschiedete sich Wolfi kühl.

Frauchen packte mich sauer ins Auto. »Du Monster, immer machst du mir Ärger, da muss man sich ja schämen.«

Ich, Ärger? Ich hab dich grad vor großem Ärger bewahrt, Liebes. Ich grinste selbstzufrieden. Morgen würde ihre Wut schon wieder vergessen sein.

Kapitel 5

Am nächsten Morgen war wieder ein neuer Arbeitstag. Nun, mein Tag begann damit, dass mein Frauchen Sissi sehr früh aufstehen musste, um in den Stall zu gehen. Das war schon etwas nervig, wenn um halb sieben der Wecker klingelte und ich aus meinen süßen Träumen geweckt wurde. Manchmal konnte ich mir ein schadenfrohes Grinsen nicht verkneifen, wenn ich mich dann laut stöhnend (ein Zeichen meines Wohlbefindens) noch mal im warmen Bett umdrehte, um noch weiter unter die kuschelige Bettdecke zu kriechen. Schweren Herzens stand sie endlich auf. Sie verstand dann doch immer recht schnell, dass ja irgendjemand das Geld verdienen musste. Von mir konnte das ja wohl keiner erwarten Und so früh am Morgen schon überhaupt nicht. Weil ich dann aber doch Lust auf ein kleines Mahl bekam, bewegte ich mich erwartungsvoll in die Küche, um etwas vom Frühstück abzustauben. Grundsätzlich hatte ich nichts gegen Marmeladenbrot – oder am Wochenende Schinkenbrot, besser noch Schinkensemmel mit viel Butter, Fett ist schließlich ein Geschmacksträger. Aber das Essen der Menschen wäre wie gesagt ein Thema für sich. Man konnte da definitiv nicht mehr von »speisen« sprechen. Wie schnell und unbewusst sich die Menschheit heutzutage das Essen einverleibte, war die eine Seite. Oft sogar im Stehen! Welch scheußliches Zeug sie aßen, die andere: Ich dachte da nur an Fastfood, Fertigprodukte aus dem Supermarkt und schnell gekochte italienische Hartweizenware mit roter Soße. Nun gut, allzu oft musste ich mich sowieso mit meinem Hundefutter zufriedengeben. Weil mein Frauchen im Rahmen ihrer Möglichkeiten dennoch versuchte, gut für mich zu sorgen, nicht nur kulinarisch, spielte sie oft noch kurz mit mir. Wir übten dann zum Beispiel unser Repertoire an Kunststücken, wobei ich immer ein Stück Trockenfutter für jedes gelungene Kunststück bekam, wenn ich Glück hatte, auch ein Leckerli. Frauchen sagte immer, ich würde nur gegen Bares arbeiten. Gut, dann durfte ich ein wenig raus und anschließend ging sie in den Stall, einkaufen oder putzte die Wohnung.

Vormittags verbrachte ich die meiste Zeit damit zu schlafen, im Sommer gern draußen im Garten in der Sonne. Das war Erholung pur.

Heute Abend war wieder Vorstellung, und somit mussten wir ab acht Uhr mit Midnight im Festspielhaus sein. Midnight wurde natürlich noch gewaschen und dann aufgeschirrt. Das war bei mir nicht nötig. Ich war immer schick in Schale, trug zu meinem Auftritt aber ein schickes blaues Samthalsband mit goldenen Krönchen darauf.

Besonders liebte ich die Atmosphäre im Festspielhaus, das angespannte und nervöse Treiben hinter der Bühne, liebte die Schauspieler, die ein ganz eigener Schlag Menschen waren, und natürlich meinen Auftritt. Doch heute lag eine düstere Stimmung in der Luft, eine dunkle Wolke der Vorahnung hing wie ein Damoklesschwert über uns.

Thomas war noch immer nicht aufgetaucht. Mittlerweile war die Polizei informiert, und auch Zeitungen suchten mittels eines Fotos und eines Steckbriefes nach ihm.

Wir spielten nur noch wenige Wochenenden nach Plan. Das war so traurig. Viele Schauspieler waren schon beim Arbeitsamt gewesen auf der Suche nach einer neuen Anstellung.

Während Frauchen Middy hinter der Bühne putzte, kamen Wackerl und Rosl zu uns.

»Und, wie geht es dir, Sissi? Wie war dein Essen mit dem Wolf?«, fragte Wackerl nicht ohne einen Funken Neugier. »Woher weißt du das?«, fragte Frauchen erstaunt zurück. »Ach, Sissi, Schatz, wir sind doch eine Familie, und so ein Theater ist doch ein einziger Tratschhaufen.«

»Nun …« Sissi war peinlich berührt. »War okay, aber stell dir vor, wer nach unserem letzten Treffen im Büro von Wolf gesessen hat?«

Sissi machte eine Pause, um die Spannung zu steigern. »Die Blunzn!«

»Was, die?« Wackerl und Rosl, die seit einem guten Jahr miteinander liiert waren, rissen vor Schock Mund und Augen auf. »Was läuft denn da?«

»Ich glaube, die will ihren Pelz retten und schleimt sich bei dem ein, um einen guten Job zu bekommen«, meinte Sissi. »Ja, für ihre Karriere tut die alles! Glaubst du, die schläft mit dem?«, fragte Wackerl. Sissi verdrehte die Augen. »Würdest du etwa mit der, also ich meine, wenn du die Rosl nicht hättest?«

»Nee. Ich doch nicht. Ich stehe nicht auf mollig, aber für den, der's mog, is's Hechste!«

Alle drei prusteten herzlich los.

Dann wurde Sissi wieder ernst. »Nein, die hat sich über unsere Sorgen lustig gemacht, darüber, dass wir jetzt keine Arbeit mehr hier haben, die ist so gleichgültig! Außerdem kennt der Wolf den Thomas. Er muss ihm eine hohe Abfindung bezahlen, weil der Thomas einen speziellen Vertrag hat.« Wackerl und Rosl staunten nicht schlecht. Doch schon wurde der Schauspieler von der Regieassistenz gerufen. Er hatte gleich seinen Auftritt.

Weil Middy schon fertig und blitzeblank war, ließen wir ihn angebunden stehen und gingen neben die Bühne auf die Seitenbühne, von wo aus wir alles sehen konnten. Wir versteckten uns dezent hinter dem schweren blauen Samtvorhang mit dem stilisierten silbernen Schwanenemblem. Schön! Die Minister sangen ein lustiges Lied darüber, dass sie kein Geld mehr hatten. »Geld ham ma koins …«

Sissi sah traurig aus. In diesem Moment wurde ihr wohl schmerzlich bewusst, dass es uns und Giovanni Bellini jetzt hier in der Realität genauso ging wie König Ludwig damals, vor über 150 Jahren, als sie ihn daran gehindert hatten, die Kunst zu fördern, seien es Wagners Opern oder die wunderbaren Schlösser. Das Geld, der Tyrann, zerstört Träume! Zumindest für die, die es nicht haben.

»Geld hat er koans, Geld hat er koans,
außer wenn er spart, dann bleibt ihm oans,
Geld hat er koans, Geld hat er koans,
aber wenn er brav ist, kriegt er oans.

Geld, Geld regiert die Welt,
Geld regiert die Welt.
Geld, Geld regiert die Welt
Und mir regier'n das Geld.
... Gäste aus der ganzen Welt
Werden durch die Schlösser schlendern
Und durch dieses Eintrittsgeld
Wird sich euer Starrsinn ändern.«

Der fröhlich-bayerische Ministermarsch, das anrührende Adler-Lied,
der Wiener Walzer im gefälligen eleganten Dreitakt - ein Ohren-
schmaus, der in Traumwelten verführte!
Trotz der äußeren Umstände genossen Sissi und ich das Hier und
Jetzt und erfreuten uns an dem schönen Gesamtkunstwerk, den
aufwendigen Kostümen, dem fulminanten Bühnenbild und der Musik. Wie bei jeder Aufführung ließen wir uns in König Ludwigs Mär-
chenwelt entführen. Bald zum letzten Mal!
Sogar das Gebäude war extra für dieses Gesamtkunstwerk geplant
und gebaut worden. Seine Form lehnte sich an die von Gottfried
Semper konzipierte und von Richard Wagner im Bayreuther Festspielhaus verwendete Architektur an: minimalistisch und modern
gehalten mit Wänden aus hellgrauem Beton. Neben einem Hauptteil, in dem sich die Bühne, Probebühne, Garderoben, Werkstätten
und Büros befanden, besaß das Gebäude zwei Seitenflügel, die
symmetrisch an den Hauptteil angeschlossen waren und Gastrono-
mie, Säle und den Theatershop enthielten. Dieses architektonische

Wunder befand sich auf einer extra aufgeschütteten Insel im Forggensee mit Blick auf das fantastisch schöne Schloss Neuschwanstein, das nur etwa vier Kilometer Luftlinie entfernt lag.

Schließlich mussten wir uns fertig machen für unseren Auftritt. Karl Beyerle, die zweite Ludwig-Besetzung, freute sich diebisch, dass endlich er einmal die erste Besetzung war. Ich saß mit Beyerle alias König Ludwig auf der hinteren Sitzbank des Schlittens, Frauchen auf Middy vorne. Sie betonte immer, wie hübsch ich wäre. Die Grundfarbe meines kurzen Fells ist weiß, mit zwei großen schwarzen Flecken auf dem Rücken und einem braunen Fleck am rechten Vorderbein. Mein ebenmäßiges, aristokratisches Gesicht wird von einer braun-schwarzen Maske dominiert, aus der meine schwarzen Eyeliner-Augen hervorstechen. Braune Ohren, die ich je nach Bedarf aufstellen oder legen kann, runden den angenehmen Gesamteindruck ab.

Schon wurden wir mit der Drehbühne vor das Publikum gefahren. Oftmals hörte ich die Zuschauer »Oh« und »Wow« sagen. König Ludwig trug seinen royalblauen Mantel, die goldenen Epauletten, weiße Handschuhe und eine weiße Reithose mit schwarzen polierten Stiefeln. Viele Abzeichen und eine rote Schärpe zeigten seine königliche Abstammung. Das schwarze halblange Haar - allerdings eine Perücke - trug er gelockt, es umrahmte sein gleichmäßiges Gesicht. Ich konnte Sissi von der hinteren Sitzbank aus beobachten. Ich war eifersüchtig, sie dachte augenscheinlich gerade an Thomas Gubath. Extra stolz und aufrecht guckte ich zuerst zu ihr und dann in den dunklen amphitheaterförmigen Zuschauerraum, während wir hier im Rampenlicht saßen. Wie eine sanfte Berührung spürte ich die Aufmerksamkeit und Bewunderung der Zuschauer, obwohl ich sie nicht einzeln erkennen konnte. Es war so schön.

Ludwig begann zu singen:
»Oh, diese Einsamkeit,
die mich gefangen hält
in ihrem dunklen Schoß,

in ihrer Schattenwelt.
Irgendwo muss doch ein Mensch sein,
der mich so liebt, wie ich bin.
Irgendwo muss doch ein Ort sein,
an dem nur ich willkommen bin ...«

Dann war die Szene auch schon vorbei, und das war es für heute. Hinter der Bühne spannte Sissi Middy aus, und ich kuschelte ein wenig mit meiner Lieblingsnymphe Chantal.»Komm, Ludwig«, sagte Sissi, als sie fertig war,»es ist so ein schöner Vollmondabend und noch ganz warm, lass uns am Forggensee noch ein wenig spazieren gehen.«
Gute Idee. Und so liefen wir vom hinteren Parkplatz aus - Middy stand sicher und »gut geparkt« in seinem Pferdeanhänger und knabberte Heu aus dem Heunetz - um die Ostseite des Gebäudes Richtung Romantik-Restaurant. Dort angekommen tat sich uns der Anblick des märchenhaft schönen Schlosses Neuschwanstein auf. Hell stach es vor dem dunklen Berg ab. Die fast schwarze Bergsilhouette war einzigartig, einzelne Baumumrisse waren deutlich zu erkennen. Der große Mond lächelte hell und groß wie ein liebes, vertrautes Gesicht über dem Säuling inmitten seines Lichtkreises, der von Hellgelb und Weiß über Hellorange und Dunkelorange bis ins Dunkelblaue ging. Einzelne Wolkenfetzen ruhten in der Luft. Es war ganz ruhig, nur wenige Musicalbesucher hielten sich noch im Barockgarten auf, denn es ging schon auf halb zwölf zu. Die schwarzen Blechfiguren, die den Garten zierten, sahen fast unheimlich aus. Man hätte zunächst denken können, es seien echte Menschen.
Zu zweit liefen wir den romantischen Kiesweg zwischen den Hecken entlang. Die Röschen versprühten bereits einen angenehmen sinnlichen Sommerduft. Es war ja auch schon Frühsommer, wenngleich der hier im Allgäu, das vom harten alpinen Klima beherrscht wurde, deutlich später einsetzte als zum Beispiel in München oder Augs-

burg. Während dort schon im März die ersten Frühlingsblüten ex-
plodierten, trauten sich hier erst im Mai ein paar vorwitzige Schnee-
glöckchen die Schneedecke zu durchbrechen.

Das Sprudeln des kleinen Springbrunnens vermischte sich mit dem
regelmäßigen Plätschern und Schmatzen der Wellen, die ans Kiesufer des Sees schlugen.

Sissi und ich genossen entspannt diese schöne Kulisse. Ich dachte
daran, dass ich schon wieder ein leichtes Hungergefühl verspürte,
und Sissis Gedanken konnte ich aufgrund ihres melancholischen
Gesichtsausdrucks leicht erraten. Sie dachte vermutlich an Thomas.
Ich glaubte nicht, dass er der Richtige für sie war. Warum, das
konnte ich ihr leider nicht sagen. Ich wollte nicht, dass er sie unglücklich machte.

Ich sah mein Frauchen im Mondlicht an. Sie hatte eine lustige Him-
melfahrtsnase, ein schmales Gesicht, dessen eine Hälfte im Dunkel
verschwand, nur die mir zugeneigte wurde vom weißen Mondlicht
beschienen, das dunkle Schatten auf ihre eingefallenen, hageren
Wangen warf. Die Lippen waren voll. Die Augen groß, verträumt und
mit langen Wimpern.

Sie bemerkte meinen Blick und schaute zu mir.

»Ach Ludwig, wie schön du hier im Mondlicht aussiehst.« Glücklich
strahlte sie mich an und streichelte mir über den Kopf. Ich wusste,
dass sie mich wunderschön fand. Meine schwarz umrandeten Mandelaugen betörten die meisten Menschen. Sissi war immer ein wenig neidisch, wenn sie sich die Augen schminken musste, während
ich »naturschön« war, wie sie zu sagen pflegte.

»Komm, wir laufen noch ein wenig, lass uns zur Ludwigsglocke gehen«, forderte Sissi mich auf, sprang auf und warf ein Stöckchen ins
Wasser, das ich natürlich nicht holte. Dass ich nicht auf dieses pro-
fane Stöckchen-Apportierspiel stand, wollte sie absolut nicht verstehen. Grundsätzlich bewege ich mich eigentlich nie mehr als nötig.
Diese Tatsache, zusammen mit meinem Lieblingshobby, Essen,

führt dazu, dass meine Taille nicht mehr so gut zu erkennen ist. Egal.

Wir liefen am Kiesufer entlang Richtung Glocke. Dann gingen wir weiter Richtung Feuerstelle, und ich atmete den intensiven Duft des weißen Flieders ein. Dort hielten sich im Sommer oft Künstler und Schauspieler auf, um ein Lager- und Grillfeuer zu machen, was eigentlich verboten war, sie aber natürlich nicht störte.

Wir hörten Stimmen. Sissi hielt mich zurück. Leise versteckten wir uns hinter einem Haselnussstrauch, und Sissi nahm mich an die Leine, um zu verhindern, dass ich weglief oder sonstigen Quatsch machte. Die Stimmen waren fröhlich, übermütig und laut. Wasser plätscherte. Sissi und ich guckten seitlich am Busch vorbei. Es waren zwei Personen zu sehen. Eine davon war dabei, sich auszuziehen.

»Komm, sei kein Spielverderber, die Nacht ist so schön, so einzigartig. Lass uns baden!«

»Nein, ich hab doch keine Badehose dabei!«

»Oh, du Spießer! Komm schon!«

Ich erkannte zunächst eine schlanke, drahtige Person. Sie zog sich das T-Shirt über den Kopf, warf es lässig auf den Boden und offenbarte einen muskulösen, aber dünnen Oberkörper. Ich guckte Sissi an. Sie wandte ihren Blick nicht ab von dem Spektakel, war wie paralysiert, der Mund stand ihr offen.

»Ludwig«, flüsterte sie erstaunt und wollte weglaufen, überlegte es sich aber anders, ihr Körper war angespannt wie der einer Katze, die auf eine Maus lauert. Dann trat der zweite Körper wieder hinter dem Busch hervor und näher an den ersten heran. Es war ganz still, der Mondschein-Adonis öffnete seine Gürtelschnalle. Die Spannung war nahezu greifbar.

»Aber der Thomas«, flüsterte der eine. Es war Thomas' Schauspielkollege Alexander Mayer. »Der Thomas ist jetzt nicht da«, beschwor ihn der andere.

Ihre Köpfe kamen sich näher, ihre Münder fanden sch, während Sissi ihren Mund nicht mehr zukriegte. Sie umarmten sich leidenschaftlich und küssten sich. Der Adonis zog dem Objekt seiner Begierde das T-Shirt über den Kopf. Es war Karl Beyerle, der hier offensichtlich mit dem jungen Alexander flirtete, der den Schauspieler Josef Kainz[7] spielte. Er küsste ihn, sie zogen sich die Hosen aus und streichelten sich über die Arme. In übermütiger Freude packte Beyerle dann Alexander am Arm und sprang mit ihm unter lautem Schreien in die Fluten. Ihre durchtrainierten, im Mondschein weiß wirkenden Körper sahen sehr schön aus und verschwanden langsam, aber unter lautem Plätschern im Glitzern des ruhig daliegenden Sees, bis nur noch ihre Köpfe zu sehen waren.

Ich lief los, um Sissi von diesem Platz wegzulotsen, und sie folgte mir wortlos. Kraftlos ließ sie sich auf einer weißen Holzbank im Barockgarten nieder.

»Ach Ludwig, alle sind glücklich verliebt. Alle außer mir. Ich bin zu blöd für alles, kein Job, kein Mann. Ich werde nie einen finden, der mich so liebt, wie ich bin. Und ich wollte auch einmal heiraten, in einem schönen champagnerfarbenen Spitzenkleid. Hier im Musical! Gott sei Dank hab ich dich.« In einem Anfall von Selbstmitleid weinte sie los und ergoss sich in ihrem Elend.

In diesem Moment wusste ich auch nicht, wie ich ihr helfen konnte. Ich spürte ihren Schmerz und ihre Einsamkeit, verstand sie allerdings nicht ganz. Sie hatte doch mich! Das Bild der zwei schönen Männer eben, die so harmonisch und intim waren, hatte mich trotzdem nicht wenig verwirrt.

---

[7] Josef Kainz war der Lieblingsschauspieler von König Ludwig II., den er sogar in seine Schlösser einlud.

Schloss Linderhof, 1879

Josef[8] spricht laut, akzentuiert und voller Gefühl. Ich liebe seinen Duktus, seine Art, die Worte zu betonen, die Kunst zum Leben zu erwecken, das Leben Kunst werden zu lassen. Herrlich! Dieser schlaksige junge Mann weckt in mir Gefühle, die ich bisher nicht gekannt habe. Ich will ihn beschützen, ihn beschenken, ich will … Ich weiß es nicht. Seine halb geöffneten Augen, der Blick in die Ferne, wie er so ganz in seiner Rolle des Didier ist. Ja, mit Didier verschmilzt. Oh Gott!

Hier auf Schloss Linderhof sitzen nicht mehr König und Künstler, hier sitzen zwei Seelen, die sich verstehen. Dank der Worte, der holden Kunst, teurer Didier. Er ist in eine schwarze spanische Hoftracht gekleidet, seine schulterlangen brünetten Haare fallen sanft über seine mageren Schultern. Ich möchte sie berühren, sie ihm zart nach hinten legen. Es liegt eine besondere Stimmung in der Luft, sie ist geweiht, hier wird der Künstler zum Priester, die Kunst zum Gottesdienst. Endlich habe ich diesen wunderbaren Menschen persönlich hier in meinem Schloss, bisher hatten wir nur brieflichen Kontakt. Selbsthöchstpersönlich habe ich die Korrespondenz getätigt. Welche Ehre für einen Schauspieler! Schon damals spürte ich nämlich die besondere Verbindung zwischen uns. Endlich jemand, der mich versteht, den ich verstehe. Ich bin nicht mehr allein. Wir befinden uns im Salon, das »Tischleindeckdich« ist gerade im Boden versenkt worden. Sobald Didier diesen Absatz zu Ende zitiert hat, werde ich ihn in mein Allerheiligstes führen, in die Grotte. Gierig trinke ich das dritte Glas Wein, proste Didier zu und atme unter der Fülle meiner Gefühle schwer aus. Ich bin voller Dankbarkeit dem

---

[8] Josef Kainz war eine Zeit lang Ludwigs Lieblingsschauspieler, er nannte ihn oft nach einer Rolle »Didier«.

Menschen gegenüber, der solche Gefühlsregung, solche Zärtlichkeit in mir weckt. Ich freue mich schon sehr, ihm später ein Geschenk überreichen zu können. Im Muschelkahn, umringt von meinen Schwänen. Einen Goldring mit einem ovalen Saphir, eingefasst in Diamanten. Edel und gut ist dieser Mann, ich werde ihn vor aller Welt beschützen. Falls er Feinde hat, Neider, Widersacher, die ihm zu schaden suchen, so werde ich ihm die Bahn ebnen, ihn schützen wie einen Bruder. Seine Feinde sind meine Feinde. Die Theater sind doch eine Schlangengrube, so ähnlich wie mein Hof. Mais la poesie c'est la vie!

Ich gehe auf ihn zu. Unsere Blicke treffen sich, ich atme seinen wunderbaren Duft ein, versinke in seiner güldenen Aura. Meine Hand fühlt sich zu ihm hingezogen, ich berühre ihn sanft am Arm und ziehe sie sofort zurück wie vom Feuer …

Eine fröhliche Männerstimme fiel lautstark in unseren Zauber ein. »Der Thomas geht mir manchmal echt auf die Nerven!« Welch unflätige Sprache. »Der ist so ein König-Ludwig-Fanatiker!«

Ich erblickte einen dunkelhaarigen schlanken Mann in Begleitung eines anderen Jünglings. Es waren Karl Beyerle und Alexander. Geradewegs kamen sie auf die Bank zu, auf der wir saßen. Mist! Hier war meine verheulte Sissi. Was konnte ich nur tun? Uns in Luft auflösen? Zu spät!

»Ja, wer sitzt denn da? Die Sissi und mein Lieblingshund, Namensvetter Ludwig!«

Sissi drehte sich erschrocken um. In ihren Kummer versunken hatte sie die beiden nicht kommen hören.

»Oh, hallo!« Verstohlen versteckte sie ihr Tempotaschentuch in der Hosentasche ihrer Jeans. »So spät seid ihr noch am See?«

Mist, Sissi, was laberst du wieder für Müll!

»Ja, wir haben uns noch ein wenig erfrischt, es ist so ein wunderbarer, romantischer Abend. Aber was macht ihr zwei noch hier, so allein?« Alexander war wie immer lässig und souverän. »Hast du geweint, du siehst so traurig aus?« Liebevoll legte er eine Hand auf Sissis Schulter und ging in die Hocke, um näher bei ihr zu sein.

Sissi wich instinktiv zurück. »Nö, nur Schnupfen, außerdem, die ganze Sache mit dem Musical, das geht mir echt nah! Und dass der Thomas weg ist«, rutschte ihr heraus.

Alexanders Gesicht verdunkelte sich. Seine Fröhlichkeit war wie weggeblasen.

Da ich Durst hatte, ging ich ans nur ein paar Meter entfernte Seeufer, um ein paar Schlucke zu trinken. Plötzlich stieg ein bekannter Geruch in meine feine Spürnase. Ich folgte der intensiver werdenden Spur. Und was fand ich da? Ich traute meinen Augen kaum und blieb stehen. Eindeutig. Oh Gott! Das durfte ich Sissi nicht sagen. Oder doch? Ich musste es ihr sagen. Ich ging in der Dunkelheit näher an das schwarze Bündel heran. Ja.

Ich bellte ein helles Stakkato. Meine Nase hatte mich noch nie im Stich gelassen. Da lag eine Jacke, sie war eindeutig von Thomas.

»Ludwig!«, hörte ich von hinten Sissi rufen.

Ich bellte weiter, und sie verstand mich sofort. Alarmiert kam sie auf mich zu, in Begleitung der zwei Männer.

Sie erstarrten.

»Was hat der Hund da gefunden?«, fragte Karl.

»Keine Ahnung«, meinte Sissi, die sich vorsichtig näherte.

»Das ist die Sportjacke vom Thomas!«, rief Alexander geschockt aus.

»Oh Gott!«, rief Sissi, und ich konnte ihr ansehen, dass ihre Fantasie, die meist schlimmer als jede Realität war, mit ihr durchging.

»Dann ist er tot!«, schrie sie unter Tränen. »Im See gestorben wie der echte König! Ermordet!« Sie schluchzte. Hemmungslos.

Die beiden Männer sahen sich geschockt an. Alexander hob das Kleidungsstück auf, um es auf Spuren zu untersuchen, so gut es in der Dunkelheit eben ging.

»Blut ist aber keines dran«, meinte er um Sachlichkeit bemüht.

Karl stand etwas abseits. Würde er abhauen? Ich behielt ihn aus den Augenwinkeln im Blick.

»Wir müssen das der Polizei sagen«, schlug Sissi vor. »Wann hast du ihn das letzte Mal gesehen?«, fragte sie nun Alexander, von dem sie wusste, dass er öfter mit Thomas Zeit verbrachte.

Wieder blickten sich die beiden Männer an. Wollten sie etwas verschweigen?

»Komm, Sissi, wir gehen heim, trinken noch etwas und reden dort in Ruhe«, schlug Karl vor.

Sissi bekam es mit der Angst zu tun und wollte sich schnell und unauffällig aus der Affäre ziehen. Womöglich würde er auch sie ermorden, wenn sie zu viel wusste?

»Nein, sei mir nicht böse, aber ich bin echt müde, und außerdem steht Middy im Hänger und wartet darauf, heimgefahren zu werden.«

»Okay, dann begleiten wir euch wenigstens noch bis zum Parkplatz!«

»Nicht nötig«, rief Sissi und rannte durch den Barockgarten, am Romantik-Restaurant vorbei auf den Parkplatz hinter dem Festspielhaus. Ich folgte ihr atemlos.

»Und übrigens«, rief Alexander uns hinterher, »morgen um 15 Uhr treffen wir uns alle in der Bierwirtschaft, um über die Pleite zu reden. Und Thomas' Jacke bringe ich morgen zur Polizei.«

In der Nacht konnte Sissi ewig nicht einschlafen und wälzte sich von einer auf die andere Seite. Ich zog mich in mein Hundebett zurück.

Kapitel 6

Es war ein angenehmer Frühsommernachmittag, der gar nicht zu unserer Stimmung passte. Nicht sonnig, ein paar kitschige Simpsons-Wolken am Himmel, aber schön warm. Der ein paar Steinwürfe von uns entfernte Forggensee ruhte. Keine Brise bewegte seine Oberfläche. Wie ein türkisblau marmorierter Spiegel, der das Seeufer mit seinen sanften Hügeln und vereinzelten hellgrünen Bäumen, Baumgruppen oder dunklen Wäldchen reflektierte. Achsenspiegelung - die Achse bildete der dünne Streifen Strand - sozusagen, dachte ich mir stolz. Es schadete nie, auch als Hund nicht, wenn man in der Schule – und sei es die Hundeschule – aufpasste. *Mein Lieblingsschloss, das malerische Dorf Brunnen mit der schlichten weißen Kirche und der stolze Tegelberg mit der Seilbahn, all das ist schöner als in jedem Heimatfilm*, sinnierte ich sentimental; ein Blick zu Sissi genügte, um zu wissen, dass sie gerade dasselbe dachte wie ich. Die Schönheit der Natur wirkte wie ein Sedativum, ein angenehmes Beruhigungsmittel, das einen friedlichen Schleier über alles legte.

Wir befanden uns im Biergarten am Festspielhaus, einzelne Biertische und -bänke standen auf dem Kies und vermittelten ein anheimelndes Ambiente. Der Barockgarten mit seinen Rosenbeeten, Hecken und dem Springbrunnen lag terrassenförmig unter uns. Wir saßen mit ein paar Schauspielkollegen beisammen. Ich saß zwischen Sissi und Chantal. Die anderen Nymphen, die Minister und ein paar andere waren auch schon da. Bellini hatte uns schon vorgewarnt, dass er und Jacky es wahrscheinlich nicht schaffen würden.

Eine propere Bedienung im prall gefüllten Dirndl kam an unseren Tisch.»Hobt's scho was g'fundn?«

So bestellte die anwesende Theatercrew zunächst Getränke.

Sissi, ich hätte gerne wieder Leberkäs! Ich sah sie mit meinem berühmten »Hurt-Puppy-Blick« an und legte meine Pfoten auf ihre Oberschenkel.

»Ludwig, du machst mich ganz dreckig, klar gibt es Leberkäs, ich kenn dich doch!« Heute hatte sie sich wieder extra hübsch gemacht, weiße Caprihose mit Tanga darunter, damit sich ja kein Slip abzeichnete und sie einen schönen runden »Knackarsch« hatte, wie sie es nannte, und ein orangenes Spaghetti-Top in Tunika-Form.

Der Thomas steht trotzdem nicht auf dich!

Die Bedienung brachte die Getränke und nahm die Essensbestellung auf. Gut erzogen, wie Frauchen war, bestellte sie Leberkäs und Kartoffelsalat. Ich hätte ja gern ein wenig im Barockgarten und im Kiesbett herumgeschnüffelt, doch wollte ich meinen Leberkäse nicht verpassen. Die Schauspieler unterhielten sich angeregt, während zwei graue Türkentauben ihr schönes Duett in Frage- und Antwortform trällerten. Ich liebte den Sommer.

»Ich liebe dieses Festspielhaus, das Stück, einfach alles, soll das jetzt alles vorbei sein?«, fragte Chantal in die Runde.

»Wohl schon! Ich denke, wir können es nicht mehr rückgängig machen. Mich wundert nur, dass die Schön als Einzige, also außer dem Ludwig, übernommen wurde. Die Sissi hat sie ja in Wolfs Büro gesehen. Und der spielt sich jetzt schon auf wie der Oberboss!« Alle stimmten Wackerl zu und redeten wild und erzürnt durcheinander.

»Ja, und recht lustig hatten sie es, gekichert hat sie, die Schön, die falsche Schlange, wie ein verliebter Teenager«, warf ein Minister ein. »Und leider sagt man uns so lange so wenig über die Zukunft des Theaters, außer der Sissi hat niemand wirklich eine Ahnung, was da gespielt und aufgeführt wird. Aber es soll ein rechter Kitsch sein!«

»Das ist so schade, grad weil unser Musical eben kein so inhaltsleerer Schrott ist, der den Massen gefällt, sondern schon eher opernhaft«, meinte die Nymphe Lilly.

»Wir müssen herausfinden, warum der Wolf das durchsetzen konnte, dass wir alle gehen mussten. Da ist eine riesige Sauerei gelaufen. Und die decken wir auf!«, sagte Wackerl kämpferisch.

»Na und wenn schon, jetzt kannst du die Sache auch nicht mehr rückgängig machen«, warf Chantal desillusioniert ein. Schon brachte die Bedienung im roten Dirndl die Essen. Stückchenweise fütterte Sissi mich mit Leberkäse, während sie kaum etwas davon abkriegte, aber ihren Salat genoss. Aber sie machte ja eh immer einen auf Tierfreund und Vegetarier, weil ihr die Tiere so leidtaten. Dann hatten ja alle was davon. Mir taten die Tiere nämlich nicht leid, ich musste ja auch leben. Und zwar königlich!

Die nun eingetretene Stille wurde nur durch ein gelegentliches »Lecker« und »Yummi« unterbrochen. Ein paar Minuten später saßen alle mit vollgefressenen Bäuchen und leeren Tellern auf den Bänken. Und schon wieder kam das Dirndl, um abzuräumen. Ich raste unter dem Tisch hervor, auf sie zu, bellte sie wütend an und versuchte, in ihre dicke Wade zu beißen. Immer das Personal! Ich wünschte, sie würden sich kriechend annähern, so wie früher zu König Ludwigs Zeiten! Dann würde man sich unter dem Tisch wenigstens nicht erschrecken.

Die arglose Frau erschrak so heftig, dass sie fast über ihre eigenen Beine fiel. »Oh Gott, den hob i vorher gar ned g'sehen«, rief sie kreidebleich aus.

Frauchen bugsierte mich unter Zuhilfenahme von Händen, Füßen und unflätigen Flüchen peinlich berührt wieder unter den Tisch. Die anderen lachten.

»Aber gute Frau, das ist doch unser Ludwig, den kennt doch jeder hier«, versuchte Wackerl, mein etwas brüskes Benehmen zu rechtfertigen.

Die Bedienung schien in Ordnung zu sein, sie lachte mit. Anscheinend war sie neu hier. »Ach so, noch so ein gschpinnerter[9] Schauspieler; ja, soll ich ihm noch a Wienerle bringen oder will er mich so kennenlernen?«

Alle am Tisch lachten wieder.

Ich wollte doch die Teller abschlecken, da kann man sich das Spülen sparen!

»Du, wisst ihr eigentlich, was zwischen Karl Beyerle und Alexander läuft?«, fragte Rosl neugierig in ihrem süßen norddeutschen Dialekt. »Ich hab gestern Karls Auto vor Alex' Wohnung im Weidach gesehen. Nachts um vier, als ich noch mal aufs Klo gegangen bin.« Rosl guckte triumphierend ob dieser brandneuen Nachricht in die Runde.

»Was soll da laufen, der hat halt zu tief ins Glas geschaut und beim Alex gepennt«, wollte Wackerl die Situation mit Blick auf Sissi, die nichts von den homosexuellen Beziehungen der Männer am Musical wissen wollte, retten.

»Guten Morgen, Wackerl! In welchem Jahrhundert lebst du? Noch zur Zeit unseres lieben Bayernkönigs? Das weiß doch jedes Kind, dass die beiden stockschwul sind und Beyerle auf Alexander steht.« Wackerl guckte Rosl böse an, die schaute fragend zu den anderen.

»Aber der Alexander ist doch mit dem Thomas zusammen«, meinte Chantal.

Alle schauten einander nun verwirrt an, keiner traute sich momentan, nach Thomas zu fragen.

Sissi schaute betreten zu Boden. Nur Wackerl wusste, dass sie ein wenig in Thomas verliebt war.

»Ich habe Alexander und Karl gestern beim Nacktbaden und Knutschen erwischt.« Sissi erzählte die ganze Story in den schillerndsten Farben und auch von dem unerwarteten Fund gestern.

Man konnte die Schauspieler förmlich denken hören.

---

[9] Allgäuerisch: verrückter.

»Vielleicht hat einer der beiden den Thomas auf dem Gewissen«, mutmaßte Wackerl.

»Genau!«, pflichtete ihm Chantal bei.

Eifersucht ist immer noch das älteste Motiv der Welt.

Sissi hörte auf zu atmen; ich musste sie retten und fing an, unter dem Tisch laut zu scharren. Grauer Staub und Kieselsteine spritzten hoch bis zu den Bänken.

»Ludwig, lass das, nicht die schöne Terrasse zerstören und alles dreckig machen!«, ermahnte sie mich und beugte sich zu mir unter den Tisch, dankbar für mein Eingreifen.

»Sissi, wie geht es jetzt eigentlich für dich und Ludwig weiter?«, fragte die Schauspielerin Maria Eckert, die Sissi spielte, aufrichtig und lenkte damit das Gespräch wieder auf eine sachlichere Ebene. »Also, die haben uns ein Textbuch gegeben mit Anweisungen, was der Hund tun muss.« Ungelenk richtete sich Sissi wieder auf. »Das ist total lächerlich. Da gibt es eine Orgienszene, wo der König Ludwig mit ein paar jungen Stallburschen im Maurischen Kiosk sitzt und kifft. Total abgedreht. Dazu soll Ludwig dann Pfote geben, die Jungs abklatschen und zwischen ihren Beinen durchlaufen, unser Slalom-Walk. Lauter so ein Quatsch. Am Montagmorgen ist die erste Probe. Ich bin echt schon mal gespannt. Und am Freitag ist die große Premiere.« Die anstehende Premiere gab wieder Anlass zur Diskussion. »Ich erzähle euch dann ganz genau, wie die erste Vorstellung war. Ansonsten werde ich froh sein, wenn ich mit denen so wenig wie möglich zu tun habe. Das neue Team hätte uns doch eigentlich wirklich komplett übernehmen können. Wir haben doch alle tolle Arbeit geleistet! Aber das wollten die ja nicht aus irgendeinem Grunde. Da lief etwas Schräges. Das werden wir schon noch rausfinden!«, erklärte Sissi bestimmt.

»Und dass die Schön da ihre Finger im Spiel hat, da bin ich mir sicher. Übrigens, neulich ist mir der Bürgermeister begegnet, der konnte mir gar nicht recht in die Augen sehen«, führte die liebenswürdige Mittvierzigerin Maria weiter aus.

»Das müssen wir verfolgen. Der hat dem Bellini auch nicht geholfen. Die hätten doch nur das Grundstück kaufen müssen, die Stadt oder der Freistaat Bayern, dann hätte Bellini den Kredit bekommen. Wir können nicht zulassen, dass wegen irgendeiner Schweinerei, irgendeiner Intrige, so etwas Großes wie unser Musica kaputtgeht«, redete sich Wackerl nun in Rage. »Das decken wir auf Das müssen wir uns gegenseitig versprechen.«

»Und den Thomas finden wir auch«, rief Rosl mit einem Optimismus, den ihr momentan niemand wirklich abnahm.

»Ja, darauf stoßen wir jetzt mit einem Ettaler Schnaps an«, stimmte Wackerl zu.

Gerade als der feurige Schnaps heruntergeschluckt war, näherten sich zwei Typen dem Tisch. Es waren Alex und Karl. Cool wie eh und je. Beide trugen Bluejeans und lässige weiße Hemden. Alex' Sonnenbrille war heute eigentlich nicht nötig, er steckte sie sich in seine halblangen haselnussbraunen Haare.

»Ui, da kommen unsere Turteltäubchen!«, spottete Rosl, wieder unter dem strafenden Blick von Wackerl. »Da müssen wir zusammenrutschen.«

»Nein! Bleibt, ich wollte eh gerade gehen. Ich habe noch ein Date!« *Mit einem Pferd*, fügte ich in Gedanken hinzu, während Sissi den Tisch verließ – total unauffällig, nebenbei bemerkt. Ich trabte ihr schnell hinterher.

Kapitel 7

Es war morgens um halb sieben. Schrill klingelte der Wecker. Ich kroch noch weiter unter die Bettdecke, um diesem nervigen Geräusch wenigstens ein bisschen zu entgehen. Sissi und ich waren allerdings sowieso schon wach, da wir wieder schlecht geschlafen hatten. Seit um fünf in der Frühe hatte sich Sissi nur noch im Bett herumgewälzt und mich dabei in meinem seligen Schlaf gestört. »Was ist nur mit Thomas passiert? Es muss etwas Schlimmes sein. Sonst hätte er doch wenigstens Alexander …«, ihr Gesicht verdunkelte sich, als sie seinen Namen aussprach, »seinen Freund über seinen Aufenthaltsort informiert. Oder sie hatten wirklich Zoff!« Sissis Gedanken verirrten sich in einer Endlosschleife. Dennoch mussten wir heute zum Treffen mit der neuen Musicalcrew. Job ist schließlich Job.

Nach dem Frühstück radelten wir zum Festspielhaus. Es war ein wunderbarer Morgen, keine Menschenseele war unterwegs, nur ein paar Heuschrecken zirpten ihr Lied, zusammen mit den unzähligen Vögeln. Bloß die Enten schienen wie immer etwas zu meckern zu haben und quakten lautstark. Die Luft war angenehm frisch und würzig, es roch nach frisch gemähtem Gras. Sissi radelte am Seeufer entlang, vorbei an einem netten Café, an der Flachufer- und Moorzone mit den Enten, Fröschen und einem Schwanenpaar, am Wertstoffhof, und nahm dann die Allee Richtung Theater. Ich rannte nebenher. Sissi trug braune, knielange Hosen und ein T-Shirt mit der Aufschrift »Looking for a handsome roommate«, was immer das bedeutete, ich mein rotes Trachtenhalsband mit Edelweißstickerei. Ich spürte Sissis ungutes Gefühl, die Angst vor all den neuen Menschen und auch vor der neuen Aufgabe. Sicher gab sie Wolf die Schuld an der Misere.

Nachdem wir das Fahrrad neben dem Hintereingang geparkt hatten, konnte ich nochmals mein Revier markieren. Wir waren zeitlich gut dran. Doch war das wirklich noch mein Revier? Sissi hatte so einige Sprüche und Weisheiten parat, die sie sich halblaut vorsagte, um sich mental zu stärken.

An allen Wänden und Türen auf dem Weg zum Probenraum hingen schon große gelbe Poster mit der Aufschrift: »Ludwig und Richard. Große Premierenfeier am Freitag, den 11. Juli.«

Nun betraten wir den Raum und Sissi grüßte freundlich. Bis auf zwei Bekannte, nämlich Wolf und Sonja Schön, war unser vertrauter Probenraum voll von fremden Menschen, die uns neugierg anstarrten. Ein Klotz saß in meiner Kehle. Schon wieder fühlte ich mich nicht wie ein mutiger Hund, sondern wie das Opfer. Vorne saßen Wolf, Familie Vogler und ein paar andere Männer, die Blunzn hatte sich unübersehbar in die erste Reihe gedrängt, und wir nahmen in der sechsten Reihe außen Platz.

Um Punkt acht Uhr erhob Wolf seinen schweren Körper und seine Stimme.

»Guten Morgen, zusammen«, begann er aufrecht und stolz zu sprechen, »es ist mir heute eine besondere Ehre, Sie alle zu unserem neuen Musical ›Ludwig und Richard. Eine fruchtbare Freundschaft‹ begrüßen zu dürfen.« Er schaute selbstgefällig in die Runde und ließ seine Worte wirken. »Wie Sie ja wissen, habe ich die schöne Aufgabe, Hauptgesellschafter des Musicals zu sein. Zunächst möchte ich unseren Bürgermeister Herrn Gottstein begrüßen, der uns unterstützt hat, dieses wunderbare Projekt zu verwirklichen.«

Erstaunt horchten wir auf. *Aha, wieso hat der dieses Musical unterstützt und nicht das unsrige?* Und wie konnte Wolf so schnell ein neues Musical mitsamt Ensemble auf die Beine stellen? *Da werden wir noch einiges herausfinden müssen.*

Er fuhr fort. »Ich begrüße auch meine Mitgesellschafterin Frau Vogler, die Presse, unseren Regisseur Nils Havemeister, Herrn Lloyd, den Dirigenten, Chefdramaturg Michael Kay. Mister Kay hat den

69

weiten Weg aus New York auf sich genommen, und Mister Lloyd hat zuletzt an der London Opera gearbeitet, was uns beides besonders stolz macht.« Pause und selbstzufriedenes Siegerlächeln. »Natürlich begrüße ich auch alle anderen Schauspieler, Maskenbildner, Bühnenbauer, Beleuchter und so weiter. Sie werden sich sicherlich noch alle genauer kennenlernen, bei einem kleinen Frühstück jetzt im Anschluss haben Sie Gelegenheit dazu. Heute gegen zehn Uhr beginnt die erste richtige gemeinsame Probe, Sie haben ja bisher schon einige Male in kleineren Teams geprobt. Und dann darf ich Ihnen noch zwei Damen vorstellen, die uns vom Musical ›Ludwigs Träume‹ erhalten geblieben sind. Da ist zum einen Frau Sonja Schön ...« Bei diesen Worten erhob und verneigte sich die Blunzn so würdevoll, wie es halt mit guten hundert Kilogramm ging. »... die die Regieassistenz und Inspizienz übernimmt, und zum anderen Frau Bierbichler, sie trainiert den Bühnenhund Leopold.«

»Ludwig heißt er, Herr Wolf!«, berichtigte ihn Sissi laut und deutlich.

»Ach so, ja, Entschuldigung, das habe ich mir wohl falsch gemerkt. Ludwig, wie der König!« Ein kurzer Applaus unterbrach diesen Dilettanten.

Nicht Ludwig wie der König. Sondern Ludwig der König, du Trüffelschwein, das habe ich mir nicht falsch gemerkt!

Bin ja mal gespannt, was er auf die Bühne bringt.

Ich guckte mich um, während er weitersprach und schon die Premierenfeier bewarb. Ein lustiger Mann fiel mir auf, der freundlich zu uns herüberguckte. Er sah anders aus als all die anderen, eher kompakt, trug ein kleines rundes Bäuchlein, hatte große moosgrüne Froschaugen und schulterlange rötlich-braune Haare. Nicht nur wegen seiner Glatze am Oberkopf entsprach er nicht ganz dem gängigen Schönheitsideal.

Sissi nickte ihm zu, als sie bemerkte, dass er uns beide musterte.

»Ich glaube, wir haben die Ehre, zusammen spielen zu dürfen«, sagte er in einer künstlich höflichen, aber lustigen Stimmlage und hofierte uns dabei wie ein Edelmann aus dem vorigen Jahrhundert.

70

Schauspieler! »Darf ich vorstellen, Hans Wilhelm Keck, aber alle nennen mich Willi. Und du bist der berühmte Hund? Na, da freue ich mich ja schon. Wir werden nicht nur auf der Bühne viel Spaß haben!« Sehr sympathisch, dass ein männliches Wesen einmal zuerst mich begrüßt und dann erst die Sissi. »Und wie heißt dein nettes Frauchen?«, richtete er die Frage an mich.

»Hallo, ich bin Sissi, freut mich!« Sissi war spürbar erleichtert, dass hier schon mal ein Kontakt geknüpft war. Willis Kleidungsstil war auch einzigartig, er trug Hosenträger und eine grüne Stoffhose, die gut ins 19. Jahrhundert gepasst hätten, ein schickes Halstuch im englischen Stil mit Pferdemotiven und Haferlschuhe, die typisch bayrischen Schuhe, die man hier zu einer Lederhose trägt.

Sissi und Willi unterhielten sich ein wenig.

Wir hatten uns natürlich schon auf heute vorbereitet und im Textbuch gelesen. Mein Auftritt erfolgte in der vierten Szene und die Vorstellung lag mir schwer im Magen: König Ludwig saß mit verschiedenen Reitersleuten und Stalljungen in seinem türkischen Zimmer und sie rauchten Cannabis, dabei trieben sie allerlei Unfug, und ich musste mitmachen. Ich gab König Ludwig Pfote, lief zwischen den Beinen von Willi, dem Rittmeister, hindurch und holte das Bällchen, das sie mir warfen. Echt demütigend, ich machte das nur Sissi zuliebe. Oder sollte ich doch alles hinschmeißen?

Das einzig Gute war, dass dieser Willi in Ordnung zu sein schien.

Die Versammlung verlief sich, da Wolf zum kleinen Frühstück mit Sekt eingeladen hatte. Da trottete ich doch gleich mal zu dem kleinen Buffet, Sissi hinterher. Hm, frischer Aufschnitt, Semmeln, Lachsbrötchen … eine feine Duftmischung stieg in meine Spürnase, den Leberkäse hatte ich noch nicht gefunden. Jetzt stand neben Sissi ein großer blonder Mann. Freundlich, wie sie war, lächelte sie ihn an. Er lächelte zurück, sehr arrogant.

»Grüß Gott, Frau Bierbichler, ich bin Michael Bergmann-Mayer, der König-Ludwig-Darsteller, erste Besetzung. Ich glaube, wir haben noch einiges zu besprechen.« Förmlich reichte er Sissi die Hand.

Mich übersah er beflissentlich. »Und was machen Sie sonst noch so?«, fragte er Sissi herablassend, während er sich von der Melone mit Parmaschinken bediente. »Nicht nur den Hund pflegen, oder?« Deutlich gab er Sissi zu verstehen, dass er durchaus einen Standesdünkel hatte.

»Ach, Herr Bergmann-Mayer, da gibt es noch so einiges, wissen Sie, ich bin vielseitig, habe Kunstgeschichte studiert, mache Schlossführungen und habe auch noch andere Tiere.« Und schon tat es Sissi leid, sich vor diesem Lackaffen gerechtfertigt zu haben. Solche oberflächlichen Leute, die nur auf Titel und Geld guckten, hatten wir noch nie ausstehen können. Diese Menschen hatten null soziale Intelligenz, sie ließen sich gern von einer schönen Fassade blenden.

Und dass die Schön sich so einen guten Posten geangelt hatte, schien Sissi auch zu ärgern.

Wie hatte die das nur wieder geschafft? Hochschlafen kann sich diese fette Kuh doch nicht? Das war doch nur Einschleimen, Kontakt mit den richtigen Leuten haben …

Sissi schob sich grübelnd ein mit Salami belegtes Brötchen in den Mund, während sie die Olive darauf wieder auf das Tablett zurücklegte.

Zum Leberkäse konnten wir leider nicht hin, weil da schon Frau Schön stand, wobei, so ein Gespräch unter alten und neuen Kolleginnen wäre eigentlich sinnvoll, um etwas herauszufinden. Aber sie würde uns sowieso nur anlügen, also verzichtete ich mal lieber auf den Leberkäse.

Sissi trank ein Glas Sekt mit Orangensaft, um lockerer zu werden. Bis zu unserem Auftritt hatten wir Zeit, noch ein wenig bei den Proben zuzuschauen.

»Ich müsste mir den Quatsch hier gar nicht ansehen, Ludwig, wenn ich nur wüsste, wann genau wir dran sind. Da könnte ich währenddessen den Middy versorgen oder die Wohnung saugen.« Frauchen schien nicht gut drauf zu sein. Bis es zehn Uhr war, setzten wir uns noch ein wenig in den Garten und genossen den fantastischen Ausblick. Doch da meine Hundenatur mit mir durch- und der Leberkäse mir nicht aus dem Sinn ging, zog es mich zurück zum Buffet, das im Café aufgebaut war. Ich näherte mich dem Tisch dort, wo der Leberkäse lag. Die Schön stand noch breit davor, unterhielt sich angeregt mit einem offenbar wichtigen Menschen. Das silberne Tablett und ein Stück meiner Lieblingsspeise ragten ein wenig über die Tischkante hinaus, weil wohl irgendjemand zu gierig gewesen war. Keiner schaute auf mich. So nutzte ich die Gelegenheit, machte Männchen, packte dieses Stück mit meinen Reißzähnen und rettete mich damit unter die weiße Tischdecke. Unglücklicherweise riss ich dabei das ganze Tablett mit herunter. Es schepperte laut auf dem Steinboden.

»Oh Gott!«, rief die Blunzn, die unmittelbar danebenstand, erschrocken aus. Alle starrten sie an, während sie die Farbe einer Tomate annahm.

»Jetzt hat die mit ihrem fetten Arsch das Tablett runtergeworfen«, flüsterte Bergmann-Mayer zynisch. »Dass die Dicken immer am meisten essen müssen!«

Das darf ich Sissi nicht erzählen. Unauffällig und leise rettete ich mich zu ihr in den Garten.

Um kurz vor zehn Uhr gingen wir in den Zuschauerraum, um das neue Stück von Anfang an verfolgen zu können. Wir nahmen in der Mitte der dritten Reihe Platz, ein wenig Abstand schadete sicher nicht. Auch ein paar andere Schauspieler, Maskenbildner und Menschen von der Technik gesellten sich zu uns. Das Orchester saß im Theatergraben und stimmte die Instrumente, der Dirigent stand bereit, Regisseur Havemeister und Wolf saßen in der ersten Reihe.

Wie bitte schön kann ein Regisseur aus dem hohen Norden einen bayerischen König verstehen und ihn angemessen dramatisieren?, fragte ich mich bitter, während ich auf Sissis Schoß saß, um besser sehen zu können.

73

Die Blunzn wuselte mit wichtiger Miene und einem iPad in der Hand auf der halbrunden Bühne herum. Heute trug sie einen schwarzen Jeansrock mit Leopardenmuster, darunter schwarze Leggings, ein schwarzes Top darüber und als Eyecatcher eine pink umfasste Brille und pinke Chucks.

»Dieses Outfit ist unzumutbar«, sagte eine männliche Stimme rechts hinter uns. »Das grenzt an Mobbing!«

Wir drehten uns um. Es war Willi, der Witzbold, der uns schelmisch und verschwörerisch angrinste.

Sissi musste unwillkürlich auch lachen. Der verrückte Willi und ich waren immerhin einer Meinung.

»Wie viel Meter Stoff hat die für den Rock gebraucht?« Dabei machte Willi lustige Grimassen und Geräusche, die fast nach einem röhrenden Hirsch klangen.

Und schon ging es los. Der erste Akkord wurde gespielt. Ich war gespannt auf die Musik. Der Vorhang öffnete sich und ein kleiner Junge spielte König Ludwig als Kind. Er begann mit einer Stimme, mit der er dem Tölzer Knabenchor hätte entsprungen sein können, ein gefälliges Liedchen zu trällern. Dann kamen seine Cousinen Helene, Sissi und Sophie auf die Bühne. Dies alles spielte vor dem Hintergrund eines schönen bayrischen Schlosses.

Kurz unterbrach der Regisseur und gab seine Anweisungen. Dabei sprang er schnell auf die Bühne und schob die Schauspieler auf ihre Plätze, die Blunzn markierte die Stellen mit Kreide und machte Notizen auf ihrem iPad.

Dann ging es weiter: Ein jugendlicher König Ludwig war mit Freunden bei der Jagd, dann auf einem Ball; das Orchester spielte zunächst einen fetzigen Marsch, dann einen romantischen Wiener Walzer. Das waren doch alles Szenen, die unsere alte Crew auch hätte singen und spielen können! Dann endlich tauchte Richard

Wagner auf, den der junge Kronprinz bei einer »Lohengrin«-Aufführung[10] kennenlernen durfte. Theater im Theater sozusagen. Das Bühnenbild mit dem Schwanenritter war wirklich entzückend, das musste auch Sissi zugeben.

König-Ludwig-Darsteller Michael Bergmann-Mayer, den wir passend zu seinem Namen nur noch MBM, also »member of musical«, nannten, traf zunächst den Ton nicht.

»Du«, sagte er an den Regisseur gerichtet, »ich bin ein wenig heiser, ich trinke einen Salbeitee, dann geht es schon wieder besser«, redete er sich heraus.

Es folgte ein Lied, das die albernen Souvenirartikel besang und die übertriebene Romantik brechen sollte. Dann folgten viele Wagner-Szenen, in denen Ludwig und Richard sich auch einmal heftig stritten. Ein personifizierter Tod sang anschließend mit Ludwig im Duett. Wieder gab es Diskussionen mit den »Chefs« und noch einmal sangen sie das traurige Liedchen, diesmal mit mehr Pathos und Gefühl in der Stimme. Die Kulisse war kitschig schön.

Willi und Sissi unterhielten sich, beide lachten.

»Ja, wo ist denn der Willi?«, schrie plötzlich der Regisseur halb hysterisch. »Du bist dran, komm!«

Willi machte ein erstauntes Gesicht mit noch größeren Augen und einem runden Mund, der ironisiertes Entsetzen ausdrücken sollte.

»Also Leute, so geht das fei net. Wenn ihr euren Auftritt habt, dann wartet ihr bitte schon eine Szene vorher im Nebenraum.« Die Blunzn plusterte sich auf, versuchte dabei aber, höflich zu bleiben, und machte einen schiefen Mund. Willi und Sissi grinsten sich an.

»Die gehört einmal richtig durchgebürstelt«, flüsterte Willi uns zu und ging auf die Bühne.

---

[10] »Lohengrin« ist eine Oper von Richard Wagner, deren Aufführung den damals 16-jährigen Ludwig schon begeistert hatte.

Ich guckte Sissi fragend an. *Was heißt denn »durchgebürstelt«?* Sissis gerötetem Gesicht und ihrem verlegenen Lachen nach hatte es mit einer Bürste und Körperreinigung wenig zu tun …

Hinter uns herrschte jetzt ein geschäftiges Kommen und Gehen der Schauspieler. Keiner wollte gleich zu Beginn eine Mahnung kassieren. Mir graute es schon ein wenig vor meinem Auftritt. Ich wollte nicht mit solchen Menschen zusammenarbeiten, ich wollte mir von denen nichts sagen lassen; und mein Frauchen auch nicht, das wusste ich. Ich wollte meinen ersten Probeauftritt nicht vermasseln. Es folgte nun die Szene mit Willi, der den Rittmeister spielte und den König zu seinem Freund Wagner begleitete. Sie besangen ein Lied auf die Opernkunst, den »Lohengrin« insbesondere.

Ich hörte mir das Lied nicht mehr zu Ende an, sondern ging mit Sissi in den Nebenraum. Dort warteten wir darauf, dass die Schön uns zu unserem Auftritt holte.

Als Bühnenkulisse diente ein maurischer Saal mit türkischen Holz-paravents, Kissen, einer Shisha, einem großen Sofa und allerlei orientalischem Kitsch. König Ludwig saß auf dem Sofa und war umgeben von hübschen Reitersmännern. Richard Wagner saß ihm gegenüber. Sie rauchten scheinbar Cannabis und waren schon ziemlich »high«. Dabei sinnierten sie über die Kunst und die Liebe. Es kam zu allerlei Albernheiten, die Jünglinge spielten mit dem König Karten. Dann hüpfte ich zu König Ludwig auf das Sofa, gab ihm die Pfote und bekam dafür ein Leckerli. Das war der beste Part des Stücks. Allerdings war ein Leckerli aus der Hand von MBM auch nicht gerade das, was man sich als Hund wünschte. Anschließend warfen sich die Männer einen Ball zu, den ich auch einmal zurück-spielte. Dann kam Willi, ich rannte während seiner Schritte hin und her durch seine Beine - unser berühmter Slalom-Walk - und auf das Kommando »Give me five« hin klatschte ich ihn ab. Das war nur ein kleiner Teil meines Repertoires, natürlich hatte Sissi mir noch viel mehr Kunststücke beigebracht.

Frauchen saß die ganze Zeit neben der Bühne, bereit einzugreifen, falls etwas nicht geklappt hätte. Aber ich machte meine Sache gut. Natürlich nur für sie, damit Sissi und ich den Job behalten konnten. Auch wenn das wirklich unter meiner Würde war!

Der Regisseur hatte nur einen Kritikpunkt, nämlich dass es besser sei, wenn ich nicht auf das Sofa hüpfte, sondern von unten bettelte. Das käme authentischer.

Ich, Ludwig, bettelte nicht, ich forderte! *Ihr Ignoranten! Und authentisch ist hier rein gar nichts, weil ihr von König Ludwig II. von Bayern sowieso nicht den Hauch einer Ahnung habt.*

Anschließend holte ich mir bei Sissi meine Streicheleinheiten und gerade als wir im Begriff waren, die Bühne zu verlassen, kam die Schön auf uns zu. Ein ungutes Gefühl stieg in mir hoch. *Hatte sie das mit dem Leberkäse doch geschnallt?* Ich knurrte sie vorsichtshalber schon mal an, ich war sowieso wütend.

»Das hat ja gut geklappt!«, lobte sie uns wider Erwarten. Sissi bedankte sich, dann gingen wir gemeinsam in den Zuschauerraum und sahen uns den Rest des Musicals an.

Es folgte eine Liebesszene zwischen Kaiserin Sissi und Ludwig, dann wurde König Ludwigs »Wahn«, Schlösser zu bauen, besungen, der Kampf mit den Ministern und anschließend die Festnahme durch die Ärzte. Dabei wurde gezeigt, wie das Volk für seinen König kämpfte.

Zum Schluss lag der König einfach tot da, die Todesursache wurde offengelassen.

So ein Schmarrn, so ein verlogener, wann kam endlich die Wahrheit ans Licht? Desillusioniert gingen Sissi und ich zu unserem Fahrrad. Dort angekommen trafen wir auf Willi.

»Und, haben wir doch gut gemacht, oder?«, fragte er fröhlich. Sein Optimismus schien durch nichts zu bremsen zu sein. *Ein typischer »Holundermensch«*, dachte ich mir. *Egal, wie sehr du ihn kritisierst und »beschneidest«, er »blüht« und gedeiht ungehemmt weiter. Bewundernswert!*

»Was macht ihr heute noch?«, fragte er und versuchte, lässig zu klingen.

»Nun, ich denke, dass wir noch ein bisschen am Forggensee entspannen. Das Wetter ist so schön. Ein wenig lesen und so, vielleicht Füße in den See strecken, wenn er nicht zu kalt ist«, antwortete Sissi wie immer zu ehrlich.

»Wo seid ihr denn da immer? Ich könnte ja dazukommen«, fragte Willi nun ungeniert.

»Wir haben einen schönen Steg in Osterreinen, gleich neben dem Café Hildegard. Klar kannst du vorbeikommen«, erwiderte Frauchen, und ich spürte gleichzeitig, dass sie eigentlich lieber ihre Ruhe hätte.

»Okay, vielleicht guck ich vorbei, bis dann«, rief Willi fröhlich und lief zurück Richtung Theater.

Kapitel 8

Der Wind blies heftig, das tat auf meinem Fell bei der Wärme sehr gut. Für die Jahreszeit war es sehr warm, am See war es trotzdem wunderbar still und idyllisch. Wir liefen zu unserem Steg den schönen kleinen Uferkiesweg entlang, dann verließen wir d esen und flanierten am Kiesufer, direkt am Wasser. Frauchen warf Stöckchen, die ich begeistert holte. Normalerweise war mir diese Aufgabe zu profan, aber heute hatte ich Lust dazu, war einfach nur Hund, wildes Tier. Sissi feuerte mich an: »Komm, Ludwig, hol das Stöckchen!«, und warf es dann weit weg. Weit waren für sie etwa drei bis fünf Meter. Auch ihr Können war nicht olympiaverdächtig. Überhaupt hielt sie es wie Churchill, also nach dem Motto »Sport ist Mord«, was übrigens auch mein Motto war. Pferdesport mochte sie natürlich schon. Angesichts meines kompakten Körperbaus kam mir das entgegen. Natürlich wanderten wir gern, gingen spazieren und ausreiten, aber alles unter dem Aspekt des Genusses und der Entspannung.

Ui, ein Stöckchen landete im flachen Wasser. Jetzt hatte mich eine große Welle erwischt. Im Gesicht! Igitt! Ich kaute wild auf dem Stöckchen herum, zeigte dabei meine großen Reißzähne und musste »viehisch« und wild aussehen. Ich brachte Sissi das Stöckchen. Sie hielt kurz inne und genoss diesen Ausblick, während sie sich ans Ufer setzte. Die Wellen waren heute aufgrund des starken Windes relativ hoch, schräg liefen sie im Abstand von etwa einem Meter ans Ufer und brachen dort, eine weiße Gischtkrone vor sich herschiebend. Ich rannte bauchtief hinein, biss in den weißen Schaum aus gesprudeltem Wasser, das war herrlich erfrischend. Ui beinah hätte mich die Wucht einer Welle umgehauen.

Der See glitzerte herrlich, es sah so aus, als läge Diamantenflitter auf den höchsten Erhebungen der Wellen. Millionenfach. Funkelnde Fleckchen hier, dann wieder dort. Im Hintergrund eine Kulisse, die sich jeder Landschaftsmaler nur wünschen konnte: tiefblauer Himmel, ein wenig diesig allerdings, rechts die Pfrontener Berge mit Schlicke und Roßberg, Füssen mit der Erhebung des Kalvarienberges, dann der dominante Säuling, der Tegelberg und die Ammergauer Alpen. Das Schloss zu Füssen, Schloss Hohenschwangau, das Dorf Waltenhofen, mein geliebtes Schloss Neuschwanstein, die Colomanskirche, all das waren farbige Highlights in diesem grünen Gemälde. Wie ein dreidimensionales Bild lag all das vor uns, als wäre die Landschaft ein Bühnenbild oder eine Kulisse, die in verschiedenen Schichten aufgebaut worden war. Die intensiv grasgrünen Wiesen mit Bäumen und Wäldern, frisch gemähte Wiesen in Hellgrün, die nicht gemähten Wiesen etwas dunkler grün, die kleinen Hügelchen mit den Schlössern, dann die höheren Berge in einem Graugrün-Ton, dahinter die entfernteren Berge in einem Mix aus Hellgraublau. Und wir mittendrin in dieser Traumwelt vor dem blauen Wasser. Ich fühlte mich stolz und erhaben.

Sissi hatte sich T-Shirt und Shorts ausgezogen und lag jetzt in ihrem royalblauen Bikini auf dem Steg. Sie liebte den Sommer, der so eine unkomplizierte Lebensweise ermöglichte. Was brauchte man schon mehr als ein Sommerkleid und einen Bikini, sagte sie dann immer. Königsblau war übrigens auch meine Lieblingsfarbe, was wieder unsere Seelenverwandtschaft und meine adelige Abstammung bestätigte. Allerdings hätte ich mir ein paar Goldstickereien auf Sissis Bikini gewünscht oder ein wenig Spitze! Aber die Mode heutzutage …

Eine Heavy-Metal-Melodie durchschnitt die Stille. Wobei, konnte man bei Rammsteins »Feuer frei!« noch von Melodie sprechen? Es war Sissis Handy, auf dem sie eine Nachricht erhalten hatte. Schnell griff sie danach.

»Nein!«, rief sie geschockt aus.

Ich rannte zu ihr.

»Nein, Ludwig, das gibt's nicht. Der Thomas hat geschrieben. Was hältst du davon?« Ich beschnupperte das Telefon. Laut las sie vor: »Hallo Sissi-Süße. Hoffe bei euch alles gut. Müssen uns bald mal treffen. Hab krasse News! Hdl! Thomas.« Sie wählte seine Nummer. Vor lauter Aufregung vertippte sie sich zunächst.

»Thomas? Du lebst?« Stille. Sie lauschte ihrem Gesprächspartner. »Du bist so ein Arsch. Wir haben gedacht, du bist tot, der Fischbach hätte dich umgebracht oder sonst was?« Sie war fassungslos und schrie ihn an. »Was für News? Wo warst du?« Sie lauschte ihm noch ein wenig und legte dann auf.

»Oh Gott, Ludwig, Thomas ist nicht tot. Danke, lieber Gott. Er hat irgendwas von Briefen und Schriftstücken gesagt, die alles revolutionieren werden. Krass. Ich bin so froh! Wir treffen uns wahrscheinlich übermorgen.« Tränen der Erleichterung stiegen in ihre Augen, die sie an meinem Fell abtrocknete.

Nimm doch bitte ein Tempo, Sissi.

Ich verdrückte mich schnell und schnüffelte in den Büschen am Ufer rum, als ich plötzlich ein Geräusch hörte. Ein Fahrrad näherte sich. Es war ein Mann. Er sang »Hollerahidü«. Ein Jodler, der Mann musste verrückt sein. Schnell raste ich zurück auf den Steg, platzierte mich breit vor Sissi und fiel in wütendes Gebell. Das Fahrrad quietschte beim Bremsen, Kies raschelte. Der Verrückte, sein Kopf war unter einem Helm versteckt, stieg ab, lehnte das Fahrrad an den Hang und grüßte uns. Frauchen hatte sich mittlerweile aufgesetzt und versuchte, mich zu beruhigen.

Es war Willi, der Schauspieler.

»Hallo, dass du wirklich kommst«, meinte Frauchen erstaunt.

»Ach, das Wetter ist so schön, da dachte ich, ich radel ein bisschen und ein Bad kann bei der Hitze auch nicht schaden, da bin ich zufällig hier gelandet.«

Rein zufällig, klaro. Der Wind hatte sich mittlerweile gelegt.

»Du, dann komm doch auf den Steg.«

Angesichts meines Dobermann-Gebarens war das natürlich nur unter Lebensgefahr für ihn möglich. Langsam beruhigte ich mich.

»Ja, der Luggi, da komm doch her«, rief er mir fröhlich zu. Er klopfte sich auf die Schenkel und animierte mich. Ich schnüffelte an seinen

Händen, an der Hose und befand ihn für okay. Er legte den Rucksack ab und setzte sich neben Sissi, die sich ihr T-Shirt übergezogen hatte, auf ein mitgebrachtes Handtuch. Ich setzte mich dazu.

»Guck mal, ich hab Kuchen dabei!« Umständlich packte er einen Apfelstreuselkuchen aus. Auch mir gab er etwas ab. Der Typ war in Ordnung, verrückt, aber in Ordnung.

So aßen wir leckeren Streuselkuchen auf unserem Steg, während uns die Sonne auf den Pelz brannte. Frauchen wurde lockerer, nicht mal die Bröselei am Mund störte sie. Sie plauderten angeregt miteinander.

»Wieso bist du Schauspieler geworden?«, fragte sie ihn.

»Ach du, ich kann nichts anderes«, erwiderte er und lachte dabei leicht debil. Dieser Typ war echt durchgeknallt, aber nett. Mir waren die Verrückten eh lieber als die Normalen, die immer meinten, sie wären die Norm, und die dann ihren kleinkarierten Maßstab an alle anderen Wesen anlegten.

»Ja, aber ich meine, es gibt doch verschiedene Schauspielertypen, entschuldige, wenn ich jetzt in Schubladen denke: den extrovertierten Narzissten, den Verrückten, den urigen Bayernschauspieler …«, fuhr Sissi fort und fand sich dabei sehr gebildet.

»Dann bin ich der Verrückte«, unterbrach Willi sie fröhlich. »Und der Michael«, er redete von dem König-Ludwig-Darsteller MBM, »ist der extrovertierte Selbstverliebte.« Beide prusteten los.

»Und wo hast du das Schauspielen gelernt?«, fragte Sissi interessiert. Willi erzählte gelöst, dass er eine schwierige Kindheit hatte und dass er einen Handwerksberuf gelernt hatte, allerdings wollte er immer schon etwas Künstlerisches machen. Er hatte immer schon auf kleineren Bauernbühnen mitgespielt, in Chören gesungen, später dann, als er nach München gezogen war, hatte er immer wieder kleinere Engagements. Danach, so erzählte er weiter, hatte er Musikunterricht genommen und war an eine Schauspielschule gegangen. »Hast du heute Abend etwas vor?«, fragte er Sissi. Sie überlegte. »Wir treffen uns am Bauernhof eines Freundes, der ist Künstler und hat dort sein Atelier, ein bisschen grillen, feiern und so. Wäre toll, wenn Ludwig und du kommen würdet!« Und so ging ein sonniger Badenachmittag zu Ende.

Sissi rief nach unserem Ausflug noch schnell Wackerl und Bellini an, die schon von Thomas' wundersamer Rückkehr und seinen »brandheißen« News gehört hatten. Was hatte er wohl zu berichten? Und wieso hatte er keinen zuvor informiert?

Abends fuhren wir zu einem Bauernhof in einem Weiler bei Eisenberg. Ein Maler namens Peter Weiß hatte sich den alten Hof ausgebaut. Das Grundstück war sehr abgelegen, wirkte wild und naturnah. Nicht top gepflegt, aber urig und mit Charme. Sissi parkte in der Hofeinfahrt hinter einem anderen Auto, da es sonst keine Parkplätze mehr gab. Ich sah schon eine Gruppe von Menschen um ein Lagerfeuer im Garten vor dem Wohnhaus sitzen.

»Hoffentlich ist der Willi schon da«, meinte Sissi ängstlich. Sie war ähnlich menschenscheu wie ich, da sie sehr oft spürte, dass sie in die »normale« Gesellschaft nicht passte. Häufig empfand sie – ähnlich wie König Ludwig II. von Bayern – eine Art Kluft zwischen sich und den anderen Menschen, so, als ob man eine andere Sprache spreche, als ob man von einem anderen Planeten komme. Das machte sie manchmal sehr einsam. Eine Frau, die mit dreißig Jahren nicht verheiratet oder wenigstens in einer festen Beziehung war und keine Kinder hatte, galt hier als suspekt. Und dann noch Kunstgeschichte studiert. Das war doch nur was für die »Gschpinneten«. Darüber hinaus hing sie nur mit ihren »Viechern« ab, da konnte doch etwas nicht stimmen. So dachten die Leute in den Dörfern hier, darüber beklagte Sissi sich oft.

Wir gingen auf die Leute am Lagerfeuer zu, und ich konnte den verrückten Schauspieler schon erkennen.

»Hollerahidü, da kommt der König Ludwig!«, rief er uns zu, und so hatten wir die Aufmerksamkeit aller Anwesenden sicher. »Und seine schöne Sissi hat er auch dabei!«

Sissi musste ob so viel Schrulligkeit lachen.

Willi trug eine braune kurze Lederhose, die ziemlich »speckig« aussah und wohl auch allein, ohne Mann darin, stehen würde.

Ich hatte den Eindruck, dass Sissi seine unbeschwerte und nonkonforme Art mochte.

»Hallo zusammen, ich bin die Sissi, wie der Willi schon gesagt hat, und das ist mein Ludwig.«

»Das ist der Peter Weiß, von dem ich dir schon erzählt habe, aber alle nennen ihn Whitey, das ist die Yvonne, seine Freundin, der Stefan, ein Bildhauer. Er baut die schönsten Skulpturen aus Holz«, stellte Willi uns die Leute vor. Alle begrüßten mein Frauchen mit Handschlag.

»Hey, komm her, Süßer!«, rief Stefan mich gleich begeistert zu sich. *Das sind alles nette Leute*, dachte ich mir und beschnüffelte ihn freudig.

»Setz dich, was magst du trinken?«, fragte Yvonne Sissi.

»Hm, ein Wasser oder Saftschorle, wenn du das hast?«

»Ja, trinkt die Sissi denn keinen Alkohol?«, fragte Peter Weiß erstaunt.

»Ich muss ja noch fahren«, entschuldigte sie sich. Der Gruppenzwang, Bier oder andere Alkoholika trinken zu müssen, war groß im Allgäu.

»Kein Problem, was auch immer du magst, ist okay«, meinte Whitey gelassen und ließ eine erstaunte Sissi zurück.

Auf Holzbänken und einfachen Plastikstühlen saßen alle um das Lagerfeuer herum und genossen die Ruhe und den schönen Ausblick. Das Feuer knisterte, während es langsam dämmerte. Einzelne orangefarbene Funken sprühten auf, gelborange Feuerelfen zeigten ihren wilden Feuertanz.

»Du kannst dir Würstchen grillen, hinten gibt es auch noch Salate und Brot«, meinte Yvonne und zeigte auf eine Bierbank an der Wand, auf der ein kleines Salatbuffet aufgebaut war. Würstel aller

Arten lagen auch da. *Super*, dachte ich und sog den intensiven Duft in meine Nase ein. *Das ist ja wie im Himmel.*

»Oh, danke«, sagte Sissi und nippte schüchtern an ihrem Wasser. Die Leute plauderten entspannt weiter.

Los, Sissi, hol die Würste, aber schnell!

»Darf ich den Ludwig von der Leine lassen?«, fragte Frauchen.

»Klar, hier ist ja nichts weit und breit außer ein paar Katzen, aber die regeln das schon unter sich«, erklärte Whitey lässig. Das war ein netter Mann. Ich war mir sicher, dass Sissi ihn attraktiv fand. Das spürte ich. Er hatte braune schulterlange Dreadlocks, nussbraune Augen, einen braunen Schnurrbart und ein knuffig-freundliches Gesicht.

»Und, darf ich mal deine Bilder sehen?«

»Klar, Sissi, komm mit!«

Wir gingen die geteerte Auffahrt hoch in die große Scheune. Es war sehr schön hier: Große Fenster, viel Holz und an weiß gestrichenen Wänden zwischen den Fenstern hingen ausdrucksvolle Bilder. Sie waren zum Teil eher naturalistisch, verschiedene Ansichten der Stadt Füssen, des Klosters, Brunnen und auch einzelne Frauenfiguren. Sissi ließ sich einige Bilder erklären, während ich den Gerüchen hier nachging. Sehr unterschiedlich und spannend! Das Leben als Hund bietet doch einen ganz entscheidenden Vorteil: Die Welt der Gerüche, die sich einem Hund mit seinen über hundert Millionen Riechzellen erschließt, ist so viel aufregender und differenzierter als die fade »Geruchswelt« von Menschen. Dabei kann ich als Hund sogar »stereo« riechen, also links und rechts; und wenn mich etwas besonders interessiert, rieche ich dreihundert Mal je Atemzug.

Ganz versunken in meine Gedanken- und Duftwelt bemerkte ich nach einer Weile, dass Sissi nicht mehr da war. Ich guckte von einer kleinen weißen Gondel, die da zwischen mehreren Tischen stand, auf ein Areal voller Sand mit einer Plastikpalme und zwei Liegestühlen. Der Sandbereich war von einer Art Pavillon eingerahmt, an dessen Metallrahmen eine bunte Lichterkette hing. Verschiedene Mobiles schaukelten sanft hin und her. Weiter hinten sah ich eine kleine Bühne mit einem Schlagzeug und einem Sofa daneben. Schnell noch Wälzen im Sand. Welch Wohltat für meine Haut. Dann eilte ich hinaus, die Auffahrt hinunter und da sah ich sie schon sitzen und Wienerle grillen.

Hey, das lasse ich mir nicht entgehen. Ich platzierte mich strategisch zwischen Sissi und Stefan. Meine schwarz umrandeten Mandelaugen gereichten mir einmal mehr zum Vorteil. Ich blies dazu geräuschvoll Luft aus der Nase, so nahm mir den halb verhungerten Hund jeder ab, solange sie nicht auf meinen gut genährten Körper guckten zumindest. »Pfote geben« fanden Menschen auch immer super. Ich kassierte mal von links, mal von rechts ein Stückchen Wurst. Super!

Nun nahm Whitey die Gitarre in die Hand und fing an, ein Lied zu singen. Willi sang mit, Sissi lauschte, bis Yvonne ihr eine Trommel reichte und beide mittrommelten. Es klang sehr schön, ursprünglich und nahezu indianisch. Der Schlag der Trommeln erhöhte meinen Herzschlag.

Nach ein paar Minuten holte Whitey Tabak heraus und drehte sich eine Zigarette. Er war mir sympathisch, ein echt feiner Kerl, mit seinem zarten Kurt-Cobain-Gesicht und den braunen schulterlangen Haaren. Er bröselte schwarzes Zeug, das aussah wie Knetgummi, in die Zigarette, klebte sie mit der Zunge fachmännisch zu und zog genüsslich daran. Blauer Dunst stieg in der Dunkelheit auf. Nach ein paar Zügen ließ er die Zigarette im Kreis herumgehen. Es wurde nicht mehr gesprochen. Manche hielten die Zigarette ganz komisch: Ihre Hände beschrieben einen Halbkreis, eine Art Trichter, zwischen den Fingern steckte die Kippe.

Der Mond schaute dezent hinter den Bergen hervor und wanderte immer höher, graue Wolkenfetzen zogen eilig vorbei, das güldene Rund mal ganz verdeckend, mal unseren Blicken preisgebend. Es war romantisch hier. Der wild belassene Garten mit einzelnen Stauden, Wildblumen in der Wiese und einem natürlichen Holzzaun gefiel mir sehr gut. Mittendrin waren einzelne »Hoinzen« aufgestellt, Holzgestelle, an denen ursprünglich Heu zum Trocknen aufgehängt wurde. Abstrakte Skulpturen aus Blech oder Metall fanden sich auch.

Sissi lehnte es ab zu rauchen, sie sei doch mit dem Auto da und das sei zu gefährlich.

Wieso? Darf man nicht rauchen und fahren?

Ich atmete den Rauch ein, rauchte sozusagen passiv saß in einer blauweißen Wolke; es roch süßlicher als gewöhnlicher Zigarettenrauch.

Dann nahmen sie wieder die Instrumente in die Hand und sangen und spielten weiter. Ich lag nur da und genoss, war unwahrscheinlich entspannt. Wie ein Gitarrenkorpus vibrierte mein ganzer Körper. Ich hörte nicht mehr Musik, ich war Musik. War federleicht; es fühlte sich schön an. Die Trommeln wurden schneller, mein Herz raste; dann wieder langsamer; ich öffnete die Augen, sah einen hölzernen Marterpfahl im Garten vor mir. Ganz bewusst nahm ich die braune Farbe wahr, haselnussbraun, dunkelbraun der darauf geschnitzte Adler, mit spitzem Hakenschnabel in Knallorange, dunkelblaue Ornamente, die schon absplitterten. *Seit wann ist ein Blau so blau?*, fragte ich mich verwirrt.

Ich sah Frauchen an. Ob sie es auch spürte? Bei geschlossenen Augen groovte sie mit, nickte mit dem Kopf im Rhythmus und schien auch ganz im Hier und Jetzt. Es folgte ein improvisiertes Gitarrensolo. Super, der Gitarrist klopfte immer wieder auf den Holzkorpus des Instruments, um bestimmte Akkorde zu akzentuieren. Beng, Beng, Beng, dann wieder ein treibender Rhythmus. Steigerung. Frauchen und einige der Mädels standen auf, tanzten, die offenen Haare wehten im leichten Nachtwind, sie sahen aus wie wilde Elfen, die sich einfach treiben ließen, eine Choreographie der Sinne tanzten. Eine Nachtigall sang ihr schönes Lied nur für mich. Blütenträume reiften vor meinem Auge. Rote Rosen wuchsen, öffneten sich, wild gewordene Schwäne sprangen heraus. Dicke Katzen! Dicke Katzen? Das war ja Garfield! Ein Horrortrip! Schnell öffnete ich die Augen, um dieses Bild wieder loszuwerden. Intensiver Rosenduft wehte in meine Nase. Es war schön! Ich schloss wieder die Augen, atmete ruhig aus.

Schloss Linderhof, im Maurischen Kiosk, 1878

Tief atme ich den süßen Rauch ein, nehme einen Lungenzug. Entspannung breitet sich in meinem Körper aus. Physisch spürbar, alle Muskeln lösen sich augenblicklich. Noch einen Zug. Sogar mein angespannter Kiefer lockert sich. Ich stöhne laut auf ob dieser Wohltat. Ich öffne meine Augen und erblicke meinen wunderschönen Maurischen Kiosk. Ich bin so froh, dass ich diesen wunderbaren Pavillon von diesem Industriellen gekauft und umbauen lassen habe. Gelassen sitze ich gegenüber meinem Pfauenthron auf der Ottomane, die mit rotem Samt bezogen ist, bin zu vollgefressen, um zu so später Stunde noch aufrecht auf meinem Thron sitzen zu können. Ich lasse meinen Blick schweifen und nehme alles intensiv und voller Stolz wahr. Das Gold, die orientalischen Bögen mit den hängenden Ornamenten, den goldenen Springbrunnen in der Mitte des Raumes, der einem byzantinischen Tempel gleicht. Ich höre das Wasser fröhlich plätschern, spüre die frische Brise, die einige Wassertropfen zu mir herüberweht. Ich nehme noch einen Zug aus der Wasserpfeife. Die Farben sind intensiv und dringen tief in meinen Körper und Geist ein. Tomatenrot, Königsblau, Gelbgold, durch die bunten Glasscheiben scheint ebenso intensives Licht. Aquamarine, Rubine, Smaragde und Saphire reflektieren das Kerzenlicht tausendfach. Blaue, grüne und goldene Kreise, Rauten und Ellipsen beginnen, sich aus den Wänden zu lösen und vor meinen Augen zu tanzen. Zwei meiner Reitersknaben trommeln einen indianischen Rhythmus dazu;

ich liebe diese ursprüngliche, archaische Kraft, die mich noch mehr in Trance versetzt. Hornig singt ein tiefes »He, ho, he, ho«, wie ein Häuptling, der ein Heilungsritual vollzieht. Dazu bewegt er sich geschmeidig wie eine Wildkatze. Richard! Ich trinke von einem edlen Rotwein aus einem geschliffenen Kristallbecher. Zusammen mit der Wasserpfeife eine unglaubliche Mischung. Die Jagdszene auf den Wandgobelins erwacht zum Leben: Der Jägersmann hofiert die adeligen Damen, die Hunde spielen und die Pferde scharren ungeduldig mit den Hufen.

Ich will das jetzt nicht sehen und gucke zu Hornig. Er sieht mit starrem Blick ernst zu mir herüber. Dieser Mann ist so schön, eine Offenbarung. Wir haben gerade unser gemeinsames Souper abgeschlossen, nur das Dessert fehlt noch. Aber momentan bin ich zu satt, muss erst ein wenig verdauen. Lecker war das heute wieder. Mit Trüffeln gefüllter Pfau, dazu der würzige Speck und das feine Aroma der Kräuter und Gänseleberstückchen. Momentan ist dies meine königliche Leibspeise. Das Vorspeisen-Pastetchen und gratiniertes Ragout in Muscheln waren auch fürstlich. Dazu die sechs Lakaien in ihren Uniformen, die alles serviert haben – dieses festliche Mahl hätte sogar den Sonnenkönig zufriedengestellt. Ich grinse und streiche mir selbstzufrieden über den Bauch, während ich Richard zuzwinkere.

Jemand reichte mir ein Würstchen. *Ein Wiener Würstchen?!* Ich war echauffiert. Hatte ich zu viel geraucht?

Es war ein junger Mann mit feinen, symmetrischen Gesichtszügen und gefühlvollen Augen, er streichelte mir sanft über den Kopf. Ich konnte es nicht glauben, fand mich auf einer Wiese sitzend vor einem Lagerfeuer wieder, zwischen Bildhauer Stefan und meinem Frauchen Sissi. Vor lauter Verwirrung schnappte ich mir das Würstel und verschlang es mit zwei großen Bissen.

Anschließend ließen wir uns todmüde von Willi heimfahren; dass er alkoholisiert war, schien ihn nicht weiter zu stören. Na, dann gute Nacht …

Frauchen kicherte albern, während ich auf meinem Lieblingsplatz, ihrem Schoß, saß, denn so konnte ich am meisten sehen. Wir fuhren eine kleine Verbindungsstraße entlang Richtung Hopferau. Ein Wagen kam uns entgegen. »Mist, hoffentlich nicht die Bullen!« Willi wurde langsamer und fuhr ziemlich weit rechts, damit beide Autos Platz hatten. Wumm. Er war zu weit am Rand gefahren. Wir steckten fest, die Wiese neben der Straße war leicht abschüssig. »Scheiße«, rief Willi.

Sissi kriegte einen ihrer legendären Lachanfälle. Beide öffneten die Türen und stiegen vorsichtig aus dem schräg stehenden Auto aus.

»Wir brauchen jemanden, der uns rausschiebt«, sagte Willi nervös.

»Ja«, meinte Sissi, versuchte ernst zu sein und schluckte ihr Lachen herunter.

Willi wurde wütend. »Ja, ich kann doch nicht die Polizei rufen! Ich hab zu viel getrunken. Hör auf zu lachen!«

Frauchen kicherte, Willi wurde immer wütender und verzweifelter und ich war genervt. Ich war ja durchaus eine Nachteule, aber so ein Chaos brauchte ich nachts nicht! »Komm, wir klingeln da vorne bei dem Bauernhof«, versuchte Sissi, etwas Konstruktives zu der Situation beizutragen. »Klar, ist ja auch nur halb drei nachts.« Willi zeigte ihr den Vogel. »Schieb du mal! Warum ist der Depp auch weitergefahren? Der muss doch gemerkt haben, dass wir feststecken.« Nach einigem Hin und Her merkten wir, dass das nichts brachte.

»Komm, wir laufen zurück zu Whitey, der hat bestimmt Platz für uns im Atelier, und morgen hilft er uns mit dem Auto«, schlug Sissi vor. »Das ist knapp einen Kilometer!«

Und so kamen wir zu einem unverhofften Nachtspaziergang und einer Nacht in Whiteys Atelier.

Kapitel 9

Am nächsten Morgen erwachte ich im Atelier auf der speckigen Matratze, auf der wir geschlafen hatten. Ich neben Sissi, der Willi daneben. Abgefahren! In der Frühe trank mein Frauchen nur schnell einen Kaffee, dann halfen alle mit, das Auto von Willi, eine graue verrostete Familienkutsche, die an Hässlichkeit nicht zu überbieten war, wieder auf die Straße zu bekommen. Der Willi war heute für seine Verhältnisse relativ wortkarg, und so fuhren wir die 15 Minuten nach Hause. Sissi und ich waren froh, anschließend wieder allein in unserer Wohnung zu sein.

Da es ein sonniger Tag war, wie gemacht zum Ausreiten, gingen wir zu Midnight. Sissis Telefon piepste. Sie tippte herum und nahm mich dann fröhlich auf den Arm.

»Juhu, Ludwig, heute Abend treffen wir uns mit Thomas, bin ich gespannt, was der zu berichten hat.«

Während Sissi Middy striegelte und putzte, sah ich mich im Stall um. Da gab es viel zu stöbern und zu entdecken.

»Ludwig!«, ertönte es plötzlich drohend.

Oh, nein, mir schwante Böses, Frauchen schien zu ahnen, wo ich steckte. Schnell drückte ich mich weiter in den Misthaufen hinein, vielleicht sah sie mich dann nicht. Doch oje, es war zu spät.

Im Stechschritt kam sie auf mich zu und schrie: »Komm sofort her, du Stinker!«

Da half nichts mehr, ich raste an ihr vorbei zum Putzplatz, wo Middy schon fertig gesattelt und aufgezäumt wartete, setzte mich hin und schaute unschuldig; das half bei ihr immer. Um besonders drollig auszusehen, machte ich große, runde Augen, legte mein Köpfchen schief und stellte ein Ohr auf, während das andere waagerecht abstand.

Sie bog um die Ecke, sah mich so dasitzen, und wie erwartet war ihr Ärger vergessen.

Zu Beginn eines jeden Ausritts führte Frauchen Middy und mich an der Leine. Das Pferd war echt nervig. Es blieb immer stehen und guckte oder versuchte, an mir zu schnüffeln mit seiner Riesenschnauze. Dazu saugte es mit seinen riesigen Nasenlöchern entweder Luft ein wie ein Staubsauger oder blies Luft aus wie ein Drache. Verständlicherweise hatte ich Angst vor diesem Riesen, der über mir aufragte. Ich sah aus meiner Sicht nur vier weiße Beine, vier bedrohliche Hufe und, wenn ich dann Richtung Himmel blickte, eine weiße Tonne, also seinen Bauch.

Um meine Angst zu überspielen, schnauzte ich ihn an: »Hau ab, du Doofi, wuff!«

Ihn interessierte das überhaupt nicht. Middy hatte nämlich vor wenigen Dingen Angst. Hätte ich auch nicht, wenn ich so groß wäre wie er. Frauchen sprang ein und half mir.

»Lass ihn halt, Midnight, er ist doch der Kleinere!«

Kleiner schon, aber klüger!

Und so liefen wir ein wenig durch das Dorf, vorbei am Kindergarten, bogen rechts in einen kleinen Feldweg ein, auf dem mich Frauchen dann endlich losband. Schön, da konnte ich nach Belieben stehen bleiben und schnüffeln, es gab so viele leckere Gerüche. Hier roch es nach Gänseblümchen, dort nach dem Hagebuttenbusch, und gleich nebenan hatte der ewig kläffende Spaniel seine Marke hinterlassen. Leider rief mich meine Menschenfreundin dann, weil sie mich ständig in Sichtweite haben wollte. Nach dem dritten Ruf, der schon drohender war, folgte ich schließlich. Sie guckte böse, während sie auf Middy saß und weiterreiten wollte, und Middy gab seinen blöden Kommentar ab: »He, du kleiner Köter, an was für ekligen Dingen du immer riechst, das verstehe ich nicht!«

»Halt die Klappe, du Salami!«, konterte ich und malte mir aus, wie viele Salamis der Gaul abgeben würde.

Er war halt auch nur ein Pferd und kein Hund. Riechen Pferde denn überhaupt etwas? Schließlich fressen sie auch so geschmacklose Dinge wie Heu und Möhren. Egal.

In superschnellem Sprint überholte ich die beiden und freute mich: »Erster!«

Schließlich erreichten wir den Wald, wo ich noch interessantere Fährten aufnahm. Ein Reh, da drüben kletterte ein Eichhörnchen am Baum; sofort jagte ich hinterher und sprang am Stamm hoch.

»He du, komm sofort runter!«

»He, kleiner Köter!«, konterte das Eichhörnchen. »Komm doch hoch, wenn du kannst!«

So ein freches Ding. Ich kratzte am Stamm und sprang mit Anlauf hoch. Mist, es reichte nicht. *Weiß es etwa nicht, dass ich Ludwig bin?*

Plötzlich fiel mir auf, dass ich Midnight und Sissi gar nicht mehr sah. Oje, wo war ich denn hier mitten im Wald? Ich bekam es mit der Angst zu tun. Da vorne war eine Abzweigung. Schnell rannte ich vor, vielleicht sah oder roch ich sie ja noch. Wahrscheinlich waren sie wieder davongaloppiert. Gott sei Dank, wie immer waren sie an der Weggabelung geradeaus gegangen, ich konnte Middy noch sehen und raste hinterher. Puh, Frauchen darf nicht merken, dass ich einen Moment lang Angst hatte! Mit einem coolen Gesicht holte ich die beiden ein, und Frauchen freute sich.

»Ja, feiner Ludwig, komm, wir gehen heim!«

Nach diesem Schreck trottete ich brav neben dem weißen Riesen her, schließlich musste ich ja auf die beiden aufpassen. Ich hielt einen Sicherheitsabstand zu den riesigen Hufen ein, weil das Pferd oftmals plötzlich vor etwas erschrak. Vor einem Gullideckel zum Beispiel. Einmal war mir der Trampel schon auf die Pfoten gelatscht. Das musste ich nicht noch einmal haben.

Während das Ross einen Schritt machte, musste ich fünf machen. Sissi schaute grinsend zu mir herunter.

»Braver Ludwig!« Ja, sie war stolz auf mich, weil ich so fit war, also theoretisch fünfmal fitter als Middy, und weil ich so gut auf die beiden aufpasste.

Nach einer guten Stunde waren wir wieder am Stall, und ich sah zufrieden zu, wie Sissi den Lipizzaner absattelte, abzäumte, trockenrubbelte, fütterte und auf die Koppel brachte. Während wir die Putzsachen aufräumten und noch ein wenig Heu für die Nacht in Middys Box taten, hörte ich plötzlich allzu bekannte Stimmen in der Tenne.

»Danke, Sepp, dass du mich hierher eingeladen hast, das ist wirklich ein idealer Platz, um in Ruhe reden zu können.«

»Ja, ich bin ab und zu hier, weil meine Frau ihr Ross hier stehen hat neuerdings, wir fahren sonntags ab und zu mit der Kutsche aus. Es fällt also gar nicht auf, dass wir uns hier auf dem Hof herumtreiben!«

Sissi, die es ebenfalls gehört hatte, verschlug es die Sprache. Die beiden Männer, der Bürgermeister und Wolfgang Wolf, wären geradewegs auf uns zugekommen, doch vorher drückten wir uns in die linke hintere Ecke des Schuppens ins Heu und deckten uns damit zu, so gut es ging. Gott sei Dank war es relativ dunkel hier in der Scheune. Nur im vorderen Bereich, wo die Strohballen lagerten, war es dank zweier kleiner Fenster etwas heller.

»Ich hab eine Flasche Chardonnay dabei, und wir können alles in Ruhe besprechen.«

Was heckten die nur aus? Einer öffnete die Weinflasche und schenkte ein. Man hörte das gurgelnde Geräusch und das Knarren der Strohballen, auf denen die beiden wohl saßen. »Prost, auf gute und fruchtbare Zusammenarbeit! Und auf die Premiere morgen!« Wolf lachte auf.

»Bist du jetzt zufrieden, dass du dein Musical ›Ludwig und Richard‹ hast, Wolfgang?«, fragte der Bürgermeister charmant.

»Total, ich bin mir sicher, das wird der Burner. Wir haben das ja so konzipiert, dass es gerade für den amerikanischen und asiatischen Raum attraktiv ist. Dort sind die Wachstumsmärkte. Wir haben ja, wie du weißt, einige der Regisseure, Schauspieler und den Dirigenten aus dem englischsprachigen Raum. Ich erkläre dir das ganz genau. In den besagten Ländern habe ich überall Geschäftsfreunde, gerade auch aus der Hotellerie. Da sind wir später zu einhundert Prozent ausverkauft mit meinen Beziehungen.« »Toll!«

»Da bauen wir ein Hotel an mit zwanzig Zimmern, das Restaurant des Festspielhauses benutzen die Hotelgäste als Frühstücksraum und Speisezimmer. Und dann vermitteln wir das als Gesamtpaket mit Musicalbesuch, Forggenseeschifffahrt und Schlossbesuch. Alles in einem Gebäude. Alles aus einer Hand. Die Amis und Asiaten stehen da voll drauf. Was meinst du, was sich damit verdienen lässt! Der Paul vom Hotel Herz ist auch schon ständig in Japan auf Kundenakquise. Wir zwei sind gut befreundet.«

»Ja, klingt super!«, erwiderte Gottstein gutgläubig. »Außerdem bauen wir ein paar kleine Cottages direkt an die Ostseite, da, Richtung Ludwig-Glocke. Das wird der Hammer. Die Gäste brauchen zum Baden dann nur aus dem Bett zu fallen.« Wolf lachte laut und begeistert von seiner Idee auf.

»Aber Wolfgang, glaubst du denn, die genehmigen uns das alles? Noch eine bauliche Veränderung, da spielen dir hier die Einheimischen nicht mit, weder die Füssener noch die Schwangauer. Und dann gibt es da noch die depperten Naturschützer«, warf der Bürgermeister ein.

»Da kommst ja du ins Spiel, Sepp! Ich denke, du kannst deinen Stadtrat durchaus von unserer genialen Idee überzeugen.«

Die beiden machten eine Pause. Sissi und ich sahen uns erstaunt an. Sie versteckte ihre Nase unter ihrem T-Shirt. Oje, hoffentlich kam nicht gerade jetzt ein Niesanfall. Ihre Augen waren schon leicht gerötet, weil sie Heuschnupfen hatte.

»Weißt du, Sepp, ich hab auch einen guten Draht zum Landrat und zum Kreisbaumeister, der hat nichts dagegen, solange du deine Füssener dazu kriegst, dem zuzustimmen. Wir bewerben das so gut, da kann gar keiner dagegen sein. Und mit der Hotelnummer ist viel mehr verdient als mit dem Musical. Und dein Engagement wird sich für dich bezahlt machen.« Wolf machte wieder eine Pause.

»Sepp, ich hab gehört, dass du gerne bauen möchtest. In exponierter Lage, versteht sich!« Wieder eine Pause! Sissi kriegte nun ganz große, aber heuschnupfengerötete Augen.

»Ich hab da etwas für dich. Ein Traumgrundstück über zweitausend Quadratmeter. Und du wirst nicht glauben, wo!« Langsam nervten mich die dramaturgischen Pausen dieses Wolfs im Schafspelz, der überall Beziehungen hatte. Außerdem wurde es hier allmählich ungemütlich und unbequem.

»In Weissensee, ganz oben am Hügel. Unverbaubarer Berg- und Seeblick! Ein Traum, sage ich dir. Wenn ich nicht schon selbst ein Haus hätte …«

»Wow!«, entfuhr es Sepp Gottstein. »Wie kommst du denn an so etwas?«

»Tja, ich habe halt meine Connections. Aber das erzähl ich dir später mal.«

»Und wann könnte ich zu bauen anfangen, und was würde mich der Spaß kosten?«, fragte Gottstein gierig.

»Ach, darüber machst du dir mal keine Sorgen, das wäre maximal ein symbolischer Preis, versteht sich doch unter Freunden. Du müsstest mir nur die Baugenehmigung erteilen, beziehungsweise dafür sorgen, dass das im Stadtrat durchgeht. Alles andere kriege ich hin.«

Uh, jetzt musste Sissi niesen, sie kniff angestrengt die Augen und den Mund zu, um dies zu verhindern, aber: »Hatschi!«

Oh, Gott!

»Wer ist hier? Wer hat da geniest?«, fragte Wolf mit gedämpfter Stimme.

Sissi und ich guckten uns an. Ich musste die Situation retten. Wie aus dem Nichts spurtete ich aus unserem Heuversteck um die Ecke, und zum Beweis nieste ich noch zweimal heftig. Unschuldig guckend trabte ich erhobenen Hauptes an den beiden vorbei.

»Oh, Gott, nur der Hund vo deam kneschtige[11] Weib, und ich dachte schon einen Moment lang, da hätt uns jemand belauscht.« Erleichtert atmete er aus.

Wen hatte er da mit »kneschtigem Weib« gemeint?

»Komm, Wolfgang, lass uns gehen, ich habe noch Termine.«

Die beiden standen auf, nahmen ihre Gläser und ihre Flasche in dem Korb mit und verschwanden aus der Scheune.

Ich signalisierte Sissi, dass die Luft jetzt rein war. Mit hochrotem Kopf kam sie aus ihrem Heuversteck heraus, schüttelte sich die Halme vom Leib und aus den Haaren und atmete tief ein und aus.

Langsam und noch ganz benommen von diesem Gespräch, dessen Zeugen wir ungewollt geworden waren, gingen wir zum Auto. Mist! Unerwarteterweise standen die beiden noch unten bei den Pferdeboxen, die sich gegenüber dem Parkplatz befanden. Schon hatten sie uns entdeckt.

»Ja, wen haben wir denn da? Die Frau Bier... ähm ...«

»Bierbichler, Herr Wolf, Sissi Bierbichler mit Ludwig!«, sagte sie honigsüß und so langsam und betont, dass es auch ein Minderbegabter verstehen würde.

»Ach, dass Sie auch hier sind!«, sagte Wolf und der Bürgermeister lachte verlegen. Wolf kam auf uns zu, während sich der Gottstein verabschiedete. »Ja, so eine Freude, meine Lieblingshundetrainerin!«

Sissi lächelte, also eigentlich verzog sie nur ihren Mund zu einem Lächeln.

»Stimmt ja, Sie haben ja auch ein Pferd«, meinte er unsicher.

»Richtig, nur leider bin ich etwas in Eile!« Sissi wollte sich verabschieden.

»Geht es Ihnen nicht gut? Sie haben so rote Augen«, fragte der Wolf nichtsahnend.

---

[11] Überengagiert, nervig.

»Nein, ich bin verschnupft, deswegen muss ich jetzt noch in die Apotheke. Auf Wiedersehen.« Schnell verschwanden Sissi und ich im Auto und ließen den verdutzten Wolf zurück. »Kneschtiges Weib, der hat sie wohl nicht mehr alle. Und ich war zum Abendessen bei dem!«

Tja, Sissi, ich hab es dir gleich gesagt, dass der Typ nicht koscher ist.

»Stimmt, Ludwig, du hast ihn auch gebissen. Du bist wirklich der Beste! Warum höre ich nur nie auf dich?«

Kapitel 10

Zu Hause angekommen, rief Sissi sofort den Wackerl an.

»Du, stell dir vor, wen ich heute belauscht habe. Zufällig, im Stall!«, begann Sissi aufgeregt.

»Wie, zufällig belauscht? Und wieso bitte im Pferdestall? Ich kenn deine Pferdemädels doch gar nicht«, hörte ich Wackerls laute Stimme.

»Ja, jetzt rate mal, zwei aus dem Musical.«

»Aus dem Musical? Aus unserem Musical?« Wackerl schien heute nicht der Schnellste zu sein.

»Mach mal auf Lautsprecher!«, forderte Rosl im Hintergrund ihren Lebenspartner in ihrem piekfeinen Hochdeutsch auf. »Also, wenn du es so spannend machst, vermute ich, der Wolf ist mit von der Partie«, sagte Wackerl.

»Richtig!«, schoss Sissi freudig heraus. »Und wer noch?« »Keine Ahnung! Komm, mach es nicht so spannend. Die Blunzn?«, fragte Wackerl nun wirklich neugierig.

»Ne, viel besser. Der Bürgermeister Gottstein. Da läuft wirklich was. Der plant ein Hotel um das Festspielhaus herum; das Musical soll nur noch so nebenbei laufen, so als kleines Zuckerl im Gesamtpaket«, ereiferte sich Sissi. »Und dafür besticht er den Bürgermeister mit einem großen Baugrundstück in Weissensee«, trumpfte Sissi mit der Information auf.

»Ne, oder?« Jetzt hatte es dem Wackerl die Sprache verschlagen, dafür plapperte Rosl aufgeregt dazwischen: »Wir müssen sofort den Bellini anrufen, das muss doch verhindert werden.«

Nachdem Sissi den beiden nochmals alles ausführlich erzählt hatte, legte Wackerl auf, um Bellini telefonisch Bericht zu erstatten, und schon wenige Stunden später saß der Kern der alten Musicalcrew im Esszimmer von Bellinis großem Stadthaus in Füssen. Um 19 Uhr würde Thomas dann mit seinen Neuigkeiten dazustoßen.

Bellinis Frau hatte Kaffee aufgebrüht und ein selbst gebackener Marmorkuchen stand auf dem großen, runden Esstisch und verbreitete angenehmen Schokoladengeruch. Jacky hantierte noch in der Küche herum, die nur durch ein paar Stufen und eine Theke vom Esszimmer abgetrennt war. Ich schaute mich ein wenig in der Wohnung um, in der ich heute zum ersten Mal war. Es war relativ dunkel in diesem alten Füssener Stadtpalais, aber sehr schön. Nur wenige Dinge und Accessoires standen im Raum oder hingen an den Wänden, was dem puristischen Stil seiner Bewohner entsprach, und das war alles anspruchsvolle Kunst: abstrakte Gemälde und Skulpturen, Fotografien, ein Pflänzchen. Hohe Wände, große Holzfenster und braunes Parkett rundeten das noble Ambiente ab. Jacky stieg die Stufen zu uns herab und brachte Milch und Zucker. Eine elegante »Grande Dame«, wie Sissi immer bewundernd betonte. Sie trug ein großzügig geschnittenes weites graues Kleid, das ihre barocke Figur nicht betonte. Die glatten dunkelbraunen Haare hatte sie klassisch zu einem Zopf gebunden.

»Also, Sissi, jetzt mach es nicht so spannend. Erzähl alles ganz genau«, forderte Rosl.

Mit halb vollem Mund berichtete Sissi von dem aufschlussreichen Gespräch heute im Stall. Alle lauschten gespannt und lachten wegen der aberwitzigen Situation.

»Die wollen das Rosen-Restaurant für die Öffentlichkeit schließen und nur noch für die Hotelgäste nutzen?«, fragte Jacky ungläubig.

»Und das Musical soll nur noch ein Programmpunkt in diesem Pauschalangebot für amerikanische Touristen sein? Die haben doch von Kunst so viel Ahnung wie ein Fußballer vom Ballett! Und erzähl mal, wie ist das neue Musical so?«

Mein Frauchen war schon genervt, weil sie vor lauter Erzählen gar nicht zum Kuchenessen kam. Und das, wo sie Kuchen so liebte wie ich Leberkäse!

Ich saß neben Jacky, die mir ab und zu ein Stückchen Kuchen zukommen ließ; natürlich ohne Schokolade, denn das ist ja ungesund für Hunde. Giovanni wurde immer fassungsloser, während er begriff, dass sein Musical einem kitschigen amerikanischen Ersatz weichen sollte. Ich beobachtete ihn genau. Vor seinem inneren Auge schien sich sein großartiger Künstlertraum nochmals abzuspielen - von der allerersten Idee zu diesem Musical, das im Sinne Wagners ein Gesamtkunstwerk werden sollte, das den Zuschauer vollkommen entführen und verzaubern sollte, mit Ton, Bühnenkulisse, Text und dem malerischen Hintergrund aus Bergen und Schloss Neuschwanstein am Schluss; von den vielen Gesprächen und Planungssitzungen mit den Bühnenbauern und Musikern in einem romantischen alten Bauernhof in Oberbayern. Viele hatten ihn damals für verrückt erklärt, dass er sich an so etwas Großes heranwagte: ein Musical über den Bayernkönig Ludwig II. und dann auch noch am Originalschauplatz. Fast alle hatte er damals im Verlauf der Zeit überzeugen können. Allen hatte »Ludwigs Träume« gefallen, dieses Musical, das den Märchenkönig in seinen sensiblen, künstlerischen und menschlichen Facetten zeigte.

»Das können wir nicht zulassen!«, entfuhr es Rosl unwillkürlich.

»Was sollen wir denn tun? Ist doch alles legal, was die da machen«, warf Wackerl hoffnungslos ein. »Die Neuen, Wolf und Vogler, haben die Kohle, sie haben das Musical gekauft und sie entscheiden jetzt, was sie damit machen. Und wenn sie eine Räuberhöhe daraus machen. So ist das nun mal!«

Sissi lauschte und aß ihren Marmorkuchen, mittlerweile schon das zweite Stück. Gemeinerweise konnte sie sich Chips, Schokolade und Kuchen reinstopfen, ohne davon zuzunehmen.

»Wenn der Wolf den Bürgermeister und somit den Stadtrat besticht, dann ist das nicht mehr im legalen Bereich!«, warf Bellini ein.

»Deswegen haben wir das Musical trotzdem noch lange nicht zurück«, sagte Rosl. »Und das muss denen erst einmal jemand nachweisen. Diese Drecksäcke sitzen doch immer am längeren Hebel.«

»Der Ludwig und ich retten das Musical, wir decken die Sauerei auf und dann, wenn das neue Musical untragbar wird, kaufen wir das

Gebäude und engagieren wieder die alte Crew mit dir, Giovanni«, sagte Sissi fröhlich.

»Super Idee, Sissi, dann fang jetzt schon mal zu sparen an, damit du dann in hundert Jahren die acht Millionen parat hast. Wie viel verdienst du noch mal mit einer Hundenummer und mit den Kutschfahrten?«

Giovanni fand Sissis Vorschlag überhaupt nicht lustig.

Sie verdrehte die Augen. Allerdings hatte sie ihn auch nicht lustig, sondern ernst gemeint. Nur was Geld betraf, war meine liebe Sissi nie so wirklich interessiert und daher realitätsfern. Ich dachte dennoch über ihren Vorschlag nach. Das wäre doch eine Mission für uns, das Musical, die hohe Kunst zu retten.

Bellini, der große Visionär und Autor des Stücks, war jetzt klein und hoffnungslos. Mit blassem Gesicht rührte er seinen Kaffee um. Er erinnerte mich an König Ludwig, damals, vor über 150 Jahren, als er für die Kunst und für Wagner gekämpft hatte, als die Minister ihm alle Pläne zunichte gemacht hatten, als der Komponist Richard Wagner öffentlich diffamiert und dem König der Kontakt mit ihm immer schwieriger gemacht worden war. Schließlich musste König Ludwig seinen teuren Wagner des Hofes und der Landeshauptstadt verweisen. Da Sissi ein großer König-Ludwig-Fan ist, hat sie mir schon viel von der schillernden Figur erzählt.

Die Türklingel riss uns aus unseren Gedanken.

Wenige Sekunden später trat Thomas ein. Wie immer strahlend und lächelnd, eine Ledertasche, die wie ein alter Schulranzen aussah, lässig über die Schulter gehängt. Er trug Bluejeans und weißes Hemd - mehr brauchte dieser Mann nicht, um top auszusehen.

»Hi Leute!«, rief er fröhlich.

»Du Depp, du hosch eis vielleicht an Schrecke eigjagt!«, schimpfte Wackerl, der liebevolle Unterton war aber nicht zu überhören. Der war halt ein echter Allgäuer: harte Schale, weicher Kern, und ja nicht zu viele Gefühle zeigen.

»Echt wahr, du hast uns solche Angst gemacht. Eigentlich sollten wir dir die Freundschaft kündigen!«, schlug nun Sissi weiter in die Kerbe, sprang auf und umarmte ihn innig.

»Wieso bist du einfach untergetaucht?«

Die Fragen prasselten nur so auf ihn nieder.

Er ließ sich am Tisch nieder und alle starrten den Totgeglaubten an, ich kletterte auf seinen Schoß.

»Ist dieser Raum auch clean?«, fragte er und meinte wohl, ob keine Wanzen irgendwo angebracht wären.

Bellini und Jacky verdrehten die Augen.

Dann packte er bedächtig Briefe und Dokumente aus, die sehr alt aussahen, teilweise schon vergilbt, mit Kaffeerändern und Hasenohren. Ihr alter Geruch verbreitete sich im Raum. Zum Schutz befanden sie sich in Klarsichtfolien. Sie mussten wohl sehr wertvoll oder zumindest brisant sein.

»Liebe Freunde, ich musste das tun. Nach Fischbachs Anschlag bin ich sofort heim. Am nächsten Morgen in der Frühe um acht Uhr ging schon mein Flieger.«

»Welcher Flieger?«, ging Rosl dazwischen.

»Loss'n halt ausrede!«, fuhr Wackerl sie an und stieß sie in den Arm. »Ich bin nach Oxford, England, geflogen, zu einem Sir Anthony Ross, PhD, Doctor of Historical Science, seines Zeichens *der* Experte schlechthin für König Ludwig II. Musste da ganz spontan hin! Der hat nur wenige Termine frei.«

»Ja, aber du kannst doch nicht einfach abhauen«, warf Bellini ein. Der Vorwurf, der mitschwang, war nicht zu überhören.

»Ich musste!« Ein wenig betreten blickte er auf die Tischplatte. »Ich hab der Schön aber eine Notiz auf den Schreibtisch gelegt«, entschuldigte er sich.

»Die hat sie dann wohl übersehen«, meinte Wackerl. »Die ansonsten so gut organisierte Frau Schön!«

»Oder übersehen wollen«, ergänzte Sissi.

Die Neugier auf die Briefe, die so plakativ auf dem Küchentisch lagen, überwog.

Thomas genoss diese Aufmerksamkeit und erzählte atemlos weiter.

»Seine Oma, Genoveva Ilse Lehmann, die vor etwa zwei Monaten im stolzen Alter von 94 Jahren verstorben ist, hatte auf ihrem Speicher alte Dokumente gelagert, Tagebucheinträge, Briefe von König Ludwig höchstpersönlich und eben auch geheime Dokumente über König Ludwig, die bisher noch niemand gesehen hatte. Denn ihr Opa wiederum, ein gewisser Franz-Xaver Lehmann, 1852 geboren, war lange Zeit der Kammerdiener und Vertraute König Ludwigs.« Wieder setzte er eine Kunstpause, trank einen Schluck schweren Rotweins, den Jacky mittlerweile serviert hatte, und blickte seine erstaunten Zuhörer an.

»Erzähl weiter«, forderte Sissi wie ein Kind, das seine Oma anbettelt, das Märchen weiterzuerzählen. Doch hier handelte es sich offenbar nicht um ein Märchen.

Er zeigte auf diverse Briefe, streichelte sie fast liebevoll. »Wir erfahren allerlei Persönliches aus dem Leben des Kini, über seine Freuden, Kummer, seelischen Nöte.« Bei diesen Worten klang er sentimental. Jeder hier im Raum wusste, wie nahe Thomas Gubath sich diesem geheimnisvollen Menschen fühlte. »Ein ewig Rätsel will ich bleiben, mir und anderen«, zitierte er den Märchenkönig.

»Weiter!«, forderte nun auch Bellini.

Thomas hielt die Briefe fest in seinen Händen, keiner durfte sie anfassen.

»Er beschreibt in seinen Tagebucheinträgen seine Freuden bei nächtlichen Kutschfahrten, seine wilden Feiern mit den Reitersknaben auf Schloss Linderhof, Gespräche mit seinen Freundinnen Sissi und Sophie, aber eben auch seinen Kummer mit den Ministern, die ihm die Freundschaft mit Richard Wagner verbieten wollten. Hier zum Beispiel, ich lese vor:

München, Residenz, 05.12.1865

Heute ist der schwärzeste Tag in meinem Leben. Ich verfluche die Stellung, die ich habe. Jeder einfache Handwerksbursch hat mehr Freiheiten, zu tun und zu lassen, was er will, als ich, der König von Bayern. Welche Ironie! Der Ministerrat hat mich heute vor die Wahl gestellt: sie oder Wagner. Ich musste handeln. Da ich keinen geeigneten Ersatz an Ministern habe, muss ich mich beugen. Auch das Volk und meine Mutter sind schon gegen mich aufgebracht. Eine regelrechte Hetze haben sie gegen meinen teuren Freund, das Genie, den Jahrhundertkomponisten Wagner betrieben. Ich bin am Boden zerstört. Morgen muss ich ihm sagen, dass er sich aus München zurückziehen muss. Ich werde ihm aber auch mitteilen, dass es nur vorübergehend sein wird, nur für ein paar Monate. Hoffentlich verzeiht er mir, hoffentlich bleibt er mit mir in brieflichem Kontakt; seine Briefe über die Fortschritte seines neuen Werkes werden mich am Leben erhalten. Ich habe so Angst, ihn zu verlieren, meinen Herzensfreund, und meine Kunst, für die ich lebe, die mein einziger Lebensatem ist, meine Freude. Diese dummen Minister, geldgierig und mit Blindheit geschlagen, verstehen nichts von Kunst, sie haben nur Angst, dass Wagner zu viel Geld von mir bekommt und zu viel Einfluss auf mich hat. Alles dreht sich immer nur ums Geld, ich habe Wagner aus meiner Privatschatulle bezahlt. Nur für ihre Kriege geben sie gern Geld aus, wahrscheinlich verdienen sie noch daran.«

Alle starrten Thomas an, der zu lesen aufgehört hatte.

»Was willst du damit?«, fragte Jacky irritiert.

»Neben diesen relativ harmlosen Dokumenten sind auch Texte von meinem Urahn Franz-Xaver Lehmann vorhanden, im Original, die besagen, wie der König wirklich gestorben ist!« Mit erhobenen Augenbrauen schaute er in die Runde, was seine Wirkung nicht verfehlte.

»Wow!«, entfuhr es Sissi.

»Mein Urahn war also dabei, als sie König Ludwig ermordet haben.«
Er schien sehr stolz auf diese Tatsache. »Ich lasse euch das später lesen. Aber ich will erst fertig erzählen. Und keiner darf das wissen, okay? Keiner! Außer euch und Alex weiß das niemand. Das ist top-secret!«

Bei dem Namen Alexander verdunkelte sich Sissis Gesicht.

Er fuhr fort: »Ich möchte diese Dokumente auf jeden Fall öffentlich machen. Dr. Ross und ich schreiben an einem Buch. An einer Biografie über König Ludwig! Das wird der Hit! Außerdem können wir vielleicht den Wolf absägen und dein Musical wieder zurückbringen«, meinte er an Bellini gerichtet. »Wir können diese Dokumente darin integrieren. Das ist einmalig auf der Welt! Hautnah am König dran!« Er schien Feuer und Flamme von dieser Idee.

»Was weißt du von Wolf? Warum wollte Fischbach dich erschlagen?«, fragte Bellini ernst.

Thomas sah traurig in sein Rotweinglas, drehte es gedankenversunken am Stiel um die eigene Achse. »Ich habe den Fischbach schon etwas länger beobachtet! Der Drecksack. Der hat bewusst dein Musical runtergewirtschaftet. Das hab ich neulich Schwarz auf Weiß in seinen Unterlagen gesehen. Das Marketing hat der komplett vernachlässigt. Außerdem war der mit Wolf am Verhandeln. Ich hab da Pläne von dem neuen Musical und Umbaupläne gesehen, die Sache mit dem Hotel, die Wolf vorhat.«

»Warum hast du mich nicht früher informiert?«, fragte Bellini nun etwas misstrauisch.

»Weil ich dir Fakten liefern wollte, handfeste Fakten und nicht nur Vermutungen.« Thomas sah ihn eindringlich an. Bellini schien ihm zu glauben. »Außerdem war ich privat grad so beschäftigt. Ihr wisst ja, Alexander und ich.« Jetzt blickte er Sissi schuldbewusst an, die seinem Blick standhielt.

»Und Fischbach wollt verhindre, dass du ausplaudersch«, schlussfolgerte Wackerl.

»Genau«, antwortete Thomas.

Für einen Augenblick war es ruhig. Alle mussten das Gesagte verdauen.

»Du lebst gefährlich«, sagte Bellini.

»Genau«, pflichtete ihm Jacky bei. »Dem Fischbach und dem Wolf bist du immer noch ein Dorn im Auge.«

»Der Wolf hat noch mehr Dreck am Stecken. Ich sage nur: Schwarzgeldkonten in der Schweiz!« Bei diesen Worten schaute er mit gewichtiger Miene in die Runde. »Ich vermute ja, dass der Wolf den Fischbach auf mich angesetzt hat, dafür wollte ihn Wolf am Hotel beteiligen.« Wieder herrschte ungläubige Stille.

Ich hüpfte von Thomas' Schoß und legte mich auf ein Sofa, mir wurde das alles echt zu viel.

»Und die Wittelsbacher wollen doch auch nicht, dass die wahre Todesursache des Königs Ludwig herauskommt. Die haben ihn doch nicht mal obduzieren lassen«, fügte Sissi besorgt hinzu.

Thomas nickte und roch an der Blume des schweren Rotweins.

»Du gehst morgen zur Polizei«, forderte sie. »Und die Dokumente bewahrt Giovanni in seinem Safe auf!«

Die anderen stimmten einhellig zu. Thomas schwieg.

»Kannst du dem Alexander trauen?«, fragte Jacky und blickte ihm ernst in die Augen.

Er schaute erst sie verwundert an und dann in die Runde.

»Was ist mit Alex?«

»Auch wenn das nicht schön ist, als Freunde müssen wir dir das sagen.« Wackerl erzählte davon, dass Karl sich an Alexander rangemacht hatte, dass sie sich geküsst hatten, beim Nacktbaden waren und Karl sogar bei Alex übernachtet hatte.

»Nein!«, rief Thomas ungläubig. »Gut, wir hatten an diesem Abend Zoff ... deswegen habe ich auch Alexander nichts gesagt.« Thomas wurde nachdenklich.

Mittlerweile guckten sich alle die Dokumente an. Nach diesem Abend war wohl nichts mehr so wie früher.

Das Gespräch kam auf die morgige Premiere.

»Denen werd ich so einen Strich durch die Rechnung machen. Ich geh da morgen hin in voller Königsmontur!« Thomas lachte, und ich stellte mir Wolfs und Fischbachs verdutzte Gesichter vor.

»Das tust du nicht!«, insistierte Rosl.

»Komm, Ludwig, wir müssen jetzt gehen!« Sissi gab mir ein Zeichen, mich vom Sofa zu erheben, wo ich mich gerade so schön eingekuschelt hatte. Bedrückt verabschiedeten wir uns von Rosl, Wackerl, Thomas und den Bellinis.

Nachdem wir uns zusammen ins Bett gekuschelt und eine Wagner-CD, den »Lohengrin«, eingelegt hatten, wurde ich noch trauriger. Heute war es mir schleierhaft, warum ich die Wagner'sche Musik sonst immer so sehr mochte. Ich empfand sie an diesem Abend als ungeheuer düster und zuweilen schrill. Zu theatralisch. Melancholisch versuchte ich nachzuempfinden, welche Emotionen der Schwanenritter wohl in König Ludwig damals geweckt haben mochte.

Vergeblich! Dankbar hingegen war ich dafür, dass ich Sissi an meiner Seite hatte. Meistens verstanden wir uns ohne Worte. Geborgen kuschelte ich mich an sie und genoss die Streicheleinheiten und ihre Körperwärme.

»Ludwig, wir schauen dem Wolf ganz genau auf die Finger. Wenn da etwas Krummes läuft, dann finden wir das zusammen mit Thomas raus, das verspreche ich dir.«

Mit dieser Hoffnung schliefen wir beide ein.

Kapitel 11

Am Tag vor der Premiere fand nach der Theaterprobe die offizielle Pressekonferenz statt. Sissi und ich verdrückten uns – wie immer – unauffällig in die letzte Reihe, da wir etwa eine halbe Stunde zu spät dran waren, was aber auch gar nicht weiter auffiel, weil es sehr voll war im Probenraum. Breit und selbstbewusst positionierte sich Wolf vor den Kameras. Neben ihm saßen das Ehepaar Vogler, der Regisseur Havemeister, Chefdramaturg Michael Kay und Dirigent Lloyd. Nicht zu vergessen Bürgermeister Gottstein nebst Landrat mit Gattin in der ersten Reihe.

Sissi grinste mir zu. »Immer die gleichen Gschwollschädel, die meinen, sie wären wichtig!«

Mit einem überengagierten Gesichtsausdruck beantwortete Wolf die Fragen der anwesenden Journalisten, die ihre Fotoapparate und Kameras auf die Führungsriege richteten und wie Paparazzi versuchten, einen tollen Schnappschuss zu ergattern. Frau Vogler, die Mitgesellschafterin, hielt sich immer im Schatten von Wolf. Bisher hatte nur er gesprochen. Ein junger Journalist wurde aufgerufen.

»Herr Wolf, wie konnten Sie es in gerade mal einem knappen Monat schaffen, so ein Projekt auf die Beine zu stellen?«

Wolfs Lächeln wurde eisig. »Sehen Sie, mein Team und ich haben rund um die Uhr gearbeitet. Nur so ist ein solches Ergebnis möglich! Drehbücher, Text und Musik lagen schon bei mir zu Hause, quasi im Schreibtisch, und warteten nur auf die Realisierung.« Er grinste breit.

»Könnte es denn nicht vielmehr sein, dass Sie, wie einige Insider behaupten, schon vorab von der bevorstehenden Gelegenheit, Ihr Musical hier zu spielen, gewusst haben?«

Wolf stutzte, tat erstaunt, indem er die Augenbrauen hob und den Kopf halb zur Seite und dem Journalisten sein Ohr zuwandte.

»Um etwas konkreter zu werden: Kann es sein, dass Sie sich das frühere Musical dank einiger, sagen wir mal, geheimer Absprachen unter den Nagel gerissen haben?« Der Journalist grinste frech. In der Menge entstand ein Murmeln.

»So eine Frechheit! Wie heißen Sie? Ich werde mich über Sie beschweren«, rief Wolf erzürnt aus, wobei seine Stimme zu kippen drohte.

Der Bürgermeister kam ihm zu Hilfe.

»Ich bitte Sie um sachliche und sinnvolle Fragen«, ermahnte er in scharfem Ton.

»Dann widerlegen Sie doch meine Aussage!«, forderte der Journalist, doch schon kam ein Mann in Uniform auf ihn zu und verwickelte ihn in ein Gespräch.

»So viel zum Thema Meinungsfreiheit, Ludwig. Komm, wir gehen!« Sissi schien dieses Theater im wahrsten Sinne des Wortes wütend zu machen. Statt uns diese Farce und Selbstbeweihräucherung länger anzusehen, fuhren wir lieber noch zu Midnight.

Der große Tag war gekommen: Heute fand die Generalprobe und am nächsten Tag die Premiere statt. In aller Frühe fuhren wir noch schnell in den Stall und Sissi ritt Midnight in der Reithalle, während ich ein wenig auf dem Hof herumstöberte. Dieses Herumreiten in der Bahn erschloss sich mir gar nicht. Sissi aber meinte, Midnight brauche die Dressur zur Gymnastizierung. War ich froh, dass ich kein Pferd war. Ich war naturgymnastiziert.

Anschließend fuhren wir nach Hause. Nachdem sich Sissi geduscht und umgezogen hatte, ging es gleich weiter zur Probe. Auf dem Flur bei den Garderoben begegneten wir Willi.

»Hallo, wie geht es euch Süßen?«, fragte er. Liebevoll begrüßte Willi mich. Er schien mich wirklich zu mögen.

»Gut, danke und dir?«, gab Sissi etwas distanziert zurück.

Sie hatte Bedenken, dass er sie nach dem Vorfall letzte Woche nicht mehr mochte. Manche Leute konnten mit ihren unwillkürlichen Lachanfällen, die aus heiterem Himmel kamen, nichts anfangen und nahmen sie ihr übel, weil sie sich ausgelacht fühlten.

»Und wie gefällt dir das neue Musical im Vergleich mit dem alten?«, fragte Willi ehrlich.

Sissi seufzte. »Um ehrlich zu sein, gar nicht. Das ist doch alles nur Kitsch, der darauf abzielt, ein breites Publikum zu bedienen. Ich vermisse die alte Crew, und Bellini tut mir so leid!«

»Verstehe! Vielleicht musst du dich nur mit ein paar Leuten hier anfreunden, die meisten sind eigentlich ganz in Ordnung Und wie hat es dir bei Whitey gefallen? Der Typ ist doch echt super drauf, oder?«

Jetzt lachte Sissi zum ersten Mal. »Ja, du hast recht, und seine Freunde sind wirklich nett, bei denen fühle ich mich voll wohl. Da kann man einfach sein, wie man ist, und muss sich nicht verstellen. Ich mag Künstler eh lieber als andere Menschen.« Schön, dass mein Frauchen genauso tickte wie ich.

»Und hier im Theater gibt es auch ein paar nette Leute«, sagte Willi versöhnlich. »Du musst nur auf sie zugehen, etwas mit ihnen unternehmen!«

Ich glaube, Sissi schien das wie Verrat an ihren alten Kollegen.

»He, wir gehen Donnerstagabend immer zum Yoga, das tut echt gut. Da gehst du mal mit. Keine Widerworte!«

»Ich kann nicht, da ist der Ludwig doch wieder allein zu Hause.«

Aha, jetzt bin ich wieder einmal die optimale Ausrede, wenn man auf etwas keine Lust hat.

»Ne, wir sind nur ein paar ganz coole Leute, den bringst du einfach mit. Den Ludwig mag doch eh jeder.«

»Sag das nicht, die Blunzn hasst ihn und er sie auch.« Sissi grinste über das ganze Gesicht.

»Ja, wen kümmert denn die blöde Kuh? Auch wenn sie meint, sie hat etwas zu sagen im Theater. Das ist doch nur eine unglückliche Profilneurotikerin. Wahrscheinlich hat sie als Kind keine Liebe oder zu wenig Aufmerksamkeit bekommen, und wenn, dann nur durch Leistung, gute Noten in der Schule oder so. Und als Erwachsene will sie nun immer perfekt sein, um Liebe, Anerkennung oder was auch immer zu bekommen.«

Ich wunderte mich über Willis psychologische Analyse der Sonja Schön.

»Vielleicht hast du recht«, sagte Sissi, »und außerdem spürt der Ludwig immer, wer ihn und mich nicht ausstehen kann. Ich lasse den Ludwig immer entscheiden, welche Menschen in unseren Freundeskreis aufgenommen werden und welche nicht. Der kann das besser als ich.«

Willi lachte und steckte Sissi damit an.

»Den Wolf mag er nicht, den hat er neulich in die Wade gebissen.«

Wieder lachten beide los.

»Und die Blunzn ist nur auf dich neidisch, weil du schön und schlank bist und sie hässlich und fett.«

Aha, der Willi findet Sissi also schön, jetzt muss ich aufpassen.

»Sie ist nicht hässlich, aber sie ist böse, und das macht sie hässlich«, meinte Sissi.

Lustig, dass die Schön im neuen Team auch nur als »Blunzn« tituliert wurde.

»Jetzt muss ich aber, sonst gibt es den nächsten Anschiss von besagter Dame.« Schon war der verrückte Schauspieler verschwunden.

Wir verfolgten die Probe neben der Bühne mit. Das Lied, das die Souvenirs und den Kitsch besang, mochte ich am liebsten. »Tut bloß nicht so, als wärt ihr an der Wahrheit interessiert, die Wahrheit gibt's geschenkt, aber keiner will sie haben, weil sie doch nur deprimiert.«

Sehr passend fand auch Sissi diesen Text.

Der Wolf und die Schön hetzten die Schauspieler über die Bühne.

»Franz, du musst dich vom König abwenden, du bist von seinen schwulen Annäherungsversuchen völlig genervt. Zeig das auch!«, forderte sie den Schauspieler, der den Reitknecht spielte, auf.

Das könnte man auch sachlicher und freundlicher machen. Wie hatte sie es geschafft, in der kurzen Zeit die Position der Regieassistenz und Inspizienz zu bekommen, und das, obwohl sie gar nicht vom Fach war?

Zwischendurch telefonierte sie mit ihrem iPhone. Mir fiel auf, dass alle wichtigen Leute hier, Wolf, die Schön, MBM und andere, technisches Equipment von Apple hatten. IPhone, iPad, iPod, und wenn Nachrichten oder Mitteilungen ans Team versendet wurden, dann natürlich über eine iCloud, was auch immer das war. So ein Verein von »Eierköpfen«.

Da kam Wolf auf die Bühne, also der im Schafspelz, erblickte uns, seine Schäfchen, und schon eilte der große Hüter auf uns zu.

»Ja, wen haben wir denn da? Die Sissi! Welche Freude!« Er schüttelte Sissi die Hand, während ich ihn schräg ansah. Er bemerkte es und machte einen großen Bogen um mich. Gut so. »Hallo, Wolfgang.«

Blöd, dass sie schon per Du sind, kann man das wieder rückgängig machen?

Sissi würde ihm schon noch zeigen, dass die Blondine, das »kneschtige Weib«, gar nicht so dumm ist, gemäß dem Motto: »The blonde is real, the dumb is fake!«, oder: »Das Blond ist echt, die Dummheit gespielt!«

»Und wie gefällt es dir so? Super, oder?«

»Ja, gut, und das mit dem Ludwig klappt ja auch recht ordentlich.« Sehr gut, Sissi, immer schön oberflächlich und unverfänglich bleiben!

»Wie gesagt, ich versuche, noch einen Job für dich zu finden, als Ersatz für die Pferdenummer. Vielleicht im Büro oder so«, schlug Wolf versöhnlich vor.

113

»Ach, das funktioniert momentan so, wie es ist, ganz gut«, erwiderte Sissi, damit er endlich Ruhe gab und weiterging.

Dann kam mein Auftritt. Ich lief durch Willis Beine hindurch, gab dem arroganten MBM alias König Ludwig die Pfote, und das Publikum würde begeistert sein. Die liebten sowieso nur mich und nicht diesen eingebildeten Lackaffen, der von König Ludwig so viel Ahnung hatte wie ich von vegetarischem Essen.

Die Generalprobe war gut verlaufen, aber jetzt stieg die Nervosität.

Der Premierentag war vom frühen Morgen an erfüllt von knisternder Spannung. Um die Zeit zu nutzen, brachte mein Frauchen die Wohnung auf Vordermann, während ich die Zeit damit verbrachte, nach dem Wischmopp zu jagen, was Sissi anfangs noch lustig, später dann anstrengend fand. Im Gegensatz zu mir schien sie etwas nervös. Ich war froh, als wir um drei Uhr ins Festspielhaus fuhren und Sissi damit endlich sinnvoll beschäftigt war. Mein Frauchen war nämlich echt nervig, wenn sie nervös war. Außerdem verbrachte sie im Bad eine gefühlte Ewigkeit damit, sich hübsch zu machen.

Im Festspielhaus wurden indessen manche Schauspieler schon geschminkt, andere sangen sich warm, lasen sich ihren Text nochmals durch und verzogen sich dazu in eine ungestörte Ecke der Garderoben. Ein paar Menschen dekorierten das Gebäude mit Blumengestecken und Girlanden. Alle Caterer, Ober und Köche waren schon in gespannter Erwartung. Die Ober trugen Frack, die weiblichen Bedienungen schwarze Kleider mit weißen Schürzen. Klassischschick.

Die Nerven der Schön und des Wolfes schienen zum Zerreißen gespannt. Momentan beantworteten sie die Fragen der Regionalpresse, auch ein Fernsehteam des Bayerischen Rundfunks war da. Stolz wie Oskar stand die Blunzn vor dem TV-Team und lächelte mit schiefem Mund in die Kamera, während sie die Arbeit des Teams pries. Heute trug sie ein schwarzes Etuikleid mit einem großen Leopardenschal darüber, dazu schwarze Springerstiefel im Leopardenlook!

Wolfi Wolf trug einen schwarzen Anzug mit blauem Hemd. *Wie langweilig,* dachte ich mir. Wie schön wäre es, wenn einer der Männer zur Abwechslung mal etwas Grünes oder Rosafarbenes tragen würde. Oder eine schicke Uniform.

Langsam trafen die ersten Gäste und Ehrengäste ein, zum Teil sogar in Kutschen. Ich staunte nicht schlecht über den Aufwand, der betrieben wurde. Betrübt dachte ich an das alte Ensemble und auch Sissi war wehmütig. Gleichzeitig hatten wir ein schlechtes Gewissen wegen unserer wenig loyalen Gefühle dem neuen Musical gegenüber.

Vor dem Haupteingang war ein roter Teppich ausgerollt worden, den hübsche, runde Buchsbäume säumten. Das Wetter passte ideal, es war ein schwüler Sommerabend, fast etwas zu heiß. Die Gäste trudelten über den Kiesweg ein, der vom etwa einen Kilometer entfernten Parkplatz zum Theater führte. Der See glitzerte hell im letzten Abendlicht, mein geliebtes Schloss Neuschwanstein ruhte unbehelligt von dem Trubel im sanften Abendrot und sah sich das Spektakel aus der Ferne in Ruhe an, wie ein schlafender Hund in einer Ecke, der aber mit halb geöffneten Augen alles im Blick hatte.

Sissi trug ein rosafarbenes bodenlanges Abendkleid mit einem weit schwingenden A-Linien-Rock und Spaghettiträger-Top. Eine schwarze Schleife betonte ihre schlanke Taille. Das Haar hatte sie elegant hochgesteckt, eine rote Rose zierte die blonde Frisur. So schön war meine geliebte Sissi, dachte ich voller Liebe, die mir das Herz übergehen ließ. Jetzt wurde auch mein Frauchen von einem hübschen blonden Reporter angesprochen und mit mir für die Zeitung fotografiert. Ich platzierte mich stolz neben sie und grinste in die Kamera. Das hatte ich mir von den Menschen abgeschaut: ganz weit die Mundwinkel nach hinten ziehen oder sogar Zähne zeigen.

»Guck mal, wie toll der Hund in die Kamera lächelt«, meinte ein Musicalbesucher.

Ich trug ein königsblaues Halsband mit Krone, wie es sich für diesen feierlichen Anlass gehörte.

»Und Sie sind die Hundetrainerin?«, interviewte der Zeitungsreporter Sissi, die seine Fragen geduldig beantwortete.

Die Schön erblickte uns mit dem Reporter und guckte scheel zu uns herüber, während sie an ihrem Sekt-Orange nippte. Dann flüsterte sie Wolf etwas ins Ohr. Was die wohl redeten?

Es ging auf acht Uhr zu, und schon eilten alle Gäste auf ihre Plätze. Die Schauspieler und Sänger sowie das Orchester und der Rest der Crew waren längst hinter den Kulissen bereit für ihren großen Auftritt.

Der Vorhang öffnete sich, der erste Akt ertönte. Ludwig als kleiner süßer Junge sang sein rührseliges Lied, dessen Melodie dem typischen Musical-Einheitsbrei entsprach. Nett, aber nichts Besonderes eben.

Es lief alles wie am Schnürchen. Die Schauspieler eilten nach ihrem Auftritt hinter die Bühne, zogen sich um und weiter ging es mit einem neuen Lied. Auch Willi war hoch konzentriert und machte seine Sache gut. Sissi und ich wurden immer nervöser. Und schließlich waren wir an der Reihe. Willi lächelte uns aufmunternd zu, während MBM kühl und arrogant wirkte und mir noch mehr Angst machte.

Ich glaube, ich muss schnell noch mal für kleine Jungs ... Doch dann ging es auf die Bühne. Ich betrat die Bretter, die die Welt bedeuteten, machte artig meine Kunststückchen. Das Publikum war begeistert und schrie »Bravo« und »Hurra, super!«.

Ich war stolz und zufrieden mit mir. Sissi war noch stolzer und noch zufriedener. Nach meinem Auftritt schmiegte ich mich in ihre Arme, und wir sahen uns den Rest des Stücks entspannt zu Ende an. Alles lief problemlos, und das Ensemble erntete einen großen Schlussapplaus mit Standing Ovations. Ich liebte dieses Gefühl, in meinem

Applaus zu baden. Minutenlang verbeugten die Schauspieler sich, eilten von der Bühne, gingen wieder zurück, verbeugten sich.

Im Anschluss gab es Häppchen und Sekt im Foyer und natürlich Reden von den wichtigen Leuten: vom Bürgermeister, vom Landrat, und natürlich hatte der Wolf das letzte Wort. Frau Vogler stand dekorativ neben ihm hinter dem Rednerpult und lächelte ihn schwärmerisch von der Seite an, während sich ihr Ehemann, Herr Vogler, dezent im Hintergrund hielt.

»Sehr geehrte Gäste, liebe Premierenbesucher, lieber Herr Bürgermeister Gottstein, sehr geehrter Herr Landrat Guggenstein und zuletzt natürlich liebes Ensemble –

Ludwig lebt!

Ja, er lebt – hier und jetzt. Mit jeder Aufführung lassen wir ihn wiederauferstehen.«

Auferstehen, du Volldepp. Natürlich lebe ich! Im Hier und Jetzt.

»Es ist mir eine unbeschreiblich große Ehre, Sie alle heute Abend hier im Festspielhaus als Gastgeber begrüßen zu dürfen. Im Festspielhaus, das Frau Vogler und ich nun unser Eigen nennen dürfen. Ein Traum ist heute für uns wahr geworden, unser großer Traum: unser Musicaltheater hier am Originalschauplatz. Und mit ›Ludwig und Richard – eine fruchtbare Freundschaft‹ ist uns eine ganz große Theaterproduktion gelungen, mit erstklassigen Musikern und Schauspielern aus der ganzen Welt.«

Applaus ertönte.

»Heute fühle ich mich wie König Ludwig selbst, für den Kunst nicht bloßer Genuss, sondern Religion, das Theater nicht nur ein Ort des Vergnügens, sondern ein heiliger Tempel war.« *Schleim nicht so verlogen rum, Trüffelschwein! Was weißt du schon von König Ludwig?*

»Ich darf den Menschen hier großartige Kunst näherbringen, ich darf das Erbe König Ludwigs fortführen. Das erfüllt mich mit unglaublichem Stolz und Dankbarkeit.«

117

Und es füllt deinen Geldbeutel mit unglaublich viel Kohle. Warum erzählst du nichts von deinen Hotelplänen?

»Ich denke, mit unserer Premiere heute können wir in eine rosige Zukunft blicken, und ich hoffe, Sie hier weiterhin sehr oft als Gäste begrüßen zu dürfen. Natürlich gehören meine Gedanken an diesem denkwürdigen Tag dem ersten Ensemble um Regisseur und Autor Giovanni Bellini und seine wunderbare Ehefrau Jaqueline, die heute leider nicht persönlich anwesend sein können. Ich hoffe, dass das Musical ›Ludwig und Richard‹ auch eine Weiterführung der Kunst in ihrem Sinne ist.«

Der Mann lügt, ohne rot zu werden. Wuff, ich belle jetzt mal dazwischen.

»So lasst uns nun das Glas erheben und anstoßen auf unser Musical ›Ludwig und Richard‹ und noch die ganze Nacht durchfeiern. Prost!«

Erneut brandete Applaus auf. Sissi hielt sich verkrampft an ihrem Weinglas fest, lächelte steif und suchte Blickkontakt mit mir und Willi.

Die Stimmung war gut, äußerlich zumindest. Da ich mal schnell für kleine Jungs musste, ging ich Richtung Hintereingang und durch die offene Hintertüre nach draußen. Es war ein stürmischer Wind aufgekommen, und der Himmel färbte sich gelblich dunkelgrau. Ich lief vorbei an der Schön und ein paar anderen Leuten, Wolf war auch dabei. Sie bemerkten mich natürlich nicht an ihren Stehtischen. Manchmal war es auch gut, wenn man klein war.

»Du, Wolfgang, das mit dem Hund, ich glaube, die Nummer schenken wir uns. Das gehört nicht in ein Musical, das ist unnötig und albern. Außerdem müssen wir an die Allergiker denken«, versuchte die Blunzn, den Wolf von ihrer Idee zu überzeugen.

Ich blieb stehen und hörte weiter zu, fassungslos angesichts so viel Hinterhältigkeit und Gemeinheit.

»Wieso, der Hund ist doch super angekommen«, rechtfertigte sich Wolf.

118

Ein anderer bestätigte: »Ja, der ist voll süß, der hat doch am meisten Beifall bekommen, Tiere öffnen halt die Herzen!« Süßsauer nippte diese Hexe an ihrem Sekt und fing dabei meinen bösen Blick auf. Sie erwiderte ihn, obgleich sie sich durchaus ertappt fühlte. Wenn Blicke töten könnten, wäre ich tot umgefallen.

Zeitgleich fiel ein lauter Donner in das Gespräch ein, der alle erschrocken verstummen ließ. Ein hellgelber Blitz fuhr wütend vom Himmel herab. Regen setzte ein, der sich schnell zu einem starken Regenguss auswuchs. Fluchtartig verließen die Gäste in ihren Abendgarderoben die Stehtische und suchten Schutz unter dem Vordach oder im Musicalgebäude. Das Gewitter wurde schlimmer und lauter. Die Melodie »November Rain« der Band Guns n' Roses kam mir in den Sinn. Wenn dies ein Film gewesen wäre, hätte ich jetzt diese dramatische Melodie eingespielt. Wie die Stimmung von schön zu ernst und Düsteres verheißend umschlug. Auch Sissi, die bei ein paar Kollegen im Foyer stand, nahm es wahr.

Plötzlich ertönte ein zweiter Donner, und das Licht ging aus. Manche Leute schrien auf, Sissi auch, denn sie hatte Angst im Dunkeln. Ich beschützte sie, wie immer, indem ich mich ganz dicht neben sie stellte. Gott sei Dank brannten viele Kerzen.

Ein nicht mehr ganz junger Schauspieler namens Felix, der neben ihr stand, beugte sich zu Sissi rüber. »He, du siehst heute fantastisch aus. Ich hätte jetzt Lust, mit dir zu schlafen, kommst du mit zu mir heim?«

Sissi staunte nicht schlecht. Da ihr nichts einfiel, außer mit offenem Mund zu schweigen, bohrte er ungeniert weiter. »War doch ein voll schöner Abend, und jetzt diese romantische Stimmung bei Kerzenschein, wär doch super, oder?« Er grinste und legte den Arm um sie.

Willi guckte vom Nebentisch eifersüchtig zu den beiden hinüber. Auch die Schön bemerkte die Anmache. Ich hatte seit einigen Tagen schon den Eindruck, dass sie ein Auge auf Felix geworfen hatte.

Sissi suchte nach Worten.

119

Geh doch zu einer Prostituierten, die Sissi ist zu schade für ein Vergnügen für eine Nacht!

Sissi las meine Gedanken und nahm diese Anregung dankbar auf. »Du, weißt du was? Wenn du schnellen Sex willst, dann geh zu den Damen, die dafür Schmerzensgeld bekommen. Prostituierte nennt man die, glaube ich!« Mit diesen Worten verabschiedete sie sich stolz von diesem ereignisreichen Abend und den Gästen.

Auf dem Weg zum Auto offenbarte sich uns etwas, das mir das Blut in den Adern gefrieren ließ. Im Flur zu den Garderoben stand König Ludwig, schön und imposant wie eh und je. Und es war nicht Michael Bergmann-Mayer! Sein schwarzes leicht gewelltes Haar glänzte im kalten Licht des Flurs. In seiner Festtagsmontur bestehend aus blauem Rock, weißer Reithose, schwarzen Stiefeln und der magischen, aristokratischen Ausstrahlung sah er geradezu wie der wiederauferstandene König aus. Das adelige Gesicht trotzte vor Überheblichkeit und Selbstsicherheit.

Wolf stand ihm gegenüber, rot wie ein Ziegel, und drohte ihm mit seiner Körperhaltung und der geballten Faust.

Thomas war souverän, ein wenig provokant, hielt aber die Hände abwehrend hoch, sich der Gefahr durchaus bewusst.

Wir eilten auf die beiden zu.

»Thomas!«, rief Sissi, verwirrt und in Sorge um den jungen Mann, der es tatsächlich gewagt hatte, hier aufzutauchen. »Du verschwindest hier, als Hausherr sag ich dir das!«, fauchte Wolf Thomas an, der ihn nur frech angrinste. »Ansonsten wird der Fischbach dafür sorgen, dass das dein letzter Auftritt war … Schad, dass der dich nicht gscheit 'troffen hat.«

Sissi nahm Thomas, der wohl schon einiges getrunken hatte, bei der Hand, führte ihn zu unserem Wagen, öffnete die Tür und wollte ihn auf den Beifahrersitz drücken, der jedoch ließ es nicht zu und stemmte sich gegen sie.

»Was fällt dir ein? Das ist viel zu gefährlich! Hör auf, den Wolf zu provozieren!«, fauchte sie scharf, ihre Angst hatte die Kontrolle über ihre Stimme übernommen.

»Lass mich, ich will noch ein bisschen Premiere feiern«, erwiderte Thomas in seinem angeheiterten Zustand.

Sissi ließ sich unbeholfen abwehren, wusste nicht, was sie tun sollte. »Bitte!«, rief sie ihm noch flehend hinterher. Doch der stolze König steuerte ein wenig torkelnd zurück Richtung Hintereingang.

Im Auto sprudelte es nur so aus ihr heraus: »Ludwig, mein Schatz, bin ich froh, dass ich jetzt mit dir heimfahren kann und meine Ruhe habe. Was sind das denn für krasse Leute? Wieso geht Thomas da hin?«

Auch ich war sehr froh, endlich nach Hause zu fahren, aber mein Gefühl sagte mir, dass das mit Thomas ungut enden würde …

Kapitel 12

Nachdem wir die Premiere hinter uns gebracht hatten, war es doch später geworden als sonst. Gut, dass wir am nächsten Tag ausschlafen konnten.

Nachmittags hatten wir wieder Kutschendienst und fuhren Touristen zu meinem Lieblingsschloss hoch. Marco und Michl waren wie immer brav, auch die Touristen waren heute einigermaßen erträglich. Gegen 18:30 Uhr rief Willi an und lud uns zu der Sache ein, deren Namen ich vergessen hatte. War ja mal gespannt, was das werden würde. Vielleicht ein ganz normaler Kneipenbesuch oder Spieleabend mit Freunden, er hatte ja gesagt, dass einige andere Schauspieler dabei wären, vielleicht war es auch Gymnastik, weil Sissi einen legeren Pullover und eine Jogginghose in ihre blaue Sporttasche packte.

Um 19 Uhr fuhren wir los. Sissi parkte ihren guten alten Kombi auf einem Parkplatz in der Nähe des Kurcafés und lief mit mir in die Innenstadt von Füssen, wo wir uns mit ein paar anderen Schauspielern treffen würden. Auf dem Weg dahin über die große Kreuzung kamen wir auch an der Geschäftsfiliale des Immobilienmaklers Schwarz, eines Münchner Maklers, vorbei. Große Exposés mit Wohnungen, Häusern und Grundstücken hingen in den Schaufenstern.

»Nein, Ludwig, guck mal, das Auto!« Sissi stand da und staunte mit offenem Mund und großen Augen.

Ich schämte mich schon fast ein wenig vor den anderen Passanten und wollte weitergehen. *Sissi, das ist ein schwarzer Audi A7, zugegeben, nettes Teil, aber so einen Aufstand um ein Auto zu machen!* Mir persönlich war eine schöne Kutsche, zum Beispiel ein weißer Landauer oder ein eleganter schwarzer Phaeton, viel lieber. Ich liebte Kutschen! Dann vier schicke Rösser davor. Da konnte doch so eine Blechdose wirklich nicht mithalten! Das hatte doch gar keinen Stil. Wo waren außerdem die einhundert Pferdestärken versteckt, von denen Sissi immer sprach? Unter der Motorhaube? Da hatte doch nicht mal ein Pferd Platz. Ich stellte mir vor, wie wir versuchten, den Midnight da reinzuquetschen, sah das sechshundert Kilogramm schwere Ross vor meinem inneren Auge schon mit den Vorderbeinen im Motorraum stehen, während Sissi hinten schob. Irgendwie lustig, die Vorstellung.

Sissi riss mich massiv aus meinen Gedanken. »Ludwig, das ist das Auto vom Wolf, was macht der denn hier?«

Aha, Wolfi Wolf und Immobilienhai Schwarz. Dann schien die Bestechungsnummer mit dem Bürgermeister wohl langsam konkret zu werden.

Ich drängte Sissi darauf weiterzugehen, nicht, dass man uns noch länger so herumstehen sah. Aufgeregt lief sie neben mir die Fußgängerzone entlang. Für mich war es hier wunderbar, ein Fest an Eindrücken, Gerüchen und Nachrichten von anderen Hunden, für sie ein aufreibendes Nervenspiel. An jeder Ecke, an jedem Blumentopf und an jeder Bank musste ich riechen. So viele Hunde waren schon vor mir da gewesen, denen musste ich doch zeigen, dass ich hier war.

»Sollen wir zurückgehen und sie belauschen?« Sissi war unschlüssig, fand das aber dann doch zu auffällig.

Nun, nach ein paar Minuten waren wir wohl angekommen, weil wir einen dunklen Gang entlanggingen, eine Haustüre öffneten und dann eine Treppe hochstiegen. Unten hätte es mir viel besser gefallen, dort befand sich nämlich ein wildromantischer Stadtgarten. Musste ich später noch mal hin.

Frauchen begrüßte Willi, der schon da war, und andere Schauspieler des neuen Musicals. Eine junge blonde Frau, eine Frau mittleren Alters mit schickem grauem Pagenkopf und ein anderer Schauspieler.

Nach einem kurzen Gespräch rollten sie bunte Matten auf dem Holzboden aus und legten sich flach darauf. War Sissi krank? Oder war das so eine Entspannung? Mediation oder Meditation, wie auch immer das hieß. Egal, ich legte mich zu ihr. Das war kuschelig und lenkte mich ein wenig von meiner Sorge ab. Mein Gefühl sagte mir noch immer, dass Thomas in großer Gefahr war.

Dann kicherte sie los und weckte mich. Schade, war grad so gemütlich.

»Ludwig, lass das Schnarchen, das ist ja peinlich!«

Aha, jetzt war ich auf einmal peinlich. Sonst war das nie so.

Nun sprach die grauhaarige, freundliche Frau, die sich vor den anderen platziert hatte, und machte etwas sehr Komisches vor. So eine Art Gymnastik. Und der Witz war: Alle machten das nach.

Ich wusste gar nicht, wohin ich zuerst gehen sollte. Mal zu dem Mann neben Frauchen und ihm einen Nasenstups geben, der schien ja ganz nett.

»Ja, hallo, was bist du denn für ein süßer Hund!«

Schön, ich hatte einen Fan mehr.

Schon schimpfte Frauchen wieder. »Ludwig, lass die anderen Leute in Ruhe!«

Obwohl hier alle locker waren, war sie schon wieder so uncool. Sie sollte mal etwas für ihre Entspannung tun. Ich guckte einfach mal, wie das weiterging.

Nun standen die fünf Menschen inklusive meines Frauchens auf, sagten »Namaste« und falteten andächtig die Hände, beugten sich dann runter, legten sich wieder hin, streckten den Kopf in die Höhe. Als die »Anführerin« etwas von Kobra sagte, schoben sie ihre Popos hoch und standen dann umständlich wieder auf. Das ging einige Male so, und die Menschen schnauften angestrengt. Dann hockten sie da und winkelten ein Bein an, während sie die Arme verwursteln und nach hinten guckten. Komisch! War das normal?

Willi trug eine kaputte grüne Leggings, die wie eine large Unterhose aussah, und ein grünes Feinripphemd. Kann man sich geschmacklich so verirren? Ich schaute schnell weg!

Es kam noch komischer. Alle knieten sich hin und hoben abwechselnd einen Arm und jeweils diagonal dazu ein Bein hoch. Frauchen kicherte wieder, weil sie fast umfiel. Dann mussten sie sich mit einer Hand an den Fuß fassen. Jetzt fiel Frauchen um. Wäre ich nicht schnell aufgesprungen, wäre sie direkt auf mich draufgefallen und ich vermutlich tot! Sie probierte es noch einmal. Diese Namaste-Tante in weiten Pluderhosen kam zu ihr und fasste sie an der Hüfte an. Ich griff ein, das konnte ich nicht zulassen. *Wuff! Lass mein Frauchen in Ruhe!*

»Ludwig, ist schon gut, die Yogalehrerin muss doch meine Stellung korrigieren. Ich will das ja richtig machen!«

Aha, das war eine Sportlehrerin oder so, komisch. Und das, wo mein Frauchen Sport verachtet, also alles außer Pferdesport. *Gut, dann lass ich sie mal weitermachen.*

Als sie schließlich nach einer Stellung namens »Hund« eine Stellung namens »Krähe« machten, zweifelte ich endgültig am Verstand dieser Zweibeiner. Sie stemmten sich auf ihre Handflächen und balancierten sich mit ihren angewinkelten Beinen in der Luft aus. Sah echt verrückt aus. Frauchen und die anderen stöhnten und kippten nach vorne. Manche von ihnen stützten sich auf den Kopf. Das wäre echt eine gute Comedy-Nummer.

Plötzlich durchbrach ein unanständiges Geräusch die Stille, Willi hatte gepupst. Sissi grunzte laut lachend los, dabei bebte ihre Brust und sie musste ihre Krähenstellung aufgeben, weil sie sich vor Lachen auf dem Boden kringelte. Lachyoga! Willi und die anderen nahmen es gelassen. »Du alts Kitterfidla«[12], kommentierte Willi nur. So entspannend war Yoga also.

---

[12] Ein ständig kicherndes Mädchen.

Vor der Abschlussentspannung erklärte mir Sissi nochmals, wie gesund »Yoga« sei und dass wir alle etwas für unsere Gesundheit und Fitness tun müssten. Mir schwante Böses, denn es fiel wieder dieses blöde Wort »Diät«. Das brachte ich mit nichts Gutem in Verbindung.

Die knarzenden Gitarrenriffs von »Feuer frei« durchbrachen die friedliche Meditationsstille. Ich fuhr zusammen. Es dauerte eine gefühlte Ewigkeit, bis Sissi endlich ans Telefon ging.

»Hallo«, antwortete sie fröhlich, im Begriff aufzustehen, um die anderen nicht länger als nötig zu stören. In der nächsten Sekunde aber erstarrte sie in ihrer Haltung, und die Farbe wich aus ihrem schmalen Gesicht.

»Was?«, rief sie panisch aus, die Augen weit aufgerissen. Jetzt sank sie auf den Boden, verharrte in einem schiefen Schneidersitz. Alle starrten sie an. Mein Gefühl hatte mich wohl nicht getäuscht. Auch mein Magen krampfte sich zusammen.

»Oh Gott!« Tränen schossen in ihre Augen, und sie begann, krampfartig zu weinen. »Beim Yoga, mit Willi«, brachte sie mühsam hervor und ein schwaches »Ja«, dann legte sie auf. Ich versuchte, sie mit meiner Nähe zu trösten, was allerdings nur suboptimal bis gar nicht gelang.

»Thomas ist tot!«, stammelte sie mit tränenerstickter Stimme und klammerte sich heulend und bebend an Willi, der sie sogleich in den Arm nahm.

Thomas, tot? Was war passiert?

Kapitel 13

Willi brachte Sissi nach der fürchterlichen Nachricht zu Jacky und Giovanni und fuhr dann wieder. Es war schrecklich. Wir saßen in Bellinis Wohnzimmer, Wackerl und Rosl waren auch da; Jacky hatte liebevoll den Arm um Sissi gelegt. Ich saß treu zu ihren Füßen, der Mülleimer quoll über mit Tempotaschentüchern und Bellini berichtete:

Touristen hätten Thomas' Leiche am späten Vormittag am Ufer des Forggensees gefunden, unweit der Ludwigsglocke, am Kiesstrand hinter dem Festspielhaus und den Fliederbüschen, wo die Schauspieler oftmals ein Lagerfeuer veranstalteten. Die Touristen würden nun von einem Kriseninterventionsteam betreut. Eine Leiche, und zudem noch so eine, den toten König Ludwig in seiner hoch noblen Uniform am Ufer des Forggensees in Sichtweite zu seinem Lieblingsschloss zu finden, passierte einem auch nicht alle Tage. Die Polizei sei erst von einem Selbstmord ausgegangen. Thomas' toter Körper sei aber dennoch in die Pathologie nach München gebracht geworden, wo man eine schwere Kopfverletzung bei ihm festgestellt habe.

Giovanni Bellini sei schon kurz danach von einem Beamten befragt worden, sie hätten aber angekündigt, dass sie sicher im Verlauf der Ermittlung noch weitere Fragen an ihn haben würden.

Jedes Mal, wenn die Worte »Thomas' Leiche« fielen wurde Sissi von einem Weinkrampf geschüttelt. Sie sah erbärmlich aus: verquollene Augen, blass, rote Nase und Lippen, die von dem vielen Wischen und Schnäuzen ebenfalls schwer in Mitleidenschaft gezogen worden waren.

»Es ist so tragisch«, meinte Jacky tonlos, während Sissi ins Leere starrte.

»Es ist nicht tragisch, es ist schlimm, furchtbar, erschütternd, unendlich traurig, aber nicht tragisch!«, belehrte sie ihr Ehemann harsch.»Tragisch ist etwas, wenn es, egal wie du dich entscheidest, schlimm ausgeht. Dieser Begriff geht auf Aristoteles und seine Tragödien zurück.« Warum Bellini jetzt auf so einem Kleinkram rumhackte, konnte auch keiner verstehen.

»Mach dich darauf gefasst, Sissi, dass sie dich auch befragen werden. Du hast ihn ja in der Mordnacht auch noch gesehen.« Ernst sah er Sissi an.

»Soll das heißen, ich bin verdächtig?«, fragte sie mit verstopfter Nase.

»Nein, das ist doch reine Routine«, beruhigte Jacky sie und streichelte ihr übers Haar.

»Super, ich wollte ja Thomas noch in mein Auto setzen. Das heißt, auch meine Spuren sind auf seinen Kleidern zu finden!« Wieder folgte ein Heulkrampf.

Wackerl schaute besorgt von Giovanni zu Jacky.

»Die Polizei isch heit so guat, die findet den Mörder scho«, versuchte er, Sissi zu beruhigen, was ihm aber nicht so richtig gelang. Das alles tat mir so unbeschreiblich leid. Wie konnte ein so junger, blühender Mensch von heute auf morgen tot sein? War er in seinem Rausch auf den Kopf gefallen? Oder hatte er Selbstmord begangen? Aber jemand wie Thomas brachte sich doch nicht um - jung, gesund, attraktiv, erfolgreich! Was wollte man denn noch mehr vom Leben erwarten? Aber wer war Thomas' Mörder? Ein Schauer durchfuhr mich. Ich machte mir plötzlich Sorgen um Sissi.

Sie machte sich Vorwürfe.»Hätte ich ihn mit mehr Nachdruck in mein Auto verfrachtet, dann würde er jetzt noch leben!« Die Türklingel riss uns aus unseren düsteren Gedanken.

Giovanni ließ zwei Polizeibeamte eintreten und brachte Gläser und eine Flasche Wasser. Die beiden stellten sich vor und zeigten ihre Dienstausweise. Es waren zwei Kriminaler aus Kempten, ein groß gewachsener, kräftiger Mann mit Glatze, etwas brutal wirkend, mit Namen Maier und Scheffler, ein unscheinbarer Typ, der genauso gut in einem Finanzamt hätte arbeiten können.

»Schön, dass wir gleich so viele Bekannte von Thomas Gubath auf einmal erwischen«, meinte der Glatzköpfige pragmatisch. Alle mussten sich nun vorstellen und erklären, in welchem Verhältnis sie zu Thomas gestanden und wann sie ihn zum letzten Mal gesehen hatten.

Maier wandte sich an Sissi: »Ich fasse zusammen: Sie waren eine Freundin des Toten. Nicht *die* Freundin?« Eindringlich guckte er Sissi an.

»Der Tote war vom andre Ufer! Der hot it amol vo eisrar scheane Sissi ebbas wella«, versuchte Wackerl, Sissi zu retten.

»Das kann mir Frau Bierbichler sicher auch selbst sagen«, meinte Maier entnervt. Er hatte wohl schon einen langen Arbeitstag hinter sich, und der Feierabend war Lichtjahre entfernt.

»Ja, ich habe Thomas sehr gemocht.« Mittlerweile waren ihre Tränen versiegt. Jeder noch so große Tränenpool scheint irgendwann einmal ausgeschöpft. »Er hatte ja bisher mit meinem Hund eine Szene gespielt, und ich war immer dabei.« Jetzt streichelte sie mich gedankenversunken. »Wir waren alle wie eine große Familie.«

»Und wann haben Sie ihn das letzte Mal gesehen?«

»Das war so kurz nach zwölf Uhr in der Premierennacht, also gestern«, erzählte sie offen, um zu zeigen, dass sie nichts zu verbergen hatte. »Thomas war plötzlich aufgetaucht. In voller König-Ludwig-Montur. Das war die reine Provokation für Wolf, den neuen Eigentümer. Sie haben beide lautstark gestritten. Hinten, bei den Garderoben, wo sonst keiner mehr war. Ich war nur dort, weil ich mich mit Ludwig auf den Heimweg machen wollte und zum Parkplatz gegangen bin. Ich war schon sehr müde.«

»Mit welchem Ludwig jetzt?«, fragte Scheffler, der Bürohengst, ein wenig ungeduldig.

»Ja, mit meinem Hund.« Sie zeigte auf mich, ich guckte den Kriminaler ernst an.

129

»Ach so. So a Durchanand[13] mit den ganzen Ludwigs«, meinte Scheffler verwirrt. »Wieso gestritten? Worüber? Wurden sie handgreiflich?«, fragte er weiter.

Sissi versuchte, sich zu erinnern. »Wolf hat ihm gedroht, er solle jetzt verschwinden. Er hat wortwörtlich gesagt: ›Verschwinde. Als Hausherr sag ich dir das. Ansonsten wird der Fischbach dafür sorgen, dass das dein letzter Auftritt war!‹ Und: ›Schad, dass der Fischbach dich nicht gscheit 'troffen hat.‹ Darum habe ich Thomas mit zu meinem Auto genommen und wollte ihn heimfahren. Ich hab ihn gedrängt, einzusteigen. Aber er war betrunken und stur. Ein bisschen auf Ärger aus!«

»Verbal oder mit Gewalt gedrängt?«, fragte Maier möglichst verständnisvoll und zog dabei seine Augenbrauen hoch.

»Mit Gewalt gedrängt?« Sissi stutzte. Wie sollte eine Frau bei einem Mann Gewalt anwenden? »Geschoben! Ist das schlimm?«

»Das wissen wir jetzt noch nicht«, antwortete Scheffler zu ehrlich für Sissi, die schon wieder vor Panik geweitete Augen bekam. Sie tat mir so leid. Erst musste sie den plötzlichen Tod von Thomas verkraften und dann wurde sie auch noch des Mordes verdächtigt. Ich bekam Angst, dass sie Sissi festnehmen, den wahren Täter niemals finden würden und ich im Tierheim landen würde. Ich hatte es schon bildlich vor Augen: Gitterstäbe, Fliesenboden und niemand, der sich meiner annahm! Keine stundenlangen, fröhlichen Waldspaziergänge und danach Ballwerfen in der Wohnung oder auf dem Sofa kuscheln. Bei diesem Gedanken jaulte ich auf. Sissi nahm mich auf den Schoß und vergrub wieder ihren Kopf in meinem Fell.

»Geschoben hab ich ihn scho«, gab sie wieder kleinlaut zu und rutschte unruhig in ihrem Sessel hin und her.

---

[13] Durcheinander.

»Dia Sissi bringt doch neamad um! Froget doch den Wolf oder den Fischbach. Der hat 'n ja domols scho zamgschlage, vor grad amol zwei Wucha«, erzürnte sich nun Wackerl.

»Genau, danach war die Sissi doch auf der Polizei in Füssen, weil Thomas nach diesem Anschlag für etwa eine Woche wie vom Erdboden verschluckt war«, erklärte nun Rosl weiter.

»Genau. Denen hab ich doch alles erzählt, den Dilettanten!«, ereiferte sie sich nun, woraufhin Maier sie scharf ansah.

»Wie, alles erzählt?«, fragte er nach.

Sissi berichtete mit allen Details von unserem katastrophalen - ich erinnere nur an meine eingeklemmte Pfote - Besuch bei der Polizei und dass die Kollegen sie nicht ernst genommen hatten.

»Wer hatte da Dienst?«, fragte Scheffler. Zu seinem Kollegen sagte er leise: »Welche Schnarchzapfen waren das bloß wieder?«

»Hubertus und Staller oder doch eher Felix und Xaver«, sagte Wackerl und grinste, was für erneute Irritation bei den Polizisten sorgte, die offensichtlich sehr wenig von ihren Fernsehkollegen hielten.

Rosl warf Wackerl einen strafenden Blick zu.

»Wieso sollte der Fischbach Thomas Gubath umbringen wollen?«, fragte Maier mit zusammengekniffenen Augen, um das Ganze wieder in sachliche Bahnen zu lenken.

Bellini erzählte nun von Wolfs Schwarzgeldkonten in der Schweiz; von den Dokumenten, die Thomas gefunden hatte, die Fischbachs Intrigen gegen Bellini bewiesen; von Wolfs Plänen für sein neues Musical »Ludwig und Richard«, das ihm Fischbach schnellstmöglich zuschachern sollte, indem er das Bellini-Musical herunterwirtschaftete; und schließlich von den geheimen Briefen, die Gott sei Dank hier im Safe versteckt waren.

»Sind wir jetzt in Gefahr?«, fragte Jacky ängstlich.

Scheffler schaute unbeholfen. »Wir müssen in alle Richtungen ermitteln.« Es klang wie eine Ausflucht. »Die Dokumente und Pläne nehmen wir auf jeden Fall mit. Wer weiß davon? Und wer könnte noch etwas gegen die Veröffentlichung dieser Dokumente haben?«

131

»Na die Wittelsbacher, die wollten doch auch nicht, dass König Ludwigs wahre Todesursache herauskommt. Und in dem Brief von Thomas' Urahn dokumentiert der eindeutig einen Mord am Kini«, ereiferte sich Rosl.

»Das ist aber etwas weit hergeholt. Ich würde hier im näheren Umfeld suchen. Also wer wusste von den Briefen?«, insistierte Maier.

»Eigentlich nur wir: Jacky, Sissi, Wackerl und Rosl«, sagte Giovanni.

»Und vielleicht der Alexander«, erinnerte sich Sissi düster. Auf den fragenden Blick des Polizisten fügte sie »Sein Freund« hinzu und schaute bitter.

»Gut, das reicht uns für heute. Bitte halten Sie sich zur Verfügung.« Er erbat sich noch die Telefonnummern von Wackerl, Bellini und Sissi und verließ dann zusammen mit seinem Kollegen das Haus.

Sissi und ich übernachteten bei den Bellinis. Am nächsten Morgen las Sissi erst einmal die Zeitung. Sie brauchte diese Routine, um Thomas' Tod verkraften zu können.

»Ui, Ludwig, guck mal, wir sind heute in der Lokalpresse. Eine ganze Seite haben sie der Premiere des Musicals im Füssener Kurier gewidmet. Ob von Thomas auch schon etwas zu lesen ist?« Sissi kam mit der Zeitung zu mir auf den Wohnzimmerboden, und gemeinsam sahen wir uns die Bilder an. Oben rechts war ein großes Foto zu sehen, das Sissi in ihrem rosafarbenen Abendkleid zeigte, wie sie neben mir kniete und dabei einen Arm um mich legte. Ich saß aufrecht da und grinste selbstzufrieden in die Kamera. Sah richtig royal aus.

»Da wird die Schön schäumen vor Wut, dass wir auch abgebildet sind. Und noch dazu so groß!«

Die Schön war auf einem Foto mit ein paar Schauspielern zu sehen und stach nicht wirklich heraus. Ferner gab es zentral auf der Seite ein großes Bild mit den neuen Besitzern des Musicals: Frau Vogler hielt einen großen Blumenstrauß in der Hand und strahlte Wolfgang Wolf an, ihr Mann stand blass daneben. Sehr ausdrucksstark!

Im Artikel stand, die fulminante Premiere hätte »wie der Donner eingeschlagen«, im wahrsten Sinne des Wortes, denn der Blitz hatte, so war es der Zeitung zu entnehmen, in eine der Stromleitungen eingeschlagen. Welch passende Metapher! Außerdem gab es eine kurze Inhaltsangabe zu dem Stück, Informationen zu den Künstlern und dem Spielplan und Interviews mit Schauspielern und Besuchern, die ihre Meinung zu »Ludwig und Richard« kundtaten.

Sissi stellte die Vermutung an, dass Wolf eine objektive Berichterstattung über Thomas' Tod verhinderte, und regte sich maßlos über diese »Vetternwirtschaft« auf. »Wahrscheinlich steckt der noch mit der Polizei unter einer Decke!«

Sofort telefonierte sie mit Bellini, um dem ihren Verdacht mitzuteilen. »Wir müssen da selber eingreifen, wenn die Polizei vor Wolf kuscht«, regte sie sich auf.

Es war so ungerecht zu sehen, wie Menschen, die offensichtlich Unrecht taten oder vielleicht sogar Mörder waren, hier in der Öffentlichkeit gepriesen wurden. Wann käme endlich die Wahrheit über diese Menschen ans Licht? Käme sie jemals ans Licht?

Kapitel 14

»Was ist mit diesem Mikrofon?«, fragte MBM. Es schien zu stören. »Wo ist denn der Wolfgang? Kann der mal schauen?« Die Diva MBM wurde ungehalten.

»Der war eben noch da. Er wird nur kurz im Büro sein, ich mach das schon!«, fauchte die Schön zurück, während sie in pinken Clogs auf die Bühne walzte, um deutlich zu machen, dass sie durchaus den Geschäftsführer und Regisseur vertreten konnte. Sie überwachte die Proben und die Aufführung, während der Wolf öfters durch Abwesenheit glänzte.

Wehmütig erinnerte ich mich an unser geliebtes Musical »Ludwigs Träume«, das dem wahren König Ludwig von Bayern so viel nähergekommen war, so viel mehr Gefühl und Tiefgang hatte, an Regisseur Bellini, der wie ein Vater für alle war, an das Ensemble, das mir eine zweite Familie geworden war. An die raffinierte Kulisse, die kunstvollen hochwertigen Kostüme.

Das neue Musical hatte sich inzwischen gut eingespielt. Die Proben liefen routinemäßig ab und die Abendveranstaltungen waren gut gefüllt. Mittlerweile hatte Sissi auch einige der Schauspieler besser kennengelernt.

Eine laute Stimme rief mich aus meinen Träumereien. »Franz, hol mal einen Techniker!«, befahl die Blunzn, um die Situation zu retten. »Ich hab jetzt aber eine Frage an den Chef«, herrschte MBM sie an. Sissi versuchte zu helfen. »Warte, Michael, ich seh mal nach, ob er im Büro ist, wenn ja, dann schicke ich ihn her.« »Danke, Sissi!«, meinte Michael versöhnlich, den die immer dominantere Art der Schön aufzuregen schien. Mittlerweile wurde sie auch BB, Bossy Blunzn, genannt, weil sie sich aufführte wie der Boss.

Ich raste vor, die Tür von Bellinis ehemaligem Büro war geschlossen. Aber Türen öffnen war für mich eine meiner leichtesten Übungen. Ich sprang hoch und drückte mit den Vorderpfoten die Klinke herunter, sogleich öffnete sich die Türe leise. Da komische Geräusche an mein Ohr drangen, blieb ich erst einmal im Türspalt stehen und guckte vorsichtig ins Zimmer. Ich staunte nicht schlecht über den Anblick, der sich meinen Augen bot: Wolf stöhnte, und die Dame, die bei ihm war, stieß einen spitzen Schrei aus. Da erinnerte ich mich an diese ulkige Sache, die die Menschen ab und zu machten. Ich musste die Frau nicht retten, denn sie schien gerade auf dem Gipfel höchster Lust zu sein, während sich Wolf vor dem Schreibtisch stehend zwischen den Beinen der Dame, die auf dem selbigen saß, rhythmisch hin- und herbewegte. Gott sei Dank können Hunde nicht rot werden. Der Wolf schon! Er hatte mich gesehen und stieß einen spitzen Schrei aus.

»Scheiße! Der Sauhund von der Sissi.« Abrupt ließ er von der Frau ab, zog seine Hose hoch und rannte hinter mir her. Leider vergaß er, seinen Hosenladen zu schließen. Ich war schneller. Hatte mich ja nicht gerade eben so verausgabt wie er.

Sissi, die immer noch ratschend mit Willi am Treppenabsatz um die Ecke stand, sah mich in heller Aufregung auf sie zurennen. Ich wollte sie warnen. Aber wie?

Zwei Sekunden später stand Wolf vor den beiden – keuchend, mit zerzausten Haaren und offenem Hosenladen! Die Details ersparte ich mir.

Das Blut des Wolf, das eben aus seinem Lendenbereich in seinen Kopf geflossen war, sank jetzt wieder ab. Er wurde kreidebleich. »Äh …«

»Wolfi, was war denn? Lass doch den Hund«, dröhnte eine gut aufgelegte Frauenstimme von hinten.

»Warum seid ihr nicht bei den Proben? Was macht ihr hier?«, schrie er wütend wie ein HB-Männchen.

Sissi war eingeschüchtert und versuchte, ihre Haut zu retten. »Ich sollte dich im Auftrag von Michael holen. Es gibt da ein Problem mit dem Mikro! Also tschüss dann«, sagte sie schnell, schaute zu Boden und machte auf dem Absatz kehrt. Ich folgte ihr.

»Ich kann jetzt nicht«, antwortete der Wolf immer noch aufgeregt und verzog sich schnell.

Willi folgte hastig Sissi, die schon fast die Bühne erreicht hatte, durchgeschüttelt von einem Lachkrampf.

»Was war denn das?«

»Frag den ...«, kriegte sie nur keuchend und kichernd hervor, »... Ludwig!«

»Mit wem hat er da ...?«, fragte Willi neugierig.

»Geh zurück und schau«, stiftete Sissi ihn an, was Willi prompt tat.

»Ludwig, wer war da im Büro?«

Wuff, sagte ich, aber sie verstand mich nicht.

»Kommt der Wolfgang?«, fragte MBM ungeduldig, als er mein Frauchen erblickte.

»Der ist grad gekommen«, sagte sie leise.

»Was? Wo?«, rief MBM.

»Der kann grad nicht«, bekam Sissi nur mühsam zwischen ihren Lachern hervor, während MBM verständnislos den Kopf schüttelte und die Blunzn sauer zu ihr hinüberschaute.

Es war das erste Mal seit Thomas' Tod, dass sie wieder so richtig lachte.

Drei Minuten später saß Willi wieder neben Sissi, die auf einer Kiste neben der Bühne wartete, um rechtzeitig für meinen Auftritt bereit zu sein.

»Wer?«, flüsterte sie.

»Was krieg ich, wenn ich es dir sage?«, fragte Willi spitzbübisch.

»Nichts. Wer?«

»Einen Kuss!«

»Einen Kuss vom Ludwig kannst du haben!«

Hey Sissi, denkst du, mir graust es vor gar nix?, dachte ich und schaute böse.

»Einen Kuss von dir!«

»Okay, aber erst der Name!«, forderte Sissi.

Er flüsterte ihr etwas ins Ohr und küsste sie dann rasch auf den Mund.

»Was, die?«, entfuhr es Sissi mit piepsender Stimme, was ihr wieder einen bösen Blick von Frau Schön einbrachte.

Am nächsten Morgen hieß es wieder Kutschendienst. Schon um halb sechs in der Frühe fuhren wir Richtung Hohenschwangau. Dort angekommen putzte Sissi die erste »Besetzung« für heute, die Stuten Maruschka und Petrulla, spannte ein und fuhr mit mir zum »Kutschenparkplatz«. Trotz der frühen Stunde war es schon sehr warm, schnell suchte ich mir mein schattiges Plätzchen im Fußraum des Gefährts. Mir war schnell zu heiß, während es für Sissi nicht heiß genug sein konnte, sie war verfroren. Sie verfügte ja auch nicht über einen »Dauerpelzmantel« wie ich.

Ein Ehepaar mit zwei Kindern kam auf Sissi zu.

»Guten Morgen, schau, Mandy Chantal, so schöne Pferde. Kevin Alessandro, sei vorsichtig, nicht dass es dich tritt.« Dialoge wie diese hörten Sissi und ich an einem Kutschentag so in etwa dreißig Mal.

»Wir würden dann bitte zu viert hochfahren«, wandte sich der Vater an Sissi.

»Macht dann 24 Euro«, erwiderte Sissi geschäftsmäßig.

»Was, das sind doch zwei Kinder, acht und zwölf Jahre alt. Die zahlen doch nicht etwa den vollen Preis?«, echauffierte sich nun die Mutter.

»Doch, sie brauchen ja auch zwei Sitzplätze. Aber Ihre Kinder gehen sicher auch gerne zu Fuß, ist sowieso gesünder«, entfuhr es Sissi genervt.

Nach einigem Hin und Her stiegen die vier, die nun kapiert hatten, dass man mit meinem Frauchen nicht verhandeln konnte, in die Kutsche ein und wir fuhren los.

»Guck mal, das süße Hundchen!« Die Mutter deutete auf mich. Ich fletschte die Zähne.

»Bitte nicht anfassen, der beißt!« Das hatten Sissi und ich so vereinbart, damit mich die Leute in Ruhe ließen.

Ich bin nicht der süße Touristenschoßhund, den alle streicheln können, wie sie grad Lust haben, sondern der König!

»Mandy, trink mal was, es ist heiß heute. Kevin Alessandro, nur einen Keks, und mach deine Hose nicht schmutzig. Die Schokoladenflecken kriegt die Mama so schwer wieder raus!« Sissi drehte sich abrupt um. »Bitte nicht essen in der Kutsche, ich muss die heut Abend wieder sauber abgeben«, erklärte sie bemüht sachlich, verdrehte aber genervt die Augen, was ich nur deswegen sehen konnte, weil ich neben ihr auf dem Kutschbock saß.

Konnten diese Kinder es nicht zwanzig Minuten ohne Essen und Trinken aushalten? Kevin Alessandro war sowieso schon so ein fetter Siach[14], während Mandy Chantal dünne, blasse Storchenbeine hatte, die in einem rosa Prinzessin-Lillifee-Röckchen steckten. Die sollte ruhig etwas mehr essen, aber bitte nicht in meiner Kutsche!

Oben angekommen, stieg die Familie aus, nachdem die Mutter dem Vater etwas ins Ohr geflüstert hatte. Dann ging der Vater vor zu Petrulla. Sissi hatte ein wachsames Auge auf ihn. Die Frau gab ihm eine Nagelschere aus ihrer Handtasche. »Was wird das denn?«, fragte Sissi ungehalten.

»Ach, nur ein paar Pferdehaare als Andenken!« Schon hatte er die Schere in der Mitte der schwarzen Mähne angesetzt und ein zehn Zentimeter langes Büschel abgeschnitten.

»Ja, kreizgruzitürken. Sie Volldepp!« Mit einem sportlichen Satz sprang sie vom Kutschbock, entriss dem verdutzten Mann das Haarbüschel, packte ihn am Schlafittchen und schrie ihn an. »Wenn Sie jetzt nicht Land gewinnen, dann schneid ich Ihnen auch was ab! Aber nicht mit der Nagelschere!« Sie war komplett außer sich vor Wut.

---

[14] Dicker Kerl.

»Lassen Sie sofort meinen Mann los«, rief die verängstigte Ehefrau und Mutter, ein farbloses Mauerblümchen mit straßenköterblondem Pagenkopf und olivfarbenem Outfit.

»Ihr Mann hat grad meinem Pferd Haare abgeschnitten, das ist bestenfalls Sachbeschädigung. Ich ruf jetzt die Polizei!« Sissi zog ihr Handy aus der Tasche.

»Wir haben uns nichts Böses dabei gedacht«, beschwichtigte nun der Mann, ein ebenso farbloser Langweiler. »Sind doch bloß Haare!«

»Denken! Von wegen! Ich schneid Ihren Schratzen auch gleich die Haare ab …!« Sie ging bedrohlich auf die Kinder zu.

Oh nein, Sissi, lass das, das gibt Ärger.

Deeskalation war nicht gerade ihre Stärke. Besorgt schaute ich von der Kutsche hinab.

Die Mutter stellte sich beschützend vor ihre Sprösslinge. Gleich hätten wir zwei sich prügelnde Frauen. Ich bereitete mich schon darauf vor, meine Sissi beim Gerangel tatkräftig zu unterstützen.

»Lass es, die checken es eh nicht!« Lukas, der Retter in der Not, kam nun auf Sissi zu und beruhigte sie, während die Familie das Weite beziehungsweise Schloss Neuschwanstein suchte. »Die beschweren sich nur über dich, dann hast du wieder den Ärger«, erklärte Lukas, während er Sissi eine Hand auf die Schulter legte.

»Das ist so ungerecht. Die meinen, alles zu dürfen, und wir …?« Wütend stieg Sissi wieder in die Kutsche und wir fuhren den Berg wieder herunter.

Nachdem der Rest des Tages relativ ruhig verlaufen war, eilten wir nach getaner Arbeit nach Hause.

Kapitel 15

»Guten Morgen, Sissi, der Chef will dich sprechen. Ich habe ihm gesagt, dass ich dich hochschicke, wenn ich dich sehe«, sagte Lukas am nächsten Morgen und lächelte sie dabei freundlich an.

»Was, wieso denn?«, entfuhr es Sissi voller Panik.

»Keine Ahnung, wird schon nicht so schlimm sein.«

Gemeinsam liefen wir langsam vom Stall den Weg hoch und über die Treppe zum Büro von Herrn Theo Heigl.

Mein Frauchen klopfte an.

»Herein!«, kam es von innen, und sie öffnete die Tür. Herr Heigl saß an seinem Schreibtisch und lächelte uns an. »Setzen Sie sich, Frau Bierbichler.«

Sie nahm auf einem Stuhl neben seinem Schreibtisch Platz, ich daneben, beschützend.

Sissi hatte ein ungutes Gefühl, wie immer, wenn sie zu Heigl musste. In seinem Lachen schwang immer eine gewisse Häme mit, somit wusste man nie, welche Meinung er wirklich von einer Person hatte. Generell sah er seine Mitarbeiter kritisch. Er schien der Meinung zu sein, sie bedürften einer ständigen Überwachung, ansonsten würden sie ihre Arbeit nicht gut machen. In den Stallungen, wo die Pferde standen, hatte er sogar Überwachungskameras anbringen lassen, um die Kutschenfahrer abmahnen zu können, wenn sie zu oft und zu lange miteinander ratschten.

Nun lächelte er Sissi an, wobei er sich seine Hände rieb, als ob er sie in Unschuld waschen würde.

»Frau Bierbichler!« Er machte eine Pause. Es machte ihm offensichtlich Spaß, Menschen auf die Folter zu spannen.

»Ja«, erwiderte Sissi, die aufrecht in ihrem Stuhl saß und sich bemühte, ihm selbstbewusst in die Augen zu sehen.

»Ich hoffe, es geht Ihnen einigermaßen gut nach dem mysteriösen Todesfall des Schauspielers.« Er schaute sie durchdringend an.

»Sie wurden ja auch verhört, habe ich erfahren.«

»Als Zeugin, ja«, antwortete Sissi ruhig.

»Ich habe leider auch keine guten Nachrichten«, fuhr er fort. »Ich habe leider eine Beschwerde über Sie erhalten.« Pause.

Ich sah Sissi besorgt an, die heftig ihre Hände rieb, um ihre innere Spannung loszuwerden.

»Aha, von wem?«

»Von einem Ehepaar, dessen Namen ich jetzt natürlich nicht nenne.« Sein linker Mundwinkel hob sich leicht und zeigte so seine Verachtung; ob sie nun nur Sissi oder allen seinen Mitarbeitern galt, war nicht genau zu sagen. Es bereitete ihm anscheinend Genuss, diese Momente seiner Überlegenheit und die Abhängigkeit der Kutscher voll auszuschöpfen.

»Warum?«

»Sie hätten einen Familienvater tätlich angegriffen und die zwei Kinder bedroht. Eine Beleidigung kommt noch dazu. Sie haben den Mann, ich zitiere, einen ›Volldepp‹ genannt, die Kinder ›Schratzen‹ und Sie haben gedroht, dem Mann etwas anzutun. Darauf gehe ich jetzt nicht näher ein«, erklärte der Chef großmütig.

Sissi lachte verächtlich auf.

Er schien es geflissentlich zu überhören.

»Ich wollte Ihnen die Chance geben, sich dazu zu äußern und das alles aufzuklären.« Wieder grinste er sein unehrliches Lachen.

Ich überlegte, ob es jetzt gut wäre, ihn anzuknurren und mit ihm das zu machen, was Sissi dem Haarabschneider angedroht hatte. Ich knurrte.

Sissi hielt mich am Halsband davon ab, Weiteres zu unternehmen, und beruhigte mich, obwohl sie es war, die Beruhigung nötig gehabt hätte.

»Herr Heigl, ich muss doch bitten, der Mann hat Ihrem Pferd Petrulla Haare aus der Mähne abgeschnitten. Da kann ich doch nicht einfach dabei zusehen. Ich liebe die Kaltblüter genauso wie mein eigenes Pferd daheim.«

»Privates interessiert mich nicht, Frau Bierbichler, bleiben Sie bei den Fakten!«, unterbrach er sie harsch. Seine Augen waren eiskalt, Empathie war für ihn so fremd wie für unsere Kaltblutpferde das Wort »Bruttosozialprodukt«.

»Er hat Ihrem Pferd Haare abgeschnitten, da habe ich ihn zurechtgewiesen!« Sie konnte einfach nicht glauben, dass er es nicht checkte.

»Sie haben die Gäste nicht zurechtzuweisen, sondern zu kutschieren. Wenn ich eine Anzeige von dem bekomme, dann sind Sie Ihren Job los. Was glauben Sie, wie ich dastehe? Ich musste mich bei dem entschuldigen!«

»Auf wessen Seite sind Sie eigentlich? Auf der von irgendeinem Touristen, der keinerlei Anstand hat, oder auf der Ihrer Pferde und Ihrer Mitarbeiter?« Sissi hatte all ihren Mut zusammengenommen, weil sie jetzt richtig wütend war und sich in ihrem Berufsethos und in ihrem Gerechtigkeitsempfinden verletzt fühlte.

»Ich will und muss Geld verdienen. Das hier ist kein Ponyhof. Da muss man halt mal etwas schlucken können!« Er war ebenfalls stinksauer.

»Gut, war es das?«, fragte Sissi nun ebenso harsch.

»Ja, das war's fürs Erste. Und ich will von Ihnen nichts Negatives mehr hören. Halten Sie Ihren Mund und kutschieren Sie, sonst war es das endgültig für Sie!«

Wir standen wortlos auf und gingen. Als wir an der Treppe angekommen waren, füllten sich Sissis große grüne Augen mit Tränen und wurden noch grüner.

»So ein Arsch!«, entfuhr es ihr.

Unten wartete Gott sei Dank schon Lukas und begleitete sie aus den Stallungen heraus.

»Komm, wir gehen woanders hin, neben dem Misthaufen ist keine Kamera. Was ist los?«, fragte er.

142

Dort angekommen nahm er Sissi liebevoll in seine Arme und sie weinte hemmungslos an seiner Schulter.

»Der verpasst mir einen Maulkorb«, brachte sie mühsam zwischen den Schluchzern hervor. »Wegen dieses Deppen, der Petrulla Haare aus der Mähne abgeschnitten hat.« Wieder ein Schluchzen.

Lukas versuchte, sie zu trösten. »Komm, der Heigl kann dir doch egal sein, das mit den Pferden macht dir doch Spaß.«

»Sollen wir uns alles gefallen lassen von denen und allem wortlos zusehen?«, erregte sich Sissi nun weiter. Sie war heute nicht mehr zu trösten, das wusste ich genau. Der Verlust von Thomas nagte schwer an ihr, und der Mörder war noch immer nicht gefasst.

Lukas versuchte es auf die lustige Tour. »Du hast das doch super gelöst. Ich hätte dem Touri gleich eine in die Fresse gehauen!« Beide lachten los. Und es stimmte, Lukas ließ in solchen Situationen öfter mal die Fäuste sprechen. Sissi fand das manchmal ganz gut. Gewalt war eine Sprache, die solche Proleten wenigstens verstanden, mit Argumenten waren die nicht zu überzeugen. Ich erinnerte mich daran, als wir einmal gemeinsam mit Lukas auf einem Pferdemarkt gewesen waren. Dort hatte ein Pferdehändler seine Haflinger recht grob behandelt und geschlagen, weil sie ein wenig unruhig an ihren Anbindestangen herumtänzelten. Lukas hatte ihn um einen menschlicheren Umgang mit den Tieren gebeten. Als der Mann jedoch nur erwidert hatte, dass es schließlich seine Pferde seien und er mit ihnen tun und lassen könnte, was er wollte, hatte Lukas ihm ziemlich unsanft mit der Faust ins Gesicht geschlagen. Dass diese Sache auf dem Polizeirevier geendet hatte, war natürlich nicht so lustig gewesen.

Den Arbeitstag brachte Sissi voller Sorgen hinter sich, dann kehrten wir schließlich mit gedrückter Stimmung heim.

Der Anrufbeantworter blinkte auf. Bellini hatte angerufen. Schnell wählte Sissi seine Nummer und schaltete auf Lautsprecher, damit ich mithören konnte.

»Stell dir vor, die haben den Fischbach in Untersuchungshaft. Super, oder? Jetzt kommt endlich Bewegung in die Sache! Die Polizei ermittelt nun wegen des ersten Anschlags auf Thomas - Körperverletzung beziehungsweise versuchter Mord - und versucht ein Geständnis aus dem rauszuquetschen.«

Sie sprachen noch eine Weile darüber, doch wirklich freuen konnte sich Sissi über diese Nachricht auch nicht.

Kapitel 16

»Mondnacht

Es war, als hätt' der Himmel
die Erde still geküsst,
dass sie im Blütenschimmer
von ihm nun träumen müsst.

Die Luft ging durch die Felder,
die Ähren wogten sacht,
es rauschten leis die Wälder,
So sternklar war die Nacht

Und meine Seele spannte
Weit ihre Flügel aus,
flog durch die stillen Lande,
als flöge sie nach Haus.«

Ehrfürchtig hatte der Schauspieler Jan Beyer das Gedicht von Ei-
chendorff vorgetragen. Es passte zu dieser dunklen, lauen Sommer-
nacht. Es war halb zwölf Uhr nachts; wir saßen auf der Terrasse der
Bierwirtschaft zusammen mit Willi und ein paar anderen Schauspielern des Musicals »Ludwig und Richard«. Alle am Tisch ließen die
Worte nachwirken, still und in sich gekehrt. Auch meine Seele flog
nach Haus, in mein geliebtes Schloss Neuschwanstein, das sich
blass und verloren an den Fuß des Bergs schmiegte und wie ein
Traum, ein Zauberschloss, anmutete. Die Bergkulisse war in tiefes
Schwarz, der mondbeschienene Himmel in Dunkelblau getaucht.
Das Auge der Nacht warf seinen Schein auf den Forggensee, der
nur in diesem schmalen Lichtkegel seine sanften, rhythmischen
Wellen zeigte.

Forsche Schritte rissen mich aus dieser malerischen und verträumten Ruhe.

»Du Dilettant. Hast du deinen ganzen Verstand versoffen? Gut, viel braucht es dazu ja nicht! Bei deinem Spatzenhirn!« MBM stand mit hochrotem Kopf, breitbeinig und mit verschränkten Armen neben Willi, der erschrocken zu ihm hochschaute.

»Was? Das war ein Versprecher, das kann doch jedem mal passieren!«, verteidigte sich Willi.

»Du hast die ganze Szene kaputt gemacht, ich stehe da wie der letzte Depp!« Er schnaubte wie ein wildes Ross, seine Nasenflügel bebten, die Adern am Kopf traten hervor.

»Sei doch nicht so unsouverän!«, warf Willi ein, was MBM nur noch wütender machte.

Das Ganze bezog sich gerade auf den vierten Akt, in dem König Ludwig, also Michael, mit seinem Rittmeister Hornig, also Willi, im türkischen Zimmer saß, kiffte und Zärtlichkeiten austauschte, also die Szene, in der auch ich meinen großen Auftritt hatte. Willi hatte sich versprochen und MBM war einen Moment lang im wahrsten Sinne des Wortes sprachlos gewesen. Mit hochrotem Kopf hatte er auf der Bühne gestanden, während im Publikum – und hinter der Bühne sowieso – Gekicher zu hören war. »Nach dir steht mir der Sinn«, hätte Willi sagen sollen. Stattdessen sagte er: »Er steht mir schön.«

»An wen hast du da wieder gedacht?«, fragte MBM. »So ein Chaot wie du sollte nicht Schauspieler sein oder höchstens vielleicht auf einer Bauernbühne. Und dass hinter der Bühne alle gelacht haben, allen voran die Sissi, ist der Gipfel!«

Willi und Sissi prusteten sofort wieder los. Dieser Versprecher war echt der Hammer. Hinter der Bühne hatten sich alle vor Lachen den Bauch gehalten.

»Solche Proleten wie ihr«, MBM sah nun auch Sissi an, »haben in einem Musical nichts zu suchen.« Mit diesen Worten ließ er seine verdutzten Kollegen zurück.

Sissis Lachkrampf endete schnell. Erst der Rüffel und die Abmahnung von Heigl und jetzt das. Ein Unglück kam selten allein.

»Komm, Sissi, lass dir von dem Perfektionisten nicht die Laune verderben«, meinte Ellen, eine nette Schauspielerin. »Und Willi, dein Versprecher war super, was haben wir gelacht!«

Wieder lachten alle los, nur Sissi stimmte nicht mehr mit ein.

»Ich bestelle der Sissi jetzt noch einen Wein, und dann sieht die Welt schon wieder anders aus«, meinte Willi und rief die Bedienung.

»Wisst ihr noch, vor zwei Wochen? Das war ja noch besser«, warf Ellen ein, um Sissis Stimmung zu heben. »Da hat doch der MBM wieder einmal die Töne nicht getroffen, und der Ludwig hat dann mitgesungen, also gejault. Mit schräg gelegtem Köpfchen und voller Inbrunst, wie ein Wolf! Super war das!« Ellen wurde von einem Lachkrampf erfasst, während mir mein eben runtergeschluckter Leberkäs im Hals stecken blieb. *Hat sie meinen Gesang gerade als* »*Gejaule*« *bezeichnet?* Wenn ich mich schon mal dazu bemüßigt fühlte mitzusingen, weil der Michael seine Töne nicht traf. Ich war doch bei Weitem besser als dieser Schwächling mit seinem dünnen Tenor.

»Ja, das Publikum hat getobt, Standing Ovations«, prustete ein anderer zwischen seinen Lachsalven hervor.

»Die Schön hat auch getobt, aber nicht vor Freude«, meinte Sissi tonlos und streichelte mich. »Ja, mein lieber Ludwig, der eigentliche Star bist eh du!«

Ich wurde dennoch das Gefühl nicht los, dass die mich gerade eben ausgelacht hatten. Meine Stimmung war im Keller.

Da Sissi zu viel getrunken hatte und nicht mehr fahren konnte, fuhr Willi uns heim. Das passte mir gar nicht.

Aber es sollte noch schlimmer kommen. Die zwei küssten sich im Auto, dann stieg er mit aus und übernachtete bei uns.

Wie konnte ich Sissi jetzt noch vor dem retten?

Ich war so sauer, ich glaubte kaum, dass dieser Witzbold der Richtige für meine Sissi war. Wehmütig dachte ich an mein Ideal einer

147

Liebe, die rein ist und edel, ohne die fleischliche Lust. An eine Engelsliebe! Ich wünschte mir, dass mein Frauchen einen Mann fand, der sie wirklich erkannte und ihre wahre Seele liebte und wertschätzte, nicht nur ihren Körper.

Voller Groll verweigerte ich am nächsten Morgen mein Frühstück. Während der Verrückte weg war, um Brötchen zu holen, sprach Sissi mit mir.

»Bist du sauer, weil Willi hier übernachtet hat?«

Ich guckte bewusst an ihr vorbei.

»Also ja!«, stöhnte sie. »Es ist aber nichts passiert, er hat auf dem Sofa geschlafen. Und dich mag er auch!«, versuchte sie, mich von seinen Qualitäten zu überzeugen.

Er mag niemanden, Sissi, außer sich selbst, dachte ich düster. Ich guckte ihr in die Augen, und sie schien meinen Blick zu verstehen und sagte gar nichts mehr.

Kapitel 17

Nach dem Frühstück flitzte Willi in seinem hässlichen Kastenwagen davon. Die Stimmung war getrübt, auch als Sissi nach der Stallarbeit in die Musicalprobe ging. Wir trafen Ellen auf dem Weg zur Bühne.

»Hallo Sissi, der Herr Wolf möchte dich sprechen, geh doch hoch, wenn du Zeit hast.«

Oh, nein, auch das noch. Das kann nichts Gutes bedeuten. »Komm, Ludwig, gehen wir hoch zum Wolf.« Sie wusste nicht, wie sie Wolf gegenübertreten sollte. Für sie war er immer noch der potenzielle Mörder von Thomas. Immerhin hatte sie seinen Streit mit ihm in der Mordnacht mitbekommen. Also war sie auch gefährlich für Wolf ... Von der Peinlichkeit, als ich ihn in flagranti erwischt hatte, ganz zu schweigen.

Mit gesenkten Häuptern schlichen wir die Treppe hoch, vorbei an den Garderoben, und traten ein, da die Türe schon offen stand.

»Guten Morgen, Wolfgang!«

»Hallo Sissi, und das Hündchen ist ja auch da«, sagte Wolf bemüht freundlich.

Ich warne dich, du Wolf im Schafspelz.

Ich konnte seine Körpersprache lesen, er schien ein wenig unsicher, aber nicht auf Konfrontation aus.

»Du wolltest mich sprechen«, fragte Sissi möglichst neutral.

»Ja, ich wollte dich mal etwas fragen.«

Sissi atmete ein wenig auf. Wenn der Wolf vorhätte, eine Mahnung auszusprechen, würde es sich anders anhören.

»Ich habe dir doch versprochen, dass ich dir bei Gelegenheit noch einen anderen Job anbieten möchte.« Er grinste sein selbstzufriedenes Lächeln. Ich nahm aber immer noch einen Hauch von Unsicherheit wahr. »Jetzt ist es so weit. Meine Bürokraft Frau Schnell würde gerne kürzertreten, aus privaten Gründen. Das heißt, wir würden Verstärkung für zwei Vormittage oder Nachmittage suchen. Das könntest du doch machen. Wir wären damit im Bereich 400-Euro-Job, wenn du magst, den Hund kannst du freilich mitbringen.«

Sissi war erfreut über das Jobangebot, und das, wo sie einen Rüffel erwartet hatte oder eine Kündigung oder was auch immer.

»Ich weiß natürlich, dass du mit deinem Kunststudium überqualifiziert bist, aber es ist doch ein Anfang für dich, oder?« Er versuchte, sich einzuschleimen.

Ich versuchte, die Zwischentöne herauszuhören. Was hatte er vor?

Ein wenig unruhig rutschte er in seinem Stuhl umher. Ich ahnte, was jetzt kommen würde.

»Sissi, du und ich, wir schätzen uns doch, oder?«, fragte er süßlich.

»Ja, klar ...«

»Die Sache neulich auf dem Flur ...«

»Ach so!«, erwiderte Sissi schnell und half ihm somit aus der Patsche. »Ach Wolfgang, dein Privatleben ist mir doch egal, ich bin doch der verschwiegenste Mensch überhaupt! Außerdem will ich nur meinen Frieden«, tönte sie vertrauenswürdig.

Ich würde ihr das nicht glauben.

»Da bin ich aber erleichtert«, antwortete der Wolf und klopfte Sissi jovial auf die Schulter. »Und wenn es mal wieder passt, kommt ihr zum Essen vorbei, ihr zwei! Dann können wir über die Details reden und den Vertrag machen!«

Moment mal, auf deine Trüffel und Chicoréesalat können wir gut verzichten, Trüffelschwein, du hinterhältiges. Und dass er Thomas' Tod gar nicht ansprach, machte ihn noch verdächtiger ...

Dennoch stieg Sissi nach diesem Gespräch erleichtert die Treppe herunter und wir probten unseren Auftritt. Die Vorstellung am Abend verlief gut.

An diesem Abend übernachtete Willi wieder bei uns. Diesmal aber nicht auf dem Sofa! *Hat der denn kein Zuhause? Überall lässt er seine Sachen liegen und abspülen tut er auch nicht.* Ich war gespannt, wie lange Sissi das mitmachen würde.

»Willi, ich geh mit dem Hund raus. Kannst du bitte d e zwei Teller abspülen?«, fragte sie Willi am nächsten Morgen, während sie mich schon anleinte.

Widerwillig ging er in die Küche und spülte ab.

Als wir zurückkamen, verschlug es meinem Frauchen fast die Sprache. »Spinnst du? Was machst du da?«, rief sie hysterisch.

»Spülen?!«, antwortete Willi.

Da Sissi mich noch auf dem Arm hatte, konnte ich das ganze Ausmaß der Verwüstung sehen. Nicht nur das Becken war randvoll, auch der Rest der Ablauffläche und Teile der Arbeitsfläche standen unter Wasser. Das Pfingsthochwasser vor circa zwölf Jahren hätte auch nicht viel größere Verwüstungen in unserer kleinen Küche anrichten können. Genervt verließen Sissi und ich die Küche und die Wohnung – ohne uns zu verabschieden. Willi würden wir noch früh genug heute Abend zur Vorstellung sehen.

»Dummheit schafft Freizeit«, resümierte Sissi genervt, als sie gerade ein Polizeiauto in unsere Einfahrt einbiegen sah.

»Oh Gott, Ludwig, was wollen die denn schon wieder?«, fragte sie mich, der ich ihr leider keine Antwort geben konnte.

Sie wollten von Sissi Fingerabdrücke nehmen. So folgten wir dem Polizeiwagen aufs Revier. Wieder waren der Streberbatzen, aber auch der andere nette Kollege da. Unwirsch drückte er Sissis Daumen auf einen Scanner. Früher machte man so etwas mit einem Stempelkissen, heute elektronisch, klärte mich Sissi hinterher auf. Außerdem musste sie ihre Aussage, die die Herren schon protokolliert hatten, unterschreiben.

»Und, haben Sie schon einen Verdächtigen?«, fragte sie zaghaft.

»Über die Ermittlungen dürfen wir nichts rauslassen«, meinte der Streberbatzen stur.

»Wir unterstützen die Kripo nur, machen Handlanger arbeiten wie Protokolle ergänzen und Fingerabdrücke nehmen« meinte der Nette.

»Haben Sie dann vom Herrn Wolf auch schon die Fingerabdrücke genommen?«

»Das lassen Sie mal unsre Sorge sein!«, antwortete der Brillenheini unfreundlich.

»Hat Herr Wolf mich angeschwärzt?«, bohrte sie weiter, ohne eine wirkliche Antwort zu bekommen.

Als Sissi und ich mittags nach dem Besuch bei der Polizei heimkamen, traf Sissi wieder fast der Schlag. Die Haustüre stand sperrangelweit offen. Hatte jemand eingebrochen? Suchte der Täter Thomas' Unterlagen bei uns?

Wir eilten hinein und sahen nach, ob etwas geklaut worden war.

Abgesehen von Willis Chaos, das aussah, als würde er schon zwei Wochen statt nur zwei Tage hier wohnen, schien aber alles in Ordnung zu sein. Kleiderberge, Pizzakarton auf dem Wohnzimmertisch, Handtücher auf dem Badewannenrand, aber keine durchwühlten Schubladen oder Schränke.

»Dieser Wahnsinnige! Man kann sich einfach nicht auf ihn verlassen!« Wütend wählte sie Willis Nummer. Ich bellte vor Aufregung.

»Geht's no?«, schrie sie in den Hörer.

»Was?«, hörte ich am anderen Ende der Leitung.

»Ob es noch geht?«

»Du hast die Haustür offen gelassen. Ist ja wurst, sind auch nur meine Sachen, die geklaut werden, ist ja nur meine Wohnung ...«, redete sie sich in Rage.

»Ich hab die Haustüre nicht offen gelassen!«, unterbrach er sie harsch.

»Wer dann?«

»Du vielleicht?«, fragte er zurück.

»Du bist der Letzte gewesen, der die Wohnung verlassen hat. Aber bestimmt war es der Heilige Geist!«

Wütend legte sie auf. »Der gibt nie einen Fehler zu, das ist unmöglich!«, schimpfte sie.

Ich hab dich gewarnt, Sissi, der Typ ist lustig, aber das war es dann auch.

»Komm, Ludwig, wir ärgern uns jetzt nicht weiter über diesen Chaoten, sondern freuen uns auf Samstag, da ist unser erster Stammtisch in München. Endlich treffen wir unser altes Ensemble wieder.«
Dann klingelte es an der Tür. Sissi öffnete und Petra, ihre lustige Freundin, schneite fröhlich herein. Petra war rein äußerlich der auffälligste Mensch, den ich kannte. Sie trug eine verrückte Punkfrisur mit angedeutetem Irokesenschnitt, die linke Kopfseite war kurz rasiert, dazu sah man sie oft mit Kleidung in Leopardenoptik. Das Ganze musste man sich nun aber in abwechselnd Pink oder Türkis vorstellen. In Petras Wohnungseinrichtung wurde diese Designlinie konsequent fortgeführt. Aber gut, über Petra könnte man ein eigenes Buch schreiben.

Der pinke Punk und Sissi hockten auf dem Balkon und tranken Hugo. Liebevoll streichelte Petra mich und Sissi schüttete ihrer Freundin das Herz über Willi aus.

»Also Sissi, i hab's dir g'sagt. Der Typ geht gar nicht. Du kannst mit ihm zusammen sein. Aber heul mich nicht voll, wenn er dich schlecht behandelt«, klärte sie Sissi ehrlich und ohne Umschweife auf.
Ich bellte bestätigend ein tiefes, leises Wuff.

»Der liebt nur sich, der Egoist!«
Wieder bellte ich. Die Frau hatte echt Verstand. Hatte ja auch Psychologie studiert.

»Weißt du noch, als du ihn mir damals im Stall vorstellen wolltest? Als ich ihn mit dir hab um die Ecke kommen sehen, bin ich ins Heu gehüpft, um mich zu verstecken. So geschockt war ich. Ich hätte dir meine kritische Meinung nicht verbergen können.« Und das, wo Petra eigentlich nichts auf der Welt schockieren konnte.

Auch Sissi erinnerte sich an die Situation. Aus vollem Halse lachend stießen sie miteinander an. »Auf uns!«

Kapitel 18

»99 Luftballons auf ihrem Weg zum Horizont!« Willi und Sissi machten aus unserem Auto eine Disco, während wir nach München fuhren. Sissi legte eine CD mit deutschen Partyliedern ein, die sie ungeniert laut mitsang, während Willi dazu die entsprechenden Bewegungen machte. Wie albern! Ich saß im Fond des Kombis, genoss trotz des Proletenlärms die Aussicht und versuchte, meine Ohren auf Durchzug zu stellen.

»Komm, hol das Lasso raus, wir spielen Cowboy und Indianer ...« Wie konnte man sich geschmacklich nur so verirren? *Spiel doch bitte etwas von Richard Wagner, den »Tristan« oder den »Lohengrin«.* Ich versuchte, meine Ohren auf Durchzug zu schalten, und schloss meine Augen.

Nach eineinhalb Stunden Vergewaltigung meiner Ohren parkten wir in einem Vorort von München an einem kleinen Bahnhof. Ich mochte öffentliche Verkehrsmittel nicht so gern, da waren mir zu viele Menschen. Der Bus war ja noch akzeptabel, aber dann am S-Bahnhof kam es auf uns zu: groß, rot, laut dröhnend, einen Luftstoß vor sich herschiebend. Ich tat alles, um das Leben meines Frauchens und mein eigenes zu retten: bellte, stellte meine Nackenhaare auf, machte mich groß, doch das mit dem Angriff klappte nicht wirklich, weil Frauchen mich an der Leine zurückhielt. Das rote Monster hielt an, um kurz darauf aber wieder zu verschwinden. *Gut gemacht, Ludwig*, dachte ich mir. Von Frauchen bekam ich kein Lob, sie guckte nur peinlich berührt zu Boden, weil uns die Leute anstarrten. Willi fand meinen Auftritt lustig - endlich guckten mal nicht alle auf ihn, den Freak, sondern auf mich, den wütenden Hund.

In den nächsten roten Riesendrachen mit hässlich gelben Feueraugen stiegen wir dann ein, was ich, nach dem gleichen Theater wie vorhin, gar nicht so schlimm fand. Es wackelte und man musste sich ausbalancieren, aber es roch manchmal auch ganz interessant in diesem »Zug«, wie Frauchen die Drachenschlangen nannte. Da wenig Leute im Zug waren, durfte ich auf einer Sitzbank sitzen und aus dem Fenster schauen. Wahrhaft königlich!

Dann stiegen wir aus und versuchten, den Ausgang aus diesen verwinkelten, unterirdischen Gängen zu finden. Ein schreckliches Labyrinth, viel zu laut und viel zu viele Menschen. Es wurde noch schlimmer: Frauchen, die mich auf dem Arm trug, sprach mit einer älteren Dame; dieses Gespräch musste sie dazu veranlasst haben, mich herunterzulassen und auf ein seltsames Fließband zu setzen: Es wuchsen darin komische Stufen aus dem Boden, sie wanderten nach oben. Mir zog es die Beine weg, und ich hatte Angst, dass ich jetzt sterben musste: Hilfe!!! Und wo ging es hin; war das die berühmte Himmelfahrt? Aber Frauchen war bei mir und redete beruhigend auf mich ein. Irgendwann bewegten sich die Stufen nicht mehr aufwärts und ich konnte stehen. Boah, das war spannend.

Mein Frauchen war stolz und glücklich: »Ludwig, jetzt bist du Rolltreppe gefahren! Die Hunde hier in der Stadt lernen das schon in der Welpenschule. Das hat mir die nette Frau grad eben erzählt!«

Rolltreppe hin, Rolltreppe her, dann war ich doch lieber ein Landei. Meine Bergwelt war mir immer schon lieber als die Stadt. »Zündet dieses Kaff an allen vier Enden an!«, hatte damals schon König Ludwig II. gesagt. Wie recht er hatte.

Wobei, wenn ich es mir recht überlegte, eine sich bewegende Treppe war eine super Idee. Hätte von mir sein können!

Die Aussicht auf eine feine Brotzeit – also Leberkäse und Karosalat – ließ mein Herz noch schneller schlagen. Wir saßen in einer urigen Weinkneipe am Odeonsplatz. Es war schön, mal wieder mit meinem alten Ensemble zusammen zu sein. Und das noch in der Residenz! Zur Feier des Tages saß ich auf der rustikalen Bank aus dunklem Holz zwischen Giovanni Bellini und Chantal, meiner Schokoschönheit.

»Das ist übrigens der Willi, er spielt im zweiten Musical den Rittmeister und ist mein Lieblingskollege!«

155

Kollege - von dem Rest erzählte sie wieder nichts. Natürlich waren auch Wackerl und Rosl da, Jacky, Alexander, die Nymphe Lilly und andere. Bei einem guten Pfälzer Wein plauderten alle wild drauflos.

»Stellt euch vor, ich muss jetzt jedes Engagement annehmen, um meine Miete hier zu bezahlen. Momentan spiele ich jeden Freitag und Samstag Krimi-Dinner, diesen Schmarrn!«, erzählte Wackerl. Ein oder zwei Schauspieler spielten ein Kriminalstück und die Gäste nahmen daran teil, während sie zwischendurch feines Essen kredenzt bekamen. Sie halfen beim Ermitteln, stellten Vermutungen an und zum Dessert gab es dann quasi den Täter.

Ich bellte begeistert. Das war ja ein wahrer Traumjob.

»Na Ludwig, so schee, wie du dir des vorstellsch', is des ned!« Er erzählte von dem schlechten Verdienst, vom ausbeuterischen Chef und von den Gästen, die von Kunst nicht viel Ahnung hatten. Außerdem sei so ein Engagement wenig prestigeträchtig, während zweitklassige Fernsehdarsteller oft wie Popstars gefeiert wurden und gut verdienten. »Letzten Freitag hatte ich knapp vierzig Grad Fieber und musste dennoch spielen, da es keine zweite Besetzung gibt. Des war fei ned luschtig. Außerdem hammer oft sehr weite Anfahrtswege, zum Teil bis nach Nürnberg.«

»Nemberch hoasd des!«, korrigierte ihn Alexander, der aus Franken kam.

»Dann will ich aber auch Broodweascht!«, sagte nun die Sissi, die den fränkischen Dialekt liebte.

»Wie geht es dir eigentlich, Alexander?«, fragte Rosl vorsichtig.

Er mache sich schwere Vorwürfe, dass Thomas und er Streit hatten und dass es schon länger gekriselt habe, erzählte Alexander. Dass er sich in Thomas' Abwesenheit von Karl Beyerle hatte verführen lassen, hatte er Thomas beichten müssen, nachdem der einen Hinweis von Bellini bekommen hatte.

»Ich wollte dir damit keinen Ärger machen«, meinte dieser kleinlaut.

»Aber das war damals alles so undurchschaubar, Thomas' Verschwinden, dann ist er wieder aufgetaucht, du wusstest nichts davon, obwohl ihr zusammen wart, und dann hat die Sissi euch beim Nacktbaden erwischt …«

Sissi guckte peinlich berührt zu mir. »Wir dachten damals schon, ihm sei etwas zugestoßen«, rechtfertigte sie sich, ohne Alexander anzusehen.

»Ja, ich war so sauer auf Thomas, und dann meldet der sich einfach nicht, da hab ich mich von Karl einlullen lassen.« Er verstummte und sah betroffen in sein Weinglas.

»Seid ihr jetzt zusammen, du und Karl?«, fragte Chantal vorsichtig.

»Wir versuchen es, Karl ist total in mich verknallt, aber ich … ich denke noch an Thomas!«

»War Karl immer schon in dich verknallt?«, fragte Sissi. Die anderen sahen sie verwundert an.

»Wie, schon immer? Ja, er sagte, er hätte sich vom ersten Augenblick an in mich verliebt. Liebe auf den ersten Blick«, meinte er nachdenklich, aber auch geschmeichelt.

»Das heißt also über zwei Jahre, seit Beyerle da ist«, schlussfolgerte Sissi und kniff die Augen zusammen.

»Und du hast nicht gemerkt, dass er die ganze Zeit in dich verknallt war?«, bohrte Rosl weiter.

»Schon, aber …«, versuchte sich Alexander zu erinnern.

»Der Beyerle war doch schon immer eifersüchtig auf Thomas, weil er die erste Besetzung war …«, wandte Sissi ein.

»›Depperten Ludwig-Spinner!‹ hat er ihn oft genannt«, bestätigte Rosl aufgeregt.

»Und dann ist er auch noch unsterblich in Thomas' Lebensgefährten verliebt …«, führte Bellini Sissis Satz zu Ende. »Du hast dem Karl doch nicht etwa etwas von den Briefen und geheimen Dokumenten erzählt, oder?«, fragte er erzürnt.

»Hm. Da bin ich mir nicht mehr so sicher«, gab Alexander zerknirscht zu.

»Merkt ihr was?«, fragte Chantal.

Bellini und Rosl instruierten Alexander, wie er sich weiterhin Karl gegenüber verhalten solle und dass er ihm den Verdacht, den alle hier hegten, auf keinen Fall mitteilen dürfte.

Alexander wurde immer blasser und wagte nicht, das allseits Befürchtete auszusprechen.

Rosl lenkte das Gespräch wieder in andere Bahnen, um Alexander nicht länger in die Enge zu treiben. Sie gab mittlerweile Rhetorikkurse und Sprechseminare, um etwas zur sündhaft teuren Miete beizusteuern.

Lilly arbeitete als Souffleuse im renommiertesten Theater in München. »Ich verdiene gut, aber das Soufflieren ist echt viel härter, als man es sich vorstellt. Du hockst den ganzen Tag in dem finsteren Probenraum und konzentrierst dich auf das Textbuch und die Schauspieler. Und dann gibt es da noch einen besonderen Kandidaten, den René, dem kannst du nichts recht machen. Will ich ihm Zeit geben, nachzudenken, wenn er grad hängt, dann sagt er, ich würde nicht aufpassen, und wenn ich schon im Begriff bin, ihm etwas einzusagen, fährt er mich an: ›Das wäre mir schon noch eingefallen!‹ Abends und am Wochenende sind dann Vorstellungen; Zeit für ein Privatleben habe ich nicht mehr.«

Richtig gut hörte sich das alles nicht an. Richtig schlecht jedoch war das, was auf dem Tisch landete: Ich war komplett schockiert. Statt Leberkäse hatte mein Frauchen einen Salat und einen Elsässer Flammkuchen bestellt. Sissi deutete meinen enttäuschten Gesichtsausdruck richtig.

»Ludwig, immer nur Leberkäse, das geht doch nicht. Außerdem hast du dein Trockenfutter schon bekommen. Leberkäse hängt uns ja schon zu den Ohren raus.«

Mir könntest du jeden Tag Leberkäse servieren, das würde mir nie zu den Ohren raushängen.

Wackerl, der hingegen noch bei Verstand war, hatte Mitleid mit mir und gab mir Stückchen von seiner Schweinshaxe ab. Zwischendurch verzehrte ich auch etwas von diesem Flammkuchen. Wenn extra viel Schinken oben drauf war, konnte man das auch essen. Aber bestellen würde ich mir so eine Franzosenpizza nie!

Auch ein anderer Schauspieler, der einen Minister gespielt hatte, gab zu, dass er das alte Musical, das Team und die Allgäuer Berg- und Seenwelt vermisste. »Und den Ludwig und die Sissi natürlich«, versuchte er, sich bei Sissi einzuschleimen.

»Ja, ja, die Sissi, die verdreht so manchem den Kopf«, sagte nun der Willi, während er ihren Arm streichelte und ihr ein Küsschen gab, was dem Schauspieler wiederum gar nicht gefiel und mir schon überhaupt nicht.

Sissi erzählte nun von »Ludwig und Richard« und der Premierenfeier. »Wisst ihr aber, was der Hammer ist?«, rief sie stolz aus. »Der Wolf will an das Musical ein Hotel mit Chalets anbauen, das Musical wird zur Nebensache. Ein großes Wolf-Imperium.«

»Sissi, du musst da dranbleiben und die weiter aushorchen!«, forderte Bellini.

»Wie will er das denn schaffen, die Genehmigung kriegt er nie!«, wandte jemand ein.

»Die Sissi weiß es«, sagte Wackerl.

»Ich habe die beiden zufällig belauscht!« Die, die die Geschichte noch nicht kannten, amüsierten sich königlich darüber, wie Sissi und ich uns im Heu versteckt und von der Bestechung des Bürgermeisters erfahren hatten.

»Wenn der Wolf krumme Dinge macht, bekommen wir vielleicht unser Musical zurück«, resümierte Bellini hoffnungsfroh und entfachte damit eine angeregte Diskussion.

»Und wenn er Thomas' Mörder ist, dann auch«, ergänzte Jacky.

»Und ich weiß noch etwas!« Sissi genoss ihre Auftritte heute besonders. »Wisst ihr, mit wem Wolfi Wolf ein Verhältnis hat?«, fragte sie in die Runde.

159

»Mit dir?«, scherzte Chantal. »Der wollte dich doch schon gleich zu Beginn vernaschen.«

»Die Sissi leidet doch nicht unter Geschmacksverirrung, oder?«, fragte Alexander mit einem Blick auf Willi.

»Aber der Ludwig ist dazwischengefahren«, warf Lilli ein. Wuff! Ich bellte freudig, als ich meinen Namen hörte, und alle lachten bei der Vorstellung, wie ich an Wolfs Bein hing.

»Mit der Frau Vogler!«, ließ Sissi die Bombe platzen. Betroffene Stille breitete sich aus. Die Fantasie malte offenbar die wildesten Bilder in den Köpfen der Ensemblemitglieder.

Bellini brachte es auf den Punkt: »Der Wolf vögelt die Vogler! Das wird dem Herrn Vogler aber gar nicht gefallen.«

»Für eine frisch Verliebte sieht sie aber gar nicht glücklich aus«, wunderte sich Sissi.

Aber keinen interessierte wirklich, wie es Frau Vogler ging.

Als Bellini erfuhr, dass Sissi in Wolfs Büro arbeiten würde, plante er sofort, sie als geheimen Informanten, als »Maulwurf«, auszubilden.

»Sissi, Ludwig, ihr müsst unser Musical retten. Ich spüre es ganz genau, es gibt noch Hoffnung für uns!« Bellini war wie aufgezogen, machte Vorschläge, wie man den Hotelkomplex um das Musical verhindern könnte, und gab eine Runde Wein aus.

Noch lange wurde geplaudert, während ich zufrieden und satt auf meiner Decke auf der Bank döste.

Unsanft wurde ich mitten in der Nacht aus meinen königlichen Träumen gerissen. Es war Sissi, die mich weckte. Gemeinsam liefen wir ein paar Meter zur Wohnung eines Freundes. Mir egal, Hauptsache, schnell wieder schlafen. In einem kleinen Zimmer legten sich Willi und Sissi auf eine Matratze, während ich mich auf meiner königsblauen Decke einkuschelte und schnell einschlafen wollte. Willi und Sissi störten mich dabei.

»Du, Willi, liebst du mich eigentlich?«, fragte sie ein wenig kindisch.

»Klaro!«, sagte er gedehnt und mit tiefer Stimme, so als ob man einen Schüler fragte, ob er Ferien gern mochte.

»Sind wir jetzt fest zusammen?«, bohrte sie weiter.

»Gaaanz fest«, antwortete er, umarmte sie und knutschte sie ab. »So fest!«

Das war ungefähr so überzeugend, als wenn ich jemandem erklären würde, dass ich Vegetarier sei.

Erschöpft schlief ich ein.

Frühmorgens hörte ich Willi und Sissi. Genervt drehte ich mich weg, versuchte, mich taub zu stellen, und hielt mir die Augen zu. Doch leider, es war kein Albtraum. Es gab kein Erwachen.

Wie würde ich diesen Chaoten nur wieder los?

Mein Frauchen führte mich noch vor dem Frühstück Gassi. Es war gar nicht so leicht, in München ein stilles, grünes Örtchen zu finden. Aber meine Meinung zu dieser Stadt war ja offensichtlich. Hoffentlich fuhren wir heute noch zurück ins Allgäu.

Nach einem leckeren Frühstück bei diesem Freund ging es Richtung Viktualienmarkt. Da es ein sonniger, warmer Tag war, fuhren Sissi und Willi mit ihren Inlineskates. Welch ein Tempo die beiden damit draufhatten. Ich musste nebenher rennen, um sie nicht zu verlieren. Das artete ja in Sport aus. Ich war genervt. Lieber wäre ich langsam schnüffelnd die Straßen entlanggeschlendert und hätte hier und dort mal ein wenig markiert. Zwischendurch ließ mich Sissi dann auch mal ein wenig erkunden. Es war sehr spannend, die verschiedenen Gerüche hier aufzunehmen. So viele Hunde waren schon vor mir hier gewesen.

Nachdem Willi und Sissi einen Gemüsesaft getrunken hatten, ging es weiter Richtung Ludwigstraße. Das passte ja gut. »Guck, Ludwig, das ist deine Straße«, scherzte sie.

Ich wurde ganz träumerisch. Aber für Träumereien war keine Zeit, da sie wieder mit ihren Inlineskates herumrasten und ich schauen musste, dass ich dieses Tempo durchhielt. Sissi war wie immer begeistert, wie schnell ich laufen konnte. Ich musste aussehen wie ein

Rennpferd, das sich in der Flugphase streckte, um extra schnell zu sein.

»Super, Ludwig, es ist doch prima, mal in der Stadt zu sein. Und heute Abend fahren wir wieder zurück nach Hause in dein geliebtes Allgäu!«

Schön, das wollte ich hören. Weg von diesem Stress, diesem Lärm und den vielen Gerüchen und Eindrücken.

»Komm, Sissi, da ist ein cooler Laden, da gucken wir mal rein«, schlug Willi enthusiastisch vor.

»Mit den Inlineskates dürfen wir da nicht rein.«

Zu spät, Willi war schon drin, nachdem er einen Passanten fast über den Haufen gefahren hätte. Statt einer Entschuldigung kam nur ein »Hoppla!«. Gemeingefährlich, der Mann! Und Sissi lachte wie ein verliebter Teenager. Trotz des Sonnenscheins war ich wirklich nicht gut drauf heute. Willi sah in seiner kurzen braunen Lederhose, dem weißen Hemd und dem weißen Helm wirklich zu albern aus. Dieser Freak stahl mir die ganze Show.

Auch Sissi und ich traten in das Geschäft. Sie guckte sich um, wühlte an verschiedenen Tischen und zeigte Willi Klamotten. Eine sehr dünne Dame mit dickem Dutt und dicker Hornbrille kam ernst auf uns zu.

»Mit den Inlineskates dürfen Sie hier nicht rein. Bitte verlassen Sie unser Geschäft«, bat sie die beiden sachlich. »He, ich bin doch der Willi, aus dem Fernsehen! Kennen Sie mich nicht?« Er versuchte es nun auf die lustige Tour und zog eine Clownsgrimasse. Ob die Frau darauf stand?

»Es ist mir egal, wer Sie sind. Auch wenn Sie König Ludwig persönlich sind oder der Kaiser von China. Bitte gehen, äh, fahren Sie jetzt!«

Also bitte, ICH bin Ludwig. Ich bellte laut auf, die Verkäuferin guckte mich an.

»Wer bist denn du?«, fragte sie und war verzückt.

»Das ist der König Ludwig«, erwiderte Sissi und verließ mit mir den Laden, gefolgt von Willi.

Beide amüsierten sich königlich, während mir das Benehmen von Willi echt peinlich war.

Selbst ein Leberkäse im Hofbräuhaus konnte meine Laune heute nicht mehr heben.

»Mei, bist du ein Süßer?«, sagte nun eine ältere Passantin und strahlte mich begeistert an.

Bin weder süß, bin weder schön, kann ungeleit nach Hause gehen!, fiel mir der gute alte Goethe in diesem Sinne ein. Goethes »Faust« war Sissis Lieblingswerk. Wie oft hatte sie mir daraus vorgelesen!

»Magst du ein bisschen Leberwurstbrot?«

He, die Omi ist ja gar nicht so ohne, immer gerne. Hoffentlich machte mir mein Frauchen nicht wieder einen Strich durch die Rechnung. Oje, schon hatte sie es bemerkt.

»Na klar, solange es nicht zu viel ist.« Sie war heute echt großzügig. Aber sie freute sich immer, wenn mich die Leute mochten. Es gab mittlerweile so viele Hundefeinde. Da musste man den Hundekotbeutel schon demonstrativ an die Leine binden, um nicht öffentlich angefeindet zu werden.

Die Grauhaarige kam entzückt auf mich zu und gab mir drei Brocken Leberwurstbrot. Lecker! Die Münchner sind ja gar nicht so blöd …

Später trafen wir uns noch einmal mit ein paar Musical-Leuten vom gestrigen Abend, darunter auch Bellini und Wackerl mit Rosl.

»Du gehst gleich morgen noch zu dem Makler, okay, Sissi, und verhinderst, dass er dem Wolf das Grundstück gibt«, forderte Bellini eindringlich.

»Schmarrn! So ein Makler wird sich von der Sissi nicht sagen lassen, wem er das Grundstück verkauft. Du kennst doch das Makler-Gschwerl, Giovanni.«

»Jetzt lass die Sissi halt mal machen!«

»Nein!«, unterbrach ihn Wackerl ungewohnt scharf. »Des hot koin Sinn, die wollet eh bloaß verdeane. Wissen nix, können nix, haften tun sie au für nix. Aber im Blöd-Daherreden und anlügen, da sind sie super! Und im Geld kassieren!« Wackerl redete sich richtig in Rage. Zornesröte stieg ihm in sein sonst so friedliches Gesicht.

Sissi schaute verdutzt zwischen Wackerl und Bellini hin und her, die nun fast ins Streiten kamen.

Rosl trat beschwichtigend dazwischen. »Jetzt, Wackerl, bloß weil du schlechte Erfahrungen gemacht hast, darfst du nicht alle über einen Kamm scheren.«

Rosl erklärte, dass einige schwarze Schafe der eben gescholtenen Berufsgruppe Wackerl schon sehr übel mitgespielt hatten. Sie hätten ihm sowohl eine Schimmelwohnung verkauft als auch am Umzugstag vergessen, ihm den Schlüssel für die neue Wohnung zu geben. Er stand dann mit vollem Möbelwagen und ohne Wohnung da …

Langsam beruhigten sich die Gemüter wieder.

Es ging auf sechs Uhr zu und Sissi wollte aufbrechen. Wir verabschiedeten uns.

»Und Ludwig, pass gut auf die Sissi auf und auf das Musical … Wir wollen UNSER Musical wiederhaben!«

Liebevoll streichelte Bellini mir bei diesen Worten den Kopf und ich behielt sie gut in meinem Herzen …

Kapitel 19

Willi war mittlerweile gegangen und mit ihm zwei Seesäcke voller Wäsche und Verhau. Wir zwei hatten es uns auf dem Sofa gemütlich gemacht. Ich genoss es, mit meiner Seelenfreundin wieder allein in unserem Wohnzimmer zu sein.

»Du findest nicht, dass er der Richtige für mich ist, gell?«, fragte sie mich vorsichtig.

Ich schüttelte den Kopf und guckte ihr tief in die Augen.

»Aber er ist doch so witzig!«

Ich stellte ein Ohr auf.

»Du meinst, witzig reicht nicht?« Sie wirkte resigniert und atmete schwer aus. Sissi verstand mich nun schon etwas besser. Sie seufzte.

»Aber immer allein, Entschuldigung, ich habe ja dich. Aber einen Partner zu haben ist auch mal etwas Schönes.«

Ich stellte beide Ohren auf.

Sissi dachte nach. »Und das mit dem Musical, glaubst du, wir können da etwas tun, ich meine, unser altes Musical retten?«

Wuff, antwortete ich prompt. Zur Betonung legte ich eine Pfote auf ihren Oberschenkel.

»Wirklich, Ludwig, wir zwei?« Wieder dachte sie nach.

»Wir sollten mit Wolfgang Wolf reden. Oder mit dem Bürgermeister.«

Ich jaulte.

»Okay, das wäre zu offensichtlich, da muss man vorsichtig vorgehen. Wir müssen verhindern, dass der Immobilienmakler dem Wolf das Grundstück gibt. Sollen wir mal mit dem reden? Und dem Wolf schauen wir ganz genau auf die Finger. Vielleicht können wir ihm den Mord nachweisen.«

Wuff. *Ja, Sissi, nicht immer resignieren und flennen, du musst mal etwas tun.*

»Okay, Ludwig, ich denke darüber nach. Aber du musst mir helfen. Schließlich sind wir ein Team.«

Erleichtert schlief ich nach diesem ereignisreichen Tag neben meiner geliebten Sissi ein.

Possenhofen, August 1881

Wir sitzen im Schlossgarten des Schlosses Possenhofen, der Heimat meiner Seelenfreundin Sophie Charlotte. Es ist herrlich, wir sind gerade von einem gemeinsamen Ritt in die schöne bayerische Landschaft zurückgekehrt und machen jetzt ein Picknick im Garten. Im Schatten einer alten Linde ruhen wir auf einer Decke, wie zwei einfache Leute aus dem Volk. Das wäre ein wundervolles Motiv für ein Ölgemälde, denke ich mir. Vor uns liegen Früchte und Gebäck in einer Silberschale. Ein frisch gepresstes Glas Orangensaft erquickt uns und stillt unseren Durst. Wie gut es tut, wenn ich in Gesellschaft von Menschen sein darf, die mich verstehen und lieben. In meiner Cousine Sophie hatte ich so einen teuren Menschen gefunden. Eine ganz treffliche junge Dame. Genug habe ich von jenen Elenden, Falschen, die zuhauf in München in meiner Residenz sitzen. Ebenso von den Dummen, die so geistlos und leer sind. Auch meine Mutter gehört dazu, sie verkennt mich. Sie hat mich nie wirklich erkannt. Alles, was ich schön und geistreich finde, so auch meinen Herzensfreund Wagner, findet sie egoistisch, edelmütig und hochherzig.

Aber hier in Possenhofen haben wir eine »Oase im Sandmeer der Wüste« gefunden, Ruhe und Stille, Geborgenheit und auch überaus tiefe Gespräche über meinen treuen Freund Wagner und seine Werke. Sophie und ich!

»Danke, liebster Cousin, liebenswürdig und schmeichlerisch bist du, dass du mich in deinem Gedicht ›treue Seele voll Geist‹ nennst; ebenso der Vers ›die Glorie der Reinheit umstrahlt dich‹.« Die Wangen meiner hübschen Cousine erröten, sie blickt beschämt auf das

Stück Papier, das ich ihr eben überreicht habe. Ich schätze sie umso mehr, als unser beider Los eine gewisse Ähnlichkeit aufweist. Wir beide werden von unserer Umgebung nicht verstanden.

Ich küsse ihre zarte Hand, streichle sie sanft. Sie trägt heute ein leichtes Reitkleid in den Farben Blau und Weiß, ihr dichtes Haar hat sie zu einem Zopf geflochten, der von weißen Rosenblüten geschmückt wird. Leichter Augustwind weht blumigen Rosenduft in unsere Nasen. Die Linde spendet uns angenehme Kühle.

»Liebste Sophie, wie es in den Gedichten und Briefen steht, dir bin ich treu bis in den Tod. Du, mein Engel, eine Blume, geistreich und schön!«

»Liebster Vetter Ludwig, in deiner Gegenwart ist mir so wohl.« Bei diesen Worten lächelt sie mich innig an. Ihre blauen Augen, die mit langen Wimpern umkränzt sind, strahlen warmherzig, ihr sanft geschwungener Mund deutet ein seliges Lächeln an.

»Teure Cousine, stell dir vor. Schon im Frühjahr erwarten wir die Vollendung der ›Meistersinger‹. Ich habe schon Teile daraus gelesen und bin vollkommen entzückt. Noch heute Abend werde ich dir daraus vorlesen. Aber nur, Liebste, wenn du wieder für mich singst. Dein Gesang gleicht dem eines Rotkehlchens. So zart und rein. Ich habe nie vorher Schöneres gehört.«

»Sehr gern, liebster Vetter, nur sag mir, worum geht es denn in dem neuen Werke? Und richte Wagner wieder die herzlichsten Grüße von mir aus.«

»Sehr gern …«

»Aha, hier habt ihr zwei euch versteckt. Grüß dich, Ludwig.«

»Grüß Gott, Tante Ludovica. Es überrascht mich, dich hier um diese Stunde anzutreffen.« Meine Tante, die füllige Frau, ist energischen Schrittes auf uns zugeeilt und baut sich groß vor uns auf, die wir im Sitzen zu ihr hochsehen müssen.

»Die Überraschung liegt ganz meinerseits, dich hier anzutreffen um diese Zeit! Sophie, wo ist deine Gouvernante?«, fragt sie herrisch.

Immer erscheint sie unerwartet und störend in den schönsten Momenten, denke ich mir, als es plötzlich klingelt. Was klingelt da? Ist es schon Zeit für das Souper? Ich bin durcheinander.

Ich blinzelte, öffnete die Augen und war völlig schlaftrunken.
Jemand rief auf dem Handy an. Verschlafen nahm Sissi das Gespräch an.
»Spinnst du, mich mitten in der Nacht zu wecken?«, sagte sie und legte auf. Wahrscheinlich war es der verrückte Willi. Nachdem sie das Telefon weggeworfen hatte, kuschelte ich mich wieder an sie und so schliefen wir harmonisch und glücklich ein.

Am nächsten Morgen telefonierte sie mit Bellini. »Und du meinst, das könnte klappen?«, fragte sie unsicher. Ich konnte Bellini nicht hören.
»Gut, dann machen wir das so! Aber was, wenn es nicht klappt? Dann stehe ich voll doof da und verliere meinen Job! Oder der Wolf bringt mich auch noch um!« Wieder hörte sie zu. »Ja, ist gut, ja, ja! Und ich mache das mit dem Job im Büro vom Wolf, versprochen«
Nix ja, ja, Sissi, wir wissen ja alle, was das heißt.
»Wir checken den Typen mal. Gut, bis dann. Pfiat di!« Aufgeregt legte Sissi auf. »Ludwig, wir reden mit dem Immobilienmakler Herr Schwarz, da müssen wir aber sehr diplomatisch sein. Und dem Wolf fühlen wir auch auf den Zahn!«
Super, dachte ich mir, dann kann ja nichts mehr schiefgehen. Du und diplomatisch ...
Aber zuerst ging es zur Arbeit. Die Touristen wollten auf das Schloss kutschiert und die Pferde geputzt sein. Wir hatten Glück und trafen den Herrn Heigl den ganzen Tag nicht, auch die Touristen waren heute ganz manierlich. Nachdem Michl und Marco am Ende des Arbeitstages versorgt waren und glücklich ihr Heu kauten, nahm Sissi Lukas beiseite.
»Du, Lukas, darf ich dir was sagen?«

»Klaro, aber lass uns aus dem Stall gehen, du weißt ja, die Kameras.«

Sie erzählte ihm von dem Bürojob, der ihr angeboten worden war. Wenn sie diesen annehmen würde, müsste sie mit dem Kutschefahren aufhören.

»Hey, das klingt doch super. Das machst du auf alle Fälle, wer weiß, welche Gemeinheiten und Schikanen der Heigl sich als Nächstes ausdenkt. Aber kündige erst, wenn du bei dem Wolf unterschrieben hast.«

»Bin ich froh, dass Lukas mich versteht. Gleich morgen sage ich dem Wolfgang zu, Ludwig!«, meinte Sissi auf dem Heimweg.

So waren wir am nächsten Tag extra eine halbe Stunde vor der Aufführung da. Schon auf dem Flur trafen wir Wolfgang Wolf in einem Gespräch mit Frau Vogler, das angeregt, wenn nicht sogar aufgeregt und wütend wirkte. Frau Vogler sah erschreckend schlecht aus, mit fahlem und eingefallenem Gesicht, die braunen Haare waren hinten lieblos zusammengebunden. Sie wirkte nervös.

Als sie Sissi und mich kommen sahen, begannen die beiden zu flüstern.

»Guten Morgen, Frau Vogler, guten Morgen, Wolfgang, könnte ich dich kurz sprechen?«, fragte mein Frauchen höflich.

»Morgen, Sissi, selbstverständlich, lass uns in mein Büro gehen. Ciao, Toni.« Schleimig legte er den Arm um Sissi und ließ eine verdutzte Frau Vogler zurück. »Und, hast du es dir überlegt wegen des Bürojobs? Das wäre super, wenn ich dich dafür gewinnen könnte!« Sissi wand sich aus seinem Arm und sagte freundlich: »Ja, ich würde das gern machen. Wann kann ich den Vertrag sehen?« »Toll, Sissi. Den Vertrag habe ich schon vorbereitet. Es hat sich allerdings eine Änderung ergeben. Das sage ich dir aber oben im Büro.«

Sissi fürchtete schon wieder das Schlimmste. Im Büro bot Wolf Sissi einen Stuhl an und legte Papiere auf den Tisch. »Das ist der Vertrag. Allerdings hat meine Sekretärin gestern gekündigt. Das heißt, ich würde dich nicht nur für ein paar Stunden brauchen, sondern Vollzeit. Du würdest dann natürlich viel besser verdienen und wärst steuerlich bessergestellt. Auch für deine Rente ist das viel besser.« Er zeigte meiner erstaunten Sissi den Betrag.

»Ui!« Es schien sich um eine gut bezahlte Stelle zu handeln. »Ja, aber warum hat denn die Frau Schnell gekündigt?«

»Private Gründe«, antwortete Wolf kurz.

Sie besprachen noch einige Details und dann mussten wir zur Vorstellung, den noch nicht unterschriebenen Vertrag nahm Sissi mit. Beim Herausgehen streichelte er sie am Rücken, sehr tief am Rücken, und zwinkerte ihr zu. Ich überlegte, ob ich ihn gleich oder später kastrieren sollte.

»Kommst du mal abends wieder vorbei? Ich koch uns etwas Feines.«

Er wollte Sissi wohl mit seinem Charme einwickeln, damit sie für ihn auch schön ungefährlich blieb. Was plante er wirklich? Wollte er sie auch aushorchen, da er wusste, dass wir mit Thomas befreundet gewesen waren? Wollte er an Thomas' Hinterlassenschaft, die geheimen Dokumente, musste er dazu Sissi auf seine Seite ziehen?

Sissi reagierte, nachdem sie seine Hand energisch weggeschoben hatte, cool. »Nein, Wolfgang, ich denke, es ist besser, wenn wir Arbeit und Privates trennen. Ich will nur hier arbeiten, nicht mehr und nicht weniger. Ciao!«

Mit diesen Worten ließ sie den verdutzten Wolf in seinem Büro zurück. Und ich war richtig stolz auf sie! Mein Eingreifen war gar nicht nötig.

Unten angekommen verkündete Sissi vor allen Anwesenden die tolle Nachricht. »Stellt euch vor, ich mache jetzt das Sekretariat vom Wolf, super, oder?«

»Das ist toll, Sissi, endlich ein anspruchsvoller Ganztagsjob für dich!«, freute sich Ellen aufrichtig.

»Wisst ihr eigentlich, warum die Sandra Schnell gekündigt hat?«, wollte sie nun wissen.

Ellen guckte MBM an, dieser schaute peinlich berührt weg. »Sissi, das muss aber unter uns bleiben, okay?«, flüsterte Ellen und zog Sissi beiseite. »Man sagt, der Wolf sei ihr zu zudringlich geworden. Sie hatte aber auch privat einen Haufen Ärger. Ich weiß es nicht genau. Aber pass auf dich auf. Du musst ihm deutlich seine Grenzen zeigen.«

Sissi verzog das Gesicht. »Oh nein, nicht noch ein Job mit einem Pferdefuß. Ich will endlich mal ankommen!«

»Lass dir einfach nichts gefallen. Außerdem hast du ja den Ludwig«, meinte eine Maskenbildnerin freundlich.

Kapitel 20

Sissi kündigte ihren Kutscherjob. Leider vermisste sie »ihre« Kaltblüter sehr schnell. Sie saß den ganzen Tag am Schreibtisch, während ich es mir auf meinem königsblauen Kissen bequem machte oder zwischendurch im Festspielhaus herumschnüffelte. Manchmal bekam ich von dem einen oder anderen Fan, also Mitarbeiter des Musicals, ein Stück Leberkäse oder ein Wienerle zugesteckt. In den Mittagspausen gingen wir am See spazieren, was immer sehr schön war. Willi war jetzt regelmäßig bei uns, was nicht so schön war. Und so vergingen ein paar relativ ruhige Tage, in denen wir leider auch nichts Neues von den Ermittlungen zu Thomas' Tod erfuhren.

Sissi machte ihre Arbeit für Wolf sehr gut. Noch hatte sie sich nicht getraut, in seinen Unterlagen nach Indizien für den Mord oder nach dem Hotelbau zu suchen. Sie wollte sich zuerst sein Vertrauen erschleichen. Auch Wolf verhielt sich korrekt und distanziert Sissi gegenüber.

Eines Nachmittags klingelte Sissis Handy. »Hallo! … Ah, Giovanni, schön, von dir zu hören.« Sie lauschte. »Nein, ich hab's noch nicht geschafft. Ja. Klaro. Du, ich bin im Büro, ich muss jetzt Schluss machen. Versprochen. Ich rufe dich die Tage mal von zu Hause aus an. Ja, pfiat di!«

Verstohlen legte Sissi auf und sah mich an. »Ich erzähl es dir heute Abend, Ludwig.« Sie machte

sich weiter an die Arbeit und heftete Papiere in Ordner und machte Termine für Wolf aus.

Auf einmal kam die Schön ins Büro geschneit. »Hallo Sissi, ich wollte dich nur fragen, ob das mit der Frau Schneider klappt?«, sagte die Blunzn betont höflich und weckte damit umso mehr Sissis und mein Misstrauen.

»Ja, Sonja, die habe ich für nächsten Dienstag um 14 Uhr herbestellt. Ich habe dir das aber schon per E-Mail geschickt«, erwiderte Sissi ebenso geschäftsmäßig.

Mit ein wenig Selbstdisziplin konnte man es schaffen, auch Menschen, die man nicht mochte oder gar für böse hielt, sachlich und neutral gegenüberzutreten. Denn Menschen zu bewerten, war das Schlimmste, was man aus spiritueller Sicht tun konnte. Das konnte nur einer: Gott. Da Sissi initiierte Buddhistin war, hielt sie sich manchmal für ein wenig überlegen … Auch nicht der Sinn des Buddhismus.

Ich war zwar kein Buddhist, hielt mich aber ebenfalls zurück und knurrte zur Abwechslung mal nicht.

»Prima, danke.« Sie guckte zu mir, der ich friedlich in meinem Bettchen lag, aber alles genau beobachtete. »Der Ludwig ist ja brav. Toll.«

»Danke, ja, dem gefällt es hier halt gut«, erwiderte Sissi und freute sich über die freundliche Art der Blunzn.

»Gut, ich bin jetzt weiter bei den Proben, der Wolfgang ist heute nicht da«, verabschiedete sie sich.

Sonja Schön war seit Kurzem sehr höflich. Seit sie gemerkt hatte, dass Sissi nichts von Wolf wollte und ihre Arbeit zuverlässig erledigte. Auch mit meinen Auftritten abends im Musical war sie zufrieden.

Der Wolfgang war also auf einem Auswärtstermin, wahrscheinlich bei der Frau Vogler! Das war unsere Chance. Als Sonja das Büro verlassen hatte, ging Sissi vor die Tür und schaute, ob noch jemand kam. Dann schloss sie die Tür und drehte den Schlüssel vorsichtig im Schloss herum.

Sie suchte die Aktenordner durch, las die Beschriftungen und nahm schließlich einen schwarzen Aktenordner aus dem Regal, legte ihn auf ihren Schreibtisch und schlug ihn auf.

Ich stemmte meine Vorderpfoten auf den Bürostuhl. Das wollte ich auch sehen! Wuff.

»Wow. Schau dir das an, Ludwig. Das sind die Pläne für das Hotel. Krass.«

Jetzt sprang ich auf den Stuhl. Sissi stand lässig über die Zeichnungen auf dem Tisch gebeugt und sah aus wie eine Architektin. Gut sah sie aus in ihrem grauen engen Kostüm mit Bleistiftrock und weißer Bluse. Fehlte nur noch der gelbe Helm, dachte ich mir stolz.

»Schau, hier sollen die Zimmer gebaut werden.« Sie zeigte mit dem Finger auf eine Stelle im Plan. »So viele Doppelzimmer im Wirtschaftshof und da, wo einst der Eingangsbereich war. Dann ein riesiger Spielplatz mit Rutschen, Sandkästen und Kletterhaus im ehemaligen Barockgarten. Das ist ja fürchterlich! Die jetzigen Restaurants als Frühstücks- und Speisezimmer. Und an der Ostseite sind vier kleine Chalets geplant. Wahnsinn!«

Ich hörte Schritte auf dem Flur und bellte. *Pass auf, Sissi, pack das weg!*

Sie reagierte prompt, machte den Ordner zu, packte ihn zurück ins Regal und sperrte leise auf. Sie öffnete die Türe gerade noch rechtzeitig.

»Hallo Sissi«, tönte Wolfgang fröhlich, während er auf sie zugeschlendert kam.

»Hallo Wolfgang, dich hätte ich gar nicht erwartet - um diese Uhrzeit!«, sagte sie überfreundlich, um ihre Nervosität zu überspielen. Wenn Sissi wollte, könnte sie genauso intrigant und berechnend sein wie die Schön, bei ihrem Schauspieltalent und der Fähigkeit, Menschen um den Finger zu wickeln. Gott sei Dank war sie aber ein loyaler, guter Mensch mit Werten!

Das war wirklich knapp gewesen. Der Wolf hatte zum Glück nicht mitbekommen, dass sie die Türe abgeschlossen hatte.

»Sissi, machst du mir bitte einen Kaffee?« Erschöpft lehnte er sich auf dem Sofa in Sissis Büro zurück, während sie sich an die Arbeit machte. »Ich sag dir, die nerven mich«, sagte er.

»Wer?«, fragte Sissi gespielt beiläufig.

»Die Stadtverwaltung, das Baureferat, ach, eigentlich alle. Ich habe dem Stadtrat die Pläne für mein Hotelvorhaben vorgelegt. In einer Woche stimmen sie in der Sitzung drüber ab. Und jetzt gibt es halt wieder so ein paar Miesepeter, die Stimmung gegen mich machen.« Genervt sah er Sissi zu, wie sie den Kaffee servierte.

Sissi wiederum sah genervt zu mir, weil es ihr einerseits peinlich war, wie vertraut er sie in seine Pläne einweihte, während sie andererseits versuchte, ihn auszuhorchen. Sie fühlte sich wie eine Spionin, weil sie auch gegen das Hotelvorhaben war. Und weil sie eigentlich sowieso wieder das Bellini-Musical zurückhaben wollte. Und weil sie vielleicht den Wolf als Mörder verdächtigte.

»Aber Wolfgang, wie hast du das mit dem Hotel denn geplant?«, fragte sie so ehrlich und interessiert wie möglich und setzte sich ihm gegenüber.

Während er Milch in seinen Kaffee goss, erzählte er ihr freimütig und begeistert von seinen Vorstellungen, die sie bereits im Stall belauscht und heimlich den Bauplänen entnommen hatte. In den schillerndsten Farben beschrieb er das Hotel, die Chalets, den Wellnessbereich, den Kinderbereich mit Kinderbetreuung, damit auch die Eltern sich einmal erholen konnten. Sissi hörte aufmerksam zu.

»Und das Musical, spielt es dann überhaupt noch eine Rolle?«, fragte sie eindringlich.

Wolf guckte ernst in seine Tasse, als ob der Kaffee ihm die Worte, die er am besten verwenden sollte, zeigen würde. »Das Musical«, sagte er gedehnt.

»Es geht dir gar nicht ums Musical?«, bohrte sie weiter.

»Fändest du das schlimm?«, fragte er und sah ihr in die Augen. Seitdem sie ihm seine Grenzen aufgezeigt hatte, schien er Sissi deutlich mehr zu respektieren.

Sie atmete gedehnt aus und nahm ihren Mut zusammen. »Ja!« Ihr Blick war besorgt.

Kurz herrschte eine unangenehme Stille.

»Du hast das Musical nur deswegen gekauft, um an diese tolle Lage zu kommen«, sagte Sissi, als ob sie es erst in diesem Moment geschlussfolgert hätte.

Wolf schwieg und guckte wieder in seinen Kaffee.

»Wirst du es denn überhaupt weiterführen, wenn dir das Hotel, so wie du es planst, genehmigt wird?«

Ich erwartete nicht wirklich, dass er auf Sissis Frage ehrlich antwortete.

»Warum erzähle ich dir das alles? Du bist doch nicht auf meiner Seite, oder?« Er sah sie direkt an, als wollte er in ihrem Gesicht lesen. »Aber ja, nur vielleicht mit kleinerer Besetzung. Es soll eine Attraktion unter anderen werden.« Er kam wieder ins Schwärmen von seinem Projekt. »Die Leute, überwiegend Amerikaner und Asiaten, buchen eine Woche bei mir und kriegen ein Komplettpaket, das ist super. Die bekommen eine Bootsfahrt auf dem Forggensee, eine geführte Bergwanderung, Alphornblasen, abends das Musical und natürlich den Schlossbesuch auf Neuschwanstein. In der Zwischenzeit können sie baden, den Wellnessbereich nutzen und die Kinder sind in dem Kinderbereich versorgt. Alles aus einer Hand! Das ist es doch, was die heute wollen.«

Ich würde das nicht wollen, schien Sissis ernster Blick zu sagen.

»Bist du jetzt enttäuscht von mir?«, fragte Wolf ehrlich.

Jetzt sah Sissi nachdenklich in ihre Kaffeetasse. Sie hatte Angst davor, etwas Falsches zu sagen und noch tiefer in die Sache hineinzurutschen. Deswegen sagte sie erst einmal nichts.

»Also ja! Du denkst, ich bin ein geldgieriger alter Sack, der dauernd Affären hat!«

»Wolfgang, es steht mir nicht an, mir ein Urteil über dich zu bilden. Du musst das mit deinem Gewissen ausmachen. Aber hast du schon mal an die Leute gedacht, die unter deinen Geschäften leiden? An die Musicalcrew, also die jetzige, von denen du die Hälfte auf die Straße setzen willst? Oder an das erste Ensemble, an Bellini, der mit abgöttischer Liebe an seinem Musical hängt, das seine Frau entworfen hat?« Sissi klang leidenschaftlich. Damit schien sie einen Denkprozess bei Wolf auszulösen. Sie biss sich auf d e Unterlippe, bevor sie fragen konnte, ob er Fischbach auf Thomas angesetzt hatte.

»An dem Hotel verdienen viele Leute, Sissi, ich tue auch etwas für die Wirtschaft. Du darfst mich jetzt nicht als den bösen Buben darstellen. Das bin ich nicht! Ich denke halt, na sagen wir mal, wirtschaftlich, ich bin Betriebswirtschaftler, nicht Künstler!«

Er hat es nicht kapiert, dachte ich resigniert. Wieder erinnerte ich mich an König Ludwig, dem die Minister gesagt hatter, wo es langzugehen habe und was er mit seinem Geld machen solle. Immer waren es diese wirtschaftlich denkenden Menschen mit Dollarzeichen in den Augen, die Macht hatten, und nicht die Idealisten, die Künstler. Sissi dachte dasselbe. Enttäuscht räumte sie die Tassen weg und ging zurück an ihren Schreibtisch.

»Ich muss dann mal, Sissi. Und vergiss nicht: Ich schaffe auch Arbeitsplätze!« Er zögerte und sah mein Frauchen vorsichtig an. »Sissi, weil wir grad so ehrlich miteinander reden, hätte ich da mal eine Frage an dich.«

»Ja, rück raus«, ermunterte sie ihn, obwohl sie verunsichert war, was hoffentlich nur ich merkte.

»Du warst doch mit dem Thomas befreundet?«

»Ja!«

»Was hatte der denn da für geheime Dokumente gefunden? Also, ich hab da so was gehört und bin halt neugierig.« Er versuchte angestrengt, möglichst beiläufig zu klingen.

»Dokumente. Hm. Weiß ich nichts davon.« Sissi wurde nicht mal rot. Verwunderlich. »Ich war ja nicht wirklich eng mit ihm. Du weißt ja, er war an Frauen nicht interessiert.«

Das war ein gutes Argument, dem Wolfgang offensichtlich Glauben schenkte. »Ist ja auch egal. War wie gesagt nur neugierig«, erwiderte er unsicher.

177

»Ist schon gut, Wolfgang, ich mach mich wieder an meine Arbeit.«
Noch während Sissi diese Worte aussprach, klopfte es an der Tür.
Herein traten zwei altbekannte Herren, die sogleich ihren Dienstausweis zeigten. Misstrauisch beäugten sie Sissi.
»Sie kennen wir doch. Was machen Sie hier?«
Sissi erklärte, wie sie an diesen Job gekommen war.
»Und was machen Sie hier?«, stellte sie die Frage zurück.
»Wir hätten gern mit dem Herrn Wolf gesprochen«, meinte der Große mit der Glatze sachlich.
Der war plötzlich blasser als sonst. Er bat die Herren der Kriminalpolizei in sein Büro und schloss die Tür.
Sissi warf mir einen vielsagenden Blick zu.
Nach einer gefühlten Ewigkeit kamen die Beamten wieder aus Wolfs Zimmer heraus und verabschiedeten sich.
Wolf wirkte eingeschüchtert.
»Der Fischbach, der Sauhund«, murmelte er vor sich hin und schloss die Tür.
Ich bellte. *Wolf, achte auf deine Wortwahl!*

Abends saßen Sissi und ich gemütlich auf dem Sofa, während Willi einen TV-Abend mit seinen Kumpels machte und Fußball schaute. Er wollte danach noch zu uns kommen, aber Sissi hatte ihn ausgeladen. Gut so! Man musste eben Prioritäten setzen.
»Ludwig, wir müssen morgen zu dem Makler. In einer Woche ist schon die Stadtratssitzung. Da morgen Samstag ist, würde sich ein Stadtbummel mit Maklerbesuch sowieso anbieten. Und danach machen wir einen schönen Ausritt mit Middy!«, erklärte sie mir freudig, obwohl sie ein wenig traurig war, dass Willi den Freitagabend lieber mit seinen Kumpels verbrachte als mit ihr. »Ich weiß auch nicht, ob er Mister Right ist. Ich glaube, der meint es nicht ernst, der will nur seinen Spaß. Bei dem ist alles so unverbindlich.«
Ich bellte bestätigend.
»Für so einen Mist bin ich mir echt zu schade!«

178

Wuff.

Sie sah mich optimistisch an. »Da finden wir einen Besseren!«

Mitten in der Nacht klingelte es an der Türe. Sissi erschrak. Die Dunkelheit ließ ihre Fantasie wilde Blüten treiben. War das Thomas' Mörder?

Ich bellte wütend und bedrohlich. Eigentlich hatte ich Angst, aber das konnte ich ja nicht zugeben. Sissi öffnete das Schlafzimmerfenster im oberen Stock. Es war Willi. Er war besoffen und ziemlich laut, obwohl es schon nach zwölf Uhr war.

»Schatzimausi, lass mich rein! Ich bin's, der Willi!« War ich froh, dass der keinen Hausschlüssel hatte. Da war Sissi vorsichtig.

»Hast du keinen Anstand, mich in der Nacht zu wecken?«, fragte sie ihn erzürnt.

»Aber Schatzi, jetzt mach halt auf! Dann kuscheln wir und alles ist gut!«

»Es hat sich ausgekuschelt! Hau ab. Es ist aus!« Sie raste wie von der Tarantel gestochen durchs Zimmer, klaubte verschiedene Klamotten und Gegenstände von Willi in seinen Seesack, den er bei uns deponiert hatte, und pfefferte alles mit Schwung aus dem Fenster. Super Auftritt!

»Au! Spinnst du?«, schrie es von unten.

Wenn es drauf ankam, konnte die Sissi zielgenau treffen.

»Sei doch nicht so empfindlich!«, startete er nun zum Gegenangriff.

»Ich bin nicht empfindlich, nur klar im Kopf! Du Narzisst!«, schrie sie hinunter.

Wütend schloss sie das Fenster. Sie schien es kapiert zu haben. Endlich! Hoffentlich hatte er es auch kapiert.

Nun war es wieder ganz Sissis und mein Refugium. Wie ein Fremdkörper hatte er sich angefühlt in unserer Wohnung. Sie war zwar klein und nur gemietet, aber immerhin Sissis und mein Rückzugsort vor der Welt. Kein großer Luxus, aber Geborgenheit. Ich wusste, dass Sissi hier nicht rundum glücklich war. Wie gern hätte ich mit ihr in einem schönen Haus gelebt und sie glücklich gesehen.

179

Wir kuschelten uns wieder ins Bett. Melancholisch dachte ich an das schöne Schloss Neuschwanstein - die Neue Burg[15]. Die Stunden dort, selbst im Rohbau, waren die schönsten Stunden König Ludwigs II. von Bayern.

Mit diesem wundervollen Gedanken schlief ich ein.

»Kommen Sie, seien Sie nicht so schüchtern.«
Ich reiche dem jungen Frauenzimmer die Hand. Sie ist so seltsam gekleidet, unhöfisch, um nicht zu sagen armselig: ein geblümtes schwarzes Sommerkleid, das gerade die Knie bedeckt, und eine Strickjacke darüber. Ihre nackten Beine verwirren mich. Incrédible, wie aus einer anderen Zeit und Welt, diese Frau ist komplett undamenhaft. Aber sie hat einen ehrlichen, unverfälschten Charme, dem ich mich nicht entziehen kann. Unverhohlen starre ich sie an. Sensible, ausdrucksstarke grüne Augen und blonde Haare, die sanft über ihre Schultern fallen. Es scheint sich um ein einfaches Bauernmädchen zu handeln.
Überwältigt sieht sie mich an. »Sind Sie König Ludwig II. von Bayern?«, fragt sie voller Bewunderung.
Ich nicke und lächle erhaben.
»Sie sind so schön, viel schöner, als ich Sie mir vorgestellt habe«, gibt sie staunend und verschämt zu.
Jetzt werde ich rot. So hat das noch keine Frau zu mir gesagt. Diese Sprache, kurz, aber prägnant. »Und mit wem habe ich die Ehre?«, frage ich zurück.
»Ich bin die Bierbichler Elisabeth, aber Sie dürfen Sissi zu mir sagen.«
»Sissi, wie schön«, hauche ich.

---

[15] König Ludwig II. nannte das heutige Schloss Neuschwanstein die »Neue Burg«.

Sie blickt sich in meinen Gemächern in der Neuen Burg um. So etwas hat das einfache Ding noch nie gesehen. Ich bin sehr stolz darauf.

»Haben Sie Durst, darf mein Lakai Ihnen etwas zu trinken servieren?«, frage ich sie milde und mit unverhohlener Bewunderung.

Sie bringt zuerst keinen Ton heraus, räuspert sich und sagt dann: »Sehr gern!«

»Sehen Sie sich ruhig um, wir werden die Erfrischung dann im Erker einnehmen!« Dabei zeige ich auf den Bereich, den sie schon anvisiert hat, um die Aussicht dort zu bewundern.

»Oh Gott, ist das cool!«, ruft sie aus.

»Wie bitte? Mon Dieu!« Ich verstehe ihre Worte nicht. Verwirrt folge ich ihr und blicke ebenfalls aus dem Fenster, das eine einzigartige Sicht auf meinen geliebten Säuling und die Marienbrücke preisgibt. Heute hängen die Wolken tief, die Bäche sind übergetreten und der Fluss stürzt sich wütender als sonst die Pöllatschlucht hinunter.

»Cool!«, wiederholt sie und sieht mich strahlend an. »Also toll, super, fantastisch, formidable!«, sagt sie, wohl als sie sich erinnert, dass Französisch die Sprache bei Hofe ist.

Da scheint meine Auserkorene doch kein einfaches Bauernmädel zu sein, denke ich mir erleichtert.

Mein Lakai Maier serviert die Getränke und Gebäck und verschwindet rückwärts unter Verbeugungen wieder.

»Es ist umwerfend schön hier. Wie ich Sie beneide, dass Sie hier wohnen.« Wieder sieht sie mich so ehrlich und voller Liebe an, dass es mir durch Mark und Bein geht.

Um mich und sie abzulenken, erkläre ich ihr die Räumlichkeiten. »Meine Liebe, wie in dem Vorbild für dieses Schloss, in der Wartburg, sehen Sie hier Szenen aus der mittelalterlichen Dichtung.« Ich zeige auf einen massiven Eichenschrank. »Ich liebe diese Dichtung, allen voran den ›Lohengrin‹. Kennen Sie ihn?«

»Nicht, dass ich wüsste. Wohnt der auch hier im Allgäu?«, fragt sie mich konsterniert.

Ich schüttle erschüttert den Kopf. »Aber nein, werte Frau, der Lohengrin ist eine Sagengestalt. Die Wagner-Oper.« Ich erzähle ihr vom Schwanenritter, und sie lauscht gebannt meinen Worten, während wir uns mit etwas Wasser und Orangensaft erfrischen. Ich genieße es, eine so wissbegierige und begeisterte Zuhörerin hier in meinem Allerheiligsten, das sonst niemand betreten darf, als Gast zu haben.

»Der Schwan ist nämlich mein Lieblingstier und Wappentier als Herr von Schwangau«, fahre ich fort, »und hier ist meine Lieblingsecke, die Schwanenecke.« Ich geleite sie zu meinem gemütlichsten Platz in der Neuen Burg.

Während sie gebannt die Schwanenskulptur und auch die Wandgemälde bewundert, betrachte ich sie. Dieses Wesen aus einer anderen Welt und Zeit berührt mein Herz auf eigenartige Art und Weise. Unversehens berühre ich ihr Haar an der Schulter und ziehe meine Hand zurück, als wäre es Feuer. Eine geheime Kraft zieht mich wieder zu ihr. Oh, ihre Unschuld. Diese unbefangene Seele. Wie es mir durch alle Adern läuft, wenn ich ihr Haar berühre. Im Interesse der Unterredung rücke ich näher zu ihr und flüstere ihr zu, dass auch die Seidenvorhänge den Schwan zeigen, und weiße Lilien dazu. Sie dreht sich zu mir. Der warme Atem ihres himmlischen Mundes erreicht fast meine Lippen. Sie zuckt zusammen.

»Ludwig, was machst du da?«
Ich schreckte hoch. *Mein Gott. Was habe ich getan?* Vor mir lag Sissi und rieb sich verschlafen die Augen.
»Jetzt lass mich halt schlafen, Ludwig!«
Gott sei Dank, ich war dieser Frau nicht zu nahegetreten. Nur langsam verstand ich.
»Wieso weckst du mich? Ich hatte grad so einen schönen Traum. Und es hat sich so echt angefühlt. Ich war mit dem wunderbaren König Ludwig II. in seinem Schloss Neuschwanstein. In seinem Wohnzimmer! Und es war sooo romantisch!«

Kapitel 21

Nach einem gemütlichen Samstagsfrühstück auf der Terrasse radelten wir zusammen in die Stadt. Sissi stellte das Radl an einem Parkplatz ab, schloss es ab und wir schlenderten zu besagtem Immobilienbüro. An jeder Ecke musste ich schnüffeln und markieren! Es war sehr interessant.

Ich spürte, dass Sissi mulmig zumute war vor diesem Gespräch. Gestern Abend hatte Bellini wieder angerufen, aber sie hatte den Hörer gar nicht erst abgenommen.

Aufrecht und zielstrebig spazierten wir in das Büro. Sissi trug heute ein pink gemustertes Sommerkleid mit pinker Strickjacke darüber, was sehr schön aussah. Dass die Menschen sich jeden Tag anders anziehen können, ist schon eine tolle Sache, vor allem die Frauen haben so die Möglichkeit, ihre Individualität, ja sogar ihren Charakter auszudrücken.

Toll, dachte ich mir. Ich hingegen musste fast jeden Tag dasselbe Halsband tragen. Gut, ich hatte das rote Trachtenhalsband mit den darauf gestickten Edelweißen, das blaue mit den goldenen Kronen für Feiertage, das hellblaue mit Glitzersteinen für nicht so hohe Feiertage, das braue mit Indianerschmuck, das blaue …

Da stand auf einmal der Makler, und Sissi grüßte ihn, was mich aus meinen Gedanken riss.

»Guten Morgen«, sprach sie den blonden Mann im blauen Anzug hinter seinem Schreibtisch an.

»Guten Morgen! Setzen Sie sich doch! Wie kann ich Ihnen helfen?«, grüßte er eine Idee zu freundlich, lächelte dabei und zeigte seine gelben Zähne, die zu seinen gelb gefärbten Haaren passten. »Darf ich Ihnen etwas zu trinken anbieten?«

»Nein danke, ich wollte Sie nur einmal etwas fragen. Ganz unverbindlich!«

»Schießen Sie los!«, ermunterte er sie augenzwinkernd und faltete dabei seine Hände auf der Tischplatte.

Ich saß aufrecht und aufmerksam neben Sissi.

»Nun, es ist ein wenig heikel.«

»Jetzt machen Sie es aber spannend.« Er begann, nervös zu blinzeln.

Sissi, jetzt fang halt an. Ich bellte.

Sie sah mich fragend an und setzte dann zu sprechen an.

»Herr Schwarz, ich komme in einer vertraulichen und wie gesagt heiklen Angelegenheit zu Ihnen. Darf ich mit Ihrem Stillschweigen rechnen?«

Schwarz stutzte. »Solange es nichts Kriminelles ist, sicher!«

»Gut, es geht darum, dass Sie dem Herrn Wolf ein Grundstück in Weissensee verkaufen wollen oder sollen!«

Er schaute Sissi direkt an, wobei sich seine Augen verengten. »Was geht Sie das an?«, fragte er um Sachlichkeit bemüht. »Wollen Sie es auch haben?«

»Nein, aber wenn Sie es dem Herrn Wolf verkaufen, dann hat das schlimme Folgen für das Musical.« Bittend sah sie ihn an.

»Was hat denn das eine mit dem anderen zu tun?« Der Makler verstand nur Bahnhof. »Und wieso wissen Sie davon?«

Sissi erklärte ihm nun die Zusammenhänge, während er geduldig zuhörte. Dass der Wolf den Bürgermeister mit besagtem Grundstück positiv stimmen wollte, dass ihn aber das Musical gar nicht interessierte und er nur an seinem Hotelkomplex interessiert sei, welche Folgen das alles für das Ensemble hätte und so weiter. Sissi klang leidenschaftlich und überzeugend. Die Argumente sprudelten nur so aus ihr heraus. Dass das Musical für die kulturelle Vielfalt Füssens so wichtig sei, dass ein Festspielhaus eine gehobene Klientel nach Füssen locke, dass man nicht immer nur den Profit sehen dürfe. Vielleicht würde so irgendwann wieder einmal das erste Musical, »Ludwigs Träume«, zurückkommen, schloss sie. Ihre Leidenschaft schien ihn zu faszinieren.

»Und damit Sie sich persönlich davon überzeugen können, lade ich Sie zu einer Abendvorstellung heute Abend ein. Danach sitzen wir mit den Schauspielern noch gemütlich zusammen und, wenn Sie wollen, können Sie gerne mitkommen. Aber bitte sagen Sie niemandem, dass ich hier war, sonst bin ich geliefert. Bitte!« Jetzt lächelte sie ihr süßestes Lächeln.

Er grinste sie freundlich fragend an. Sissi verstand.

»Ich würde Sie einfach als einen Freund von mir vorstellen.«

»Warum setzen Sie sich so für das Musical ein?«, fragte er ehrlich interessiert.

»Wegen der Kunst! Bis heute Abend, Herr Schwarz«, antwortete sie und drückte ihm das Ticket in die Hand.

Draußen atmete sie erleichtert aus, und alle Anspannung fiel von ihr ab. »Jetzt gönnen wir uns ein Eis, Ludwig!«

Dann war es so weit. Es war kurz vor acht Uhr. Wir waren schon fertig für meinen Auftritt. Sissi war neugierig, ob der Makler zur Vorstellung gekommen war. Vorsichtig guckte sie seitlich an geeigneter Stelle in den Zuschauerraum.

Hast du ihn erspäht? Ebenso neugierig stupste ich sie am Bein.

»Ja, Ludwig, da sitzt er. Auf dem Platz in der dritten Reihe, den ich ihm besorgt habe. Super!«

Wir hüpften fröhlich in den Nebenraum der Bühne. Der Vorhang hob sich. Die Schauspieler begannen die Vorstellung. Ludwig als kleiner Junge, der mit seinen Cousinen im Garten spielt. Wir hörten den gefälligen Melodien glücklich zu.

»Warum gehst du nicht ans Handy?«, fragte auf einmal eine Stimme von hinten in vorwurfsvollem Ton.

Sissi drehte sich erschrocken um.

»Hab's halt nicht gehört«, antwortete Sissi gleichgültig. *Mist, Sissi, bist du wieder feige!*

185

»Pass auf, Willi, ich habe keine Lust auf eine Affäre mit dir. Und zu mehr bist du ja augenscheinlich nicht in der Lage oder willens! Lass mich einfach in Ruhe!«, erklärte Sissi.

Ich war beeindruckt.

Willi stand ungläubig da. »Spinnst du jetzt? Weißt du was? Das Gezicke ist mir zu blöd. Ich hatte eh keinen Bock mehr auf dich.« Beleidigt zog er ab.

»Das trifft sich dann ja sehr gut!«, rief Sissi ihm leise, aber so, dass er es hören konnte, hinterher.

»Und, wie war ich?«, fragte sie mich stolz.

Zufrieden schleckte ich ihre rechte Hand ab. Melancholischer als sonst lauschte sie dem Musical.

Dann war ich an der Reihe. Relativ mechanisch absolvierte ich meinen Auftritt. Danach sahen wir uns den Rest der Aufführung gemeinsam an und gingen dann in das Foyer. Und tatsächlich, dort wartete schon der Makler auf uns. Wir eilten auf ihn zu. Das Foyer war ein großzügiger, klar gegliederter Raum mit liebevollen kleinen Details, wie zum Beispiel König-Ludwig-Artikeln in Schaukästen oder dem Nymphenriss am Boden. Dem Nymphenriss entsteigen die halbgöttlichen weiblichen Naturgeister, er ist symbolisch auf dem Fußboden des Cafés dargestellt.

Wir trafen Herrn Schwarz im Café des Festspielhauses.

»Hallo Herr Schwarz, schön, dass Sie gekommen sind«, rief Sissi freudig aus.

»Hallo Frau Bierbichler, das Vergnügen ist ganz meinerseits. Das war eine tolle Vorstellung. Ich war zum ersten Mal hier. Vielen Dank.« Wir geleiteten ihn in die Bierwirtschaft.

»Der Ludwig hat ja super gespielt. So etwas habe ich noch nie erlebt«, meinte er, was Sissi und mich besonders freute.

»Ich kann die Karte aber auch gerne bezahlen«, bot er an.

»Nein, Herr Schwarz, wir bekommen ab und zu Freikarten. Das passt schon!«

Und so plauderten sie ein wenig, während die anderen Schauspieler langsam eintrafen. Wie vereinbart, stellte Sissi den Makler als einen Kumpel vor, und niemand schöpfte Verdacht. Natürlich hatte sie sich vorher abgesichert und abgecheckt, dass Wolfgang Wolf und die Schön heute frei hatten.

Locker unterhielt sich der Makler mit den Schauspielern. Auch Ellen, von der er besonders angetan zu sein schien, war mittlerweile hier im Café aufgetaucht.

Später am Abend beschlossen Sissi und Ellen, vergnügungssüchtig, wie sie nun mal waren, noch in eine Cocktailbar nach Reutte zu gehen. Dort lief immer gute Musik und die Stimmung war recht lässig. An der Tür sprang Sissi plötzlich abrupt zur Seite Sie hatte jemanden entdeckt, an einem kleinen Tisch in einer versteckten Ecke, von dem sie nicht bemerkt werden wollte. Ein bärtiger, schlanker Mann in rosa Hemd und Jeans und eine rundliche, platinblonde Frau in schwarzen Leggings und Matrosentop: Sie tranken Caipirinha. Auch Ellen, der Sissis Reaktion nicht verborgen geblieben war, hatte die beiden entdeckt. Wie Profidetektive schlichen wir uns auf Zehenspitzen und leisen Pfoten an einen Tisch hinter einem japanischen Paravent direkt neben den beiden. Ich legte mch gemütlich auf die Bank. Sissi und Ellen lauschten gespannt.

»Und er hat einfach gesagt, dass er mit dir Loser nichts mehr zu tun haben möchte?«, fragte Sonja Schön fassungslos.

»Ja, dieser Sauhund. Für die Drecksarbeit war ich grad recht. Wie konnte ich mich damals nur so von ihm manipulieren lassen? Stell dir vor, der Hund wäre nicht dazwischengekommen ...!« Fischbach schnaubte.

»Dann wärst du jetzt vermutlich hinter Gittern«, sagte die Schön. In dieser netten Kleinstadt in Tirol fühlten sie sich anscheinend unbeobachtet, während in Füssen jeder jeden kannte.

»Und wenn das Hotel kommt, dann wärst du Teilhaber und Geschäftsführer, oder?«, fragte sie.

»So war der Plan, aber der Thomas Gubath wollte das ja verhindern. Und wenn die Sache durch Thomas an die Öffentlichkeit gekommen wäre, dann hätte der Wolf vielleicht nie das Musical bekommen. Und dann hat der Wolf mich dazu angestiftet, den Rest kennst du. Und jetzt ist Thomas tot!«

Sissi schaute stumm zu Ellen, ihre Augen wurden immer größer.

»Ich musste in Untersuchungshaft!« Fischbach setzte eine dramaturgische Pause. »Und dann hat der ja immer von irgendwelchen geheimen Briefen und Dokumenten gesprochen, der Thomas«, sinnierte Fischbach weiter. Kurze Stille.

»Und jetzt verrätst du Wolf nur nicht, weil du bei Wolfs Hotel noch immer Teilhaber werden willst?«, schlussfolgerte die Schön.

»Genau, den hab ich sauber in der Hand!«

Schade, dass wir Fischbachs Gesicht jetzt nicht sehen konnten.

»Warum bist *du* eigentlich so sauer auf den Wolf? Du hast doch einen guten Job«, fragte nun der Fischbach misstrauisch.

Die Schön zögerte. »Ach Andreas!«

»Jetzt komm! Ich war auch ehrlich!«

»Verdient hätte der Wolf eine Abreibung schon, oder?«, fragte sie unsicher.

»Okay, ich erzähl dir meine Geschichte: Einmal bin ich zu Wolf gefahren, hab an der schwarzen Designer-Haustüre geklingelt. Wolfgang hat im blauen Designerhemd, das er schon zur Arbeit getragen hatte, die Tür geöffnet. Ich hab zur Feier des Tages eine schwarze Bluse, einen schwarzen Rock und meinen trendigen Leopardenschal darüber getragen. Wir setzten uns auf das edle Sofa. Wolfgang hat Sektgläser aus der Küche geholt und ich hab elegant die Beine übereinandergeschlagen.«

Sissi und Ellen grinsten sich an. Wie elegant das ausgesehen hatte, konnten sich die beiden gut vorstellen.

Sonja Schön fuhr fort. »Wir haben uns zugeprostet. ›Worauf stoßen wir denn an, Sonja?‹, hat der alte Muhagl gefragt, während ich überlegt hab, wie ich ihm meine Gefühle für ihn am besten erklären soll.

›Ich war halt eifersüchtig auf die Schnell! Jeder weiß dass du sie derart bedrängt hast, dass sie gekündigt hat‹, hab ich gesagt. ›Und jetzt die Sissi als neue Sekretärin. Glaubst du, das Blondchen kann das?‹, hab ich gefragt. Doch er hat sie wie immer in Schutz genommen. ›Es gibt auch Frauen, die gut aussehen UND etwas auf dem Kasten haben‹, hat er gesagt. Ich hab ihn gefragt, ob er auf sie steht, er hat verneint. Dann haben wir über das Theater geredet, ich habe seine Führungsstärke gelobt und so. Dann hab ich mich eng an Wolfgang gekuschelt, ihm sind diese Worte wie Öl runtergegangen. Mittlerweile hatten wir schon fast die ganze Flasche geleert. Wolfgang war mehr und mehr fasziniert von meinem üppigen Dekolleté.«

Sissi und Ellen hielten sich jetzt den Mund zu, um nicht laut loszuprusten.

»»Weißt du, Wolfgang, für dich und das Musical würde ich alles tun‹, hab ich gesagt und mich an ihn gelehnt, ihm noch tiefere Einblicke in den tiefen, mehr versprechenden Spalt zwischen meinen Brüsten gewährt und ihn dann geküsst. Er hat meinen Kuss erwidert. Gierig hat er sich auf mich gelegt. Während er mich geküsst hat, hat er versucht, hastig mein Oberteil zu öffnen und ich seine Hose, was sich unter dem Gewicht seines stattlichen Bauches gar nicht so einfach gestaltete.«

»Du musst mir das nicht alles so im Detail erzählen«, meinte Fischbach um Freundlichkeit bemüht.

»Doch, Andreas, es ist mir wichtig zu sehen, wie du die Situation beurteilst. Und dazu musst du alles genau wissen. Ich schäme mich so.«

Es schien Sonja Schön wirklich nicht gut zu gehen. Jetzt tat sie Sissi leid. Was würde denn jetzt kommen? Und war sie nicht auch einfach nur eine Frau, die geliebt werden wollte, so wie sie war, mit allen Fehlern und Schwächen?

»Umständlich hatten wir es endlich geschafft und Wolf lag nackt auf mir. Gerade als er in Begriff war, den Liebesakt zu vollziehen, haben wir bemerkt, dass die Sache auf dem Sofa sehr unbequem war.

Nun, wir sind ja beide nicht so schmal. Er zog mich mit sich fort ins Schlafzimmer.

Auf dem Bett angelangt, haben wir versucht, dort weiterzumachen, wo wir im Wohnzimmer aufgehört hatten. Doch leider mussten wir beide feststellen, dass Wolfgangs edelstes Körperteil auch auf dem großzügigen Bett nicht dazu in der Lage war! Ich hab ungläubig auf Wolfs Männlichkeit gesehen, die gerade überhaupt nicht vor Manneskraft strotzte, sondern einem Miniwienerle im Blätterteigmantel glich, das nicht gegessen werden wollte.«

Sissi hielt sich ihren Schal vor den Mund und bebte vor Lachen. Gott sei Dank war es in der Cocktailbar ohnehin recht laut.

»Kreidebleich hat er sich aufs Bett gesetzt. So etwas sei ihm doch noch nie passiert. Ich war enttäuscht, Wolf schaute demonstrativ weg. Ich wollte die Situation retten, hab ihn aufmunternd angesehen und gesagt: ›Egal. Wir machen einfach später weiter!‹ Doch er hat meine Hand, mit der ich ihn streicheln wollte, unsanft weggestoßen. ›Später habe ich keine Lust mehr!‹«

Sonja Schön schluchzte. »Und dann hat er gesagt«, sie brachte es kaum heraus, »›Passiert dir das eigentlich öfter?‹ Ich hab geglaubt, mich verhört zu haben, doch er wiederholte: ›Ob dir das öfter passiert, dass die Typen bei dir nicht können?‹ Jetzt hat er mir eiskalt in die Augen geguckt, dann ist er aufgestanden und hat sich die Hosen angezogen. Dieses Arschloch. So viel Arroganz und Vermessenheit! Beleidigt, gedemütigt und verletzt hab ich mir hastig Rock und Bluse angezogen, BH und Schuhe in die Hand genommen, um möglichst schnell diesen schrecklichen Ort verlassen zu können.«

»So ein Idiot!«, meinte Fischbach lapidar, dem diese Situation entweder egal oder unglaublich peinlich war.

»Vielleicht ist er einfach zu alt«, überlegte Fischbach.

»Der Wolfgang hat ein Verhältnis mit der Vogler«, ergänzte die Schön, die sich langsam beruhigte. »Und bei mir kriegt er keinen hoch!« Wieder Schluchzen.

»Mei!«, versuchte Fischbach, diplomatisch zu antworten. »Ich glaub gar nicht, dass der Wolf unbedingt auf die Vogler steht. Er will sie halt unbedingt, entschuldige meine Wortwahl, bei der Stange halten! Der hatte doch zuerst etwas mit der Sekretärin, und auf die Sissi ist er auch scharf, der alte geile Bock! Aber die Vogler entspricht nicht seinem Beuteschema.«

»Du meinst, er benutzt sie nur?«

»Hast du nie bemerkt, wie die ihn anhimmelt? Die würde doch alles für den tun!«

»Er benutzt jeden und jede!«

»Da wird der Herr Vogler aber schnell den Geldhahn zudrehen, wenn er das erfährt«, schlussfolgerte er. »Dann würde ich wiederum nicht an meinen Hotelposten kommen, wenn der Wolf hier ausgebremst wird. Das wäre auch scheiße!«

»Ja, das wäre vielleicht dann das Aus, wenn er den Voglers die Anteile abkaufen müsste«, meinte die Schön.

»Das hat auch er nicht im Kreuz!«, sagte Fischbach hämisch.

Sie unterhielten sich über Vor- und Nachteile dieses Plans und ob der Wolf seine Baupläne bei der Stadt wohl durchkriegen würde, als ein Paar das Lokal betrat: ein fülliger grau melierter Mittfünfziger und eine braunhaarige, nicht mehr ganz junge Dame, die sich verliebt bei ihm eingehakt hatte. »Verzieh dich unauffällig, ich komme nach!« Die Schön verschwand durch den Hinterausgang, während es auch Fischbach gelang, von Wolf und der Vogler unbemerkt aus dem Lokal zu kommen, indem er sich durch die vielen Leute hindurchschob.

Zwei Paare, ein Gedanke!

Kapitel 22

Am nächsten Morgen, einem wunderbaren Sonntag im August, der aber schon herbstlich kühle Züge aufwies, entschloss sich Frauchen mit Middy und mir ein wenig hinaus in die Natur zu gehen. Wir machten einen fantastisch schönen Morgenausritt. Manche Leute mochten die Natur im Spätsommer am liebsten. Die Blätter trugen das für das Allgäu so typische, frische Grün. Die Luft war – zumal am frühen Morgen - frisch, würzig und angenehm kühl. Die großen Touristenschwärme hatten das Allgäu endlich verlassen.

Und so machten wir drei unsere Tour vorbei am malerischen Faulensee, durch Wälder, über Feldwege und erreichten schließlich eine Anhöhe, von der aus man einen fantastischen Ausblick hatte. Von dem kleinen Höhenzug mit dem Namen Senkele bis zum Tegelberg im Osten. Vor uns lagen die Orte Eisenberg, Hopferau wie kleine Dörfer in einer Modelleisenbahnlandschaft, weiter hinten konnte man das Dorf Pfronten mit seinem Hausberg Edelsberg erkennen. Dann ging es über einen Forstweg zurück Richtung Stall, Sissi ließ Midnight sehr lange galoppieren und ich hatte echt Mühe und Not mitzukommen. Gott sei Dank warteten sie am Ende jeder Galoppstrecke auf mich. Im Schritt ging es dann auf der kleinen Teerstraße vom Faulensee Richtung Stall. Ui, was war denn da an der gegenüberliegenden Seite der Straße? Da ich ein Eichhörnchen gesehen hatte, flitzte ich schnell quer über die Straße und ... Oh, Mist. Wumm! Aua! Bremsen quietschten. Sissi schrie.

»Verflixt noch mal, Hundskrippi elendiga!«, fluchte der Mann, der mich grad über den Haufen gefahren hatte. Er war neben der Straße ins Gras gestürzt, weil er den Fahrradlenker zu sehr herumgerissen hatte, als er mir ausweichen wollte. Schimpfend versuchte er nun, sich zu erheben, klopfte seine Hose ab und stellte sein Fahrrad auf. »Sie damischer preißischer Gschwollschädel, haben Sie denn keine Augen im Kopf? Ludwig, ist dir was passiert?« Außer sich vor Sorge war sie den Tränen nahe. Im Bruchteil einer Sekunde war sie von Midnight abgesprungen, zu mir geeilt und untersuchte mich auf mögliche Verletzungen, indem sie meine Beine und mein Gesicht abtastete und mich genau ansah, allerdings war mir gar nichts passiert, ich war nämlich sehr robust.

»Was heißt hier ›damischer Gschwollschädel‹? Und a Preiß bin i schon gar net. I bin aus Minga. Ihr Sauhund ist mir gradwegs ins Radl gelaufen!«, versuchte der Mann sich zu verteidigen. »Ich fahre hier ganz normal rechts, dann rennt mir Ihr durchgeknallter Köter ins Fahrrad. Des arme Radl, hoffentlich ist dem nichts passiert!«

»Dem Fahrrad nichts passiert, ich glaub, ich spinn. Gott sei Dank ist dem Hund nichts passiert!«

»Dem Hund fehlt nichts, Sie sollten sich lieber Sorgen um mich machen, gute Frau! Der Hund ist in mich reingelaufen, nicht andersrum!«, stellte er unmissverständlich fest. Der Mann kam uns entgegen und in meiner Eichhörnchen-Euphorie musste ich ihn wohl übersehen haben.

Das schien Frauchen irgendwie einzusehen und sie versuchte einzulenken. »Ist Ihnen denn etwas passiert? Oder dem Fahrrad? Ich habe ja eine Hundehaftpflichtversicherung. Da sollten wir das hinkriegen …«

Von ein paar Schürfwunden an der Wade und am Knie abgesehen schien der Mann unverletzt zu sein. Er war Mitte fünfzig, grauhaarig und hatte blaue, freundliche Augen. Seinen kompakten Körper hatte er in ein schickes, eng anliegendes schwarzes Fahrradoutfit gezwängt. Modell Presswurst.

»Wenn wir ein paar Meter vorgehen, da ist unser Stall, da können wir die Wunden desinfizieren und verbinden!«, meinte Sissi zuvorkommend, während sie Middy holte, der am Wegrand stand und Gras fraß.

»Ist das Pferd auch so lebensgefährlich?«, fragte er Sissi, die das aber beflissentlich überhörte. »Und am Stall wartet wahrscheinlich noch 'ne Kampfkatze oder ein Killerkaninchen?«, scherzte er weiter.

193

Sissi lachte. »Nein, außer den beiden gibt es keine Tiere mehr, keine Sorge!«

»Und mit wem habe ich das zweifelhafte Vergnügen? Der Hund heißt Ludwig, das habe ich ja schon mitgekriegt, und sein Frauchen?«

»Oh, ja, ich habe mich gar nicht vorgestellt. Ich bin Elisabeth Bierbichler.«

»Freut mich, also, nicht wie ich Sie kennengelernt habe, aber dass ich Sie kennengelernt habe! Nikolaus von Gaffron«, sagte er und grinste Sissi charmant und spitzbübisch an. »Sie scheinen ja wirklich nicht so schwer verletzt zu sein«, gab sie zurück.

Am Stall angekommen, übernahm eine Freundin Middy und versorgte ihn, während Sissi die Kratzer des Herrn mit Wasser abwusch, mit einer roten Paste desinfizierte und Pflaster drauf tat. Es waren nur ein paar Kratzer am Arm und einer an der Wade.

»Wenn Sie zum Arzt gehen, dann schicken Sie mir die Rechnung«, bot Sissi von Gaffron an.

»Ja, dann geben Sie mir doch Ihre Telefonnummer, oder haben Sie eine Visitenkarte?«

Sissi wunderte sich ein wenig, dass er das Angebot nicht ablehnte, wo es sich doch nur um ein paar Kratzer handelte, gab ihm aber ihre Karte.

»Darf ich Ihnen auch meine geben?«, fragte er.

»Natürlich, gerne«, erwiderte Sissi und nahm sie entgegen. »Nikolaus von Gaffron. Von Gaffron PR und Marketing. Schwerpunkte Kunst – Kultur – Klassik.«

Er verabschiedete sich und strampelte auf seinem hochmodernen Trailfahrrad davon.

Hoffentlich sehe ich den nie wieder.

»Musst du mir immer Ärger machen, Ludwig?« Sissi war entnervt. »Als ob mein Leben nicht spannend und chaotisch genug wäre, nein, mein Hund verursacht an einem Tag so viele Kollateralschäden wie Asterix und Obelix bei den römischen Legionären – und das bei einem läppischen Ausritt! Und ich darf die Suppe dann wieder auslöffeln und hoffen, dass der Typ nicht einen auf schwerverletzt mit Folgeschäden und Arbeitsunfähigkeit und so macht.«

Jetzt komm wieder runter, Sissi, dachte ich mir, *der Typ lässt uns mit Sicherheit in Ruhe …*

Gleich am nächsten Morgen tippte sie ängstlich seine Nummer.

»Hallo«, meldete sich eine angenehm sonore Stimme am anderen Ende der Leitung.

»Guten Morgen! Hier ist die Bierbichler Sissi, die mit dem verrückten Hund.«

Also jetzt mal halblang, Sissi, ich bin nicht der verrückte Hund, sondern der König!

»Ich wollte nur fragen, wie es Ihnen geht und was Ihre Wunden machen.«

»Ach, die Sissi, schön, von Ihnen zu hören, meine physischen Wunden sind bis auf ein kleines Brennen in Ordnung, aber . .« Er machte eine bedeutungsvolle Pause.

Sissi schluckte, befürchtete das Schlimmste und überlegte schon, wo sie ihre Hundehaftpflichtversicherungsunterlagen hingelegt haben könnte. »Nun, der psychische Schmerz, der Schock. Den könnten Sie aber lindern, wenn Sie mit mir zum Essen gehen würden. Heute Abend vielleicht?«

Sissi dachte nach.

»Moment mal, mein chaotischer Hund wirft Sie vom Fahrrad, ich beschimpfe Sie und Sie wollen mit mir essen gehen?«, fragte mein Frauchen nun grinsend.

»Ja, könnte man so sagen, ich neige manchmal zu Masochismus. Ich hole Sie heute Abend um 18:30 Uhr ab. Wo wohnen Sie?«

»In Rieden, Birkenweg 8!« Er hatte Sissi völlig überfahren.

»Na, dann bis heute um halb sieben und nehmen Sie das gemeingefährliche Vieh an die Leine!« Er lachte gut hörbar ins Telefon.

195

»Gemeingefährliches Vieh« nennt der mich! Ich war echauffiert. Jetzt tat mein Kopf von dem Zusammenstoß mit dem Radl ein wenig weh. *Wer bemuttert* mich *jetzt?*

»Ludwig, der will mich zum Essen einladen?! Muss ich das jetzt verstehen? Na, egal, wir haben abends eh noch nichts vor. Mal sehen, wie das wird. Aber erst müssen wir heute noch arbeiten!«

Kapitel 23

Nachdem Sissi mich versorgt und das ewig gleiche Spiel hinter sich gebracht hatte: duschen, schminken, Haare frisieren und ein schönes Sommerkleid anziehen, eilten wir die Treppe hinunter. Da wartete schon der Herr von Gaffron vor einem eleganten weißen Audi Q3. Lässig und mit breitem Grinsen stand er an den Wagen gelehnt, trug ein sommerliches hellbraunes Jackett, ein rot-weiß gestreiftes Hemd und helle Hosen.

Mist, Audi ist Frauchens Lieblingsautomarke. Da hatte er jetzt schon gepunktet. Er begrüßte zuerst Sissi, Küsschen rechts, Küsschen links, dann mich mit »Hallo Hund«. Immer diese Münchner!

Er kramte in seiner Tasche. Was machte er denn?! Der Graumelierte packte ein Leckerli aus und fragte Sissi, ob ich das haben dürfe.

Klar, lass rüberwachsen, Nikolaus! Der Mann hatte den richtigen Namen. Sissi nickte und ich kassierte schnell das Leckerli. Wir setzten uns ins Auto, galant hielt er Sissi und mir die Türe auf. Wir saßen nämlich beide vorn. Über eine enge, kleine Straße fuhren wir einen Berg in Pfronten hoch. Ich kletterte auf Sissis Schoß, um besser sehen zu können, und staunte nicht schlecht. Vor mir, in unmittelbarer Nähe von Pfronten, tat sich ein altbekannter Berg, ein majestätisch steiler Felsen aus Wettersteinkalk auf, den ich schon immer liebte: der Falkenstein mit den Resten der Burgruine, wo König Ludwigs fünftes Traumschloss, die Gralsburg, hätte stehen sollen. Fantastisch schön, ergreifend, man spürte den Geist, den Idealismus König Ludwigs, die Energie des Ortes.

Ich schluckte hart. Sissi merkte es und folgte meinem melancholischen Blick.

»Ja gell, Ludwig, hier am Falkenstein ist es schön; dort wollte dein Namensvetter, König Ludwig von Bayern, sein fünftes Schloss errichten.«

Pfronten, Burg Falkenstein, 1883

Der Fels hebt die Feste Falkenstein gegen den Himmel wie der Priester den Kelch der Erkenntnis bei einer Gralsmesse. Falkenstein, vierhundert Meter über dem Talboden und 1268 Meter über dem Meeresspiegel, ist Deutschlands höchstgelegene Burgruine. Richard und ich sind schon vor den anderen Reitern da. Im Galopp sind wir die bewaldete Fahrstraße hochgeritten. Welche Freude! Die Rösser sind im halsbrecherischen Renngalopp hochgejagt, weil jeder der Erste oben sein wollte. Nur in der scharfen Linkskurve haben wir sie ein wenig zurückgenommen. Dann wieder Tempo. Ein Zungenschnalzer genügt. Ein Rennen zwischen meinem Braunen und Hornigs Fuchs, die Hufe dröhnten wie Donnerhall, aufgewirbelter Staub, wehende Mähnen. Rasende, schnaubende Pferde mit geblähten Nüstern. Wir steigen von den Pferden ab, die noch immer keuchend und pumpend dastehen, das weiche Fell weiß vom Schweiß, die Adern sich am Hals abzeichnend.

»Sehen Sie, Ihre Majestät, der wundervollste Punkt des Allgäus!« Ich muss ihm recht geben. Ich binde meinen Lieblingsbraunen an einem Haselnussast an und gehe die Treppen zur Burgruine zu Fuß. Welche Begeisterung, welche Energie meine Sinne überflutet. Ich bin gänzlich überwältigt. Richard weiß, dass er mich jetzt nicht ansprechen darf, er zieht sich dezent zurück, ich will diesen Ort einfach nur genießen, spüren und in mir aufnehmen. Die Aussicht ist gewaltig. Ich klettere noch zwei große Steine hoch, setze mich darauf auf meinen ausgebreiteten Rock und lehne mich an das alte, zerfallene Gemäuer. Mir zu Füßen breitet sich mein geliebtes Allgäu aus, mein All, mein Kosmos; stolz atme ich ein und genieße das Gefühl der Allmacht. Die Burgruinen zu Eisenberg und Freyberg, die kleinen Weiler und Dörfer, die Sträßchen, Wälder und Wiesen. Und München ganz weit weg! Ich schließe die Augen und visualisiere mein neues Schloss hier auf dem schmalen Felsen. Es wird die »Neue

Burg« um ein vieles übertreffen. Noch mehr kleine Spitztürmchen, noch mehr gotische Spiegelfenster. Ungeduld überkommt mich. Ich möchte sofort zu bauen anfangen. Die Ingenieure und Bauherren sollen heute Abend noch mit mir zusammen planen. Und wenn es die ganze Nacht dauert! Mit übervollem Herzen und Tränen in den Augen stehe ich auf und umrunde die Burg. Hornig, der Treue, schläft im Gras, ich störe ihn nicht, laufe ganz leise und achtsam um die Burg herum. Die hehre Gebirgskulisse, die ich nur überschaue, ist göttlich schön. Am östlichen Ende der Burg lehne ich mich an eine ehrwürdige Linde und erblicke schließlich meine Gralsburg, die »Neue Burg«. Ein wahr gewordener Traum, mein Rückzugsort vor der Welt, eingebettet in die Berge wie ein stolzer Adler in seinen Horst. Und wieder lacht mein Herz. Die Lage hier ist perfekt! Ich höre die anderen Reiter kommen. Sogleich werde ich sie instruieren.

»Ludwig, träumst du immer noch von deinem Schloss?« Eine vertraute Frauenstimme sprach mich an, aber so vulgär? »Ludwig, Schatzi!« Schockiert öffnete ich die Augen. Es war Sissi, mein Frauchen … Angesichts der nicht mehr so romantischen Realität schluckte ich schwer.

Wir stiegen aus dem Auto und liefen Richtung Restaurant, das sehr nobel und im alpenländischen Stil gebaut war; natürlich musste ich vorher noch schnell am Parkplatz eine Duftmarke hinterlassen. Die sollten ruhig wissen, dass ich da war! Der Kies machte ein angenehm knirschendes Geräusch. Viele Holzschnitzereien, eine elegante Holzterrasse und gepflegte Blumen in modernen, trapezförmigen Blechvasen schmückten das Anwesen im Chaletstil. Opulente Stilmöbel, weiche Orientteppiche und schöne Dekorartikel führten diesen Stil konsequent im Inneren des Hotels fort. Stolz traten wir ein. Nikolaus war stolz darauf, eine so schöne und junge Begleiterin zu haben, Sissi war stolz darauf, von einem schicken Herren so nobel ausgeführt zu werden, und ich war sowieso immer stolz. Eine freundliche Kellnerin im Designer- Dirndl nahm den beiden die Jacken ab und führte uns zu einem Tisch in der Stube. Wir setzten uns hin. Sissi auf die Bank, von Gaffron ums Eck auf einen Stuhl, ich dazwischen. Sie unterhielten sich angeregt, während eine Frau Brot, Salz und verschiedene Aufstriche servierte. Eine andere brachte die Aperitifs, Hugo für Sissi und Gin Tonic für Nikolaus. Frauchen war neugierig und wollte alles über den netten Herren wissen, während er freimütig erzählte. Er lebte und arbeitete in München, wo er eine PR-Agentur hatte, die sich hauptsächlich mit Kunst und Musik beschäftigte. Sissi fand das sehr spannend, denn sie hatte ja Kunstgeschichte studiert.

»Wo leben Sie in München?«, fragte sie mit vollem Mund, während sie genüsslich ein Brot mit Frischkäse kaute. So schick war sie bisher noch nie ausgeführt worden.

»In Schwabing, dort habe ich eine ganz nette Penthouse-Wohnung.«

»So ein richtig cooles Apartment mit Blick über die Stadt?«, bohrte Sissi mit vollem Mund weiter.

Er grinste verschmitzt und schien sich über ihre ehrliche, natürliche Art zu freuen. »Ja, ich denke, es ist schon recht nett. Damals, vor vier Jahren, habe ich sie bezogen, nachdem sie neu gebaut worden war. Am besten kommt ihr mal vorbei und guckt es euch an. Du hast von der Dachterrasse aus wirklich einen tollen Blick über die Stadt.« Dabei guckte er mich freundlich an, der ich zwischen den beiden saß und alles im Blick hatte.

Sissi mochte die zurückhaltende und zugleich wertschätzende Art dieses klugen Mannes. »Und du lebst dort allein? Entschuldigung, wenn ich zu neugierig bin. Du musst meine Frage auch nicht beantworten.«

»Kein Problem, ja, ich lebe allein dort.« Er erzählte von seiner Ex-Frau, die ihn damals betrogen hatte, dass er sich hatte scheiden lassen und seitdem allein lebte und diese Zeit auch gebraucht hatte, um sich an die neue Situation zu gewöhnen. Das alles erzählte er ohne Groll in einer bemerkenswerten Ruhe.

Sissi fühlte sich wohl in der Gegenwart dieses Mannes. Nach einer Flädlesuppe wollte von Gaffron uns näher kennenlernen. »Ja und du, Sissi, was machst du so den ganzen Tag, wenn du nicht grad mit Hund und Pferd unterwegs bist und arglose Fahrradfahrer umbeamst?«

Sie lachten beide los. Sissi begann zu erzählen. Interessiert schaute er mein Frauchen an. Und so wie er das tat, hatte er sich wohl ein wenig in sie verliebt. Ob er sich wünschte, er wäre jünger und könnte diese Frau, die nicht nur attraktiv, sondern auch klug und lieb war, erobern? Jetzt tat er mir leid. Hatte denn Liebe etwas mit Alter und sonstigen Grenzen zu tun? Konnte Liebe nicht all diese scheinbaren Grenzen überwinden? War es überhaupt Liebe, wenn sie es nicht tat?

Sissi erzählte, dass sie ihr Geld bisher mit dem Kutschefahren verdient hatte und für das Musical arbeitete. Dass sie ihrem blöden Boss vom Kutschbetrieb gekündigt hatte und dass sie jetzt im Büro des Musicals »Ludwig und Richard« arbeitete. Von ihrem Kunststudium und von den Sorgen wegen des Musicals. Der Hauptgang wurde serviert. Rinderfilet mit Herzoginkartoffeln und Pfifferlingen brachten die zwei vorübergehend zum Schweigen.

»Und du lebst ganz allein in Rieden?«

Sie lebt nicht allein, sondern mit mir, Nikolaus, reicht das nicht?, dachte ich mir wütend und bellte einmal auf.

»Nein, ich lebe da nicht allein!« Von Gaffrons Mut sank. »Ich lebe doch mit dem Ludwig da!«

»Mit dem Ludwig? Ach, mit DEM Ludwig?«, sagte er und guckte mich dabei erleichtert an. Entspannung legte sich wie ein weicher Schleier auf seine freundlichen Gesichtszüge.

»Ja, und dein Freund hat nichts dagegen, dass ich dich heute Abend ausführe?«

»Nö, der hat nichts dagegen!«

Jetzt prusteten beide los. Bis zum Nachtisch unterhielten sie sich noch über das Musical und von Gaffron hörte eigentlich die meiste Zeit nur interessiert zu. Nur ab und zu stellte er Zwischenfragen. Zum Nachtisch gab es Crème brulée, danach fuhr er uns heim.

»Und wo wohnst du hier?«, fragte Sissi noch.

Er erzählte, dass er in Füssen eine kleine Dachgeschosswohnung gemietet hatte und fast jedes Wochenende hier sei, um sich von seinem stressigen Job zu erholen. Er küsste sie zum Abschied galant auf die Wange, druckste ein wenig herum und fragte dann schüchtern: »Sissi, ich will nicht, dass du das jetzt falsch verstehst, aber glaubst du, wir könnten das wiederholen? Mal wieder zusammen Essen gehen oder eine Wanderung machen? Ich weiß, ich bin viel älter als du, aber ich freue mich einfach darüber, mit dir etwas Zeit zu verbringen. Aber ich verstehe auch, wenn du das nicht willst. Ich will mich nicht aufdrängen. Ich fühle mich in deiner Gegenwart einfach nur unglaublich wohl.«

Jetzt war es Sissi, die schüchtern lächelte und beschämt zur Seite schaute. Wie Lady Di sah sie dabei aus. *Süß.*

»Nein, Nikolaus, du drängst dich nicht auf, und ja, wir können das wiederholen. Ich fand es auch sehr schön mit dir. Vielen Dank! Meld dich einfach, wenn du wieder hier im Lande bist und Lust hast. Also Lust, uns zu treffen!«

Beide lachten wie zwei unsichere Teenager und dann gingen wir in unsere Wohnung.

»Der ist total nett, oder, Ludwig?« Ich bellte zustimmend. »Aber halt schon ein bisschen alt, der ist ja bald fünfzig, ich gerade mal Anfang dreißig. Aber wir hatten echt Spaß miteinander. Warum können die jungen Männer nicht so nett sein wie die älteren?«

Sissi, Cosima Wagner war auch acht Jahre älter als König Ludwig, ebenso die Kaiserin Sissi damals, und Wagner war über dreißig Jahre älter als König Ludwig. Gemeinsame Interessen, Seelenverwandtschaft, das waren die Dinge, die zählten.

Mit diesen Gedanken schliefen wir beide zufrieden ein.

Kapitel 24

Am nächsten Morgen saßen wir wieder pünktlich im Büro, wo Sissi als Erstes die E-Mails checkte. Unser Büro war ein freundlich heller Raum mit Blick auf den hinteren Parkplatz und schöne, groß gewachsene Linden und Kastanien. An der Wand hing ein impressionistisches Landschaftsbild in blauem Holzrahmen und auf dem Schreibtisch standen ein Foto von Midnight und mir! Große grüne Pflanzen, ein Ficus und ein Gummibaum, schafften ein angenehmes Raumklima. Der Wolf saß im Zimmer nebenan. Die Verbindungstüre war, wie so oft, nur angelehnt. Sissi hörte jemanden in sein Büro kommen. Nachdem sie den E-Mail-Verkehr getätigt hatte, hielt sie jetzt inne, um keine Geräusche zu machen und ungestört lauschen zu können. Außerdem legte sie ihren Zeigefinger auf ihren Mund, um mir zu signalisieren, dass ich still sein sollte.

»Hallo Wolfgang!«, zwitscherte eine verliebte Stimme nicht ganz so fröhlich.

»Guten Morgen, Toni, so früh schon wach? Setz dich! Magst an Kaffee?«, fragte er.

Wir vernahmen keine Antwort, hörten den Wolf aber aufstehen und um seinen Schreibtisch gehen. Kleidung knisterte. Sie schienen sich zu umarmen und vielleicht sogar zu küssen.

»Unser Date neulich war schön. Im Außerfern kennt einen wenigstens keiner!«

»Ja, Wolfi, ich habe meinem Mann gesagt, wir haben noch einen Geschäftstermin wegen des Hotels. Ich hoffe, der merkt nichts. Aber eigentlich interessieren ihn eh nur seine Oldtimer.« Sie seufzte.

»Der ist doch selber einer.« Der Wolf lachte auf. Gustav Vogler war deutlich älter als seine Frau Antonie und mit seinen weißgrauen Haaren und der schmächtigen Figur sah er auch deutlich älter aus als sie.

Er hantierte nun am Kaffeeautomat herum. Sissi saß weiter unbeweglich an ihrem Schreibtisch und lauschte, hielt aber einen Stift in der Hand, um im Notfall so tun zu können, als ob sie etwas schreiben würde. Sie ging immer auf Nummer sicher.

»Du, der Gustav findet das mit dem Hotel gar nicht so gut. Er will alles so lassen, wie es ist«, formulierte Antonie Vogler vorsichtig.

Der Wolf stöhnte genervt. »Ich habe ihm doch alles vorgerechnet, alle Pläne gezeigt und so weiter. Ihr verdient doch damit auch viel mehr.«

»Ich bin ja auch dafür, wobei, meinetwegen können wir es auch einfach so lassen, wie es ist.«

Er schien sie böse anzusehen, denn sie verteidigte sich sofort: »Schon gut, ich weiß ja, wie viel dir daran liegt. Jetzt muss es erst mal der Stadtrat genehmigen!«

»Ich gehe heute Mittag noch zum Schwarz, der hat den Vorverkaufsvertrag fertig gemacht! Das zeig ich dann dem Bürgermeister, dann wird sich schon alles schaukeln!«, ergänzte der Wolf mit optimistischer Stimme. »Komm halt mit! Danach gibt's Weißwürste in der Markthalle!«, schlug er vor.

Bei dem Wort Weißwurst horchte ich auf und stellte ein Ohr auf.

Sissi, wir hatten auch schon lange keine Weißwürste mehr! Da könnten wir doch mal wieder zu der guten Metzgerei in Schwangau gehen! Zum Franz, der mag uns so gerne und schenkt mir immer eine Weißwurst oder Knochen. Ich war im Begriff, vor Begeisterung laut zu bellen.

Sissi schüttelte den Kopf und formte ein Nein mit ihren Lippen.

»Ne, Wolfi, ich glaub, das ist zu gefährlich. Mein Mann ist zu der Zeit auch in der Stadt unterwegs. Und er hat so viele Freunde, die uns zusammen sehen könnten. Aber schick mir eine SMS, wenn du den Vertrag hast! Ich muss dann weiter!« Nachdem sie sich zum Abschied nochmals geküsst hatten, verließ sie den Raum und der Wolf kam in unser Büro.

»Du, Sissi, ich fahre über Mittag schnell in die Stadt, ich muss noch zum Schwarz.«

»Wolfgang, wie lange dauert das?«, fragte Sissi schnell.

»Nicht so lang, vielleicht eine halbe Stunde!«, antwortete er und wollte schon das Büro verlassen.

»Tät'st uns mitnehmen? Der Ludwig und ich haben so Lust auf Weißwürste und wir müssen auch noch etwas abholen in der Stadt«, fragte sie süßlich. Was hatte sie denn vor? Ging es ihr wirklich um die Weißwürste?

Wenig später stiegen wir in den schicken schwarzen Audi mit hellen Ledersitzen ein.

»Steig ein! Aber lass den Hund unten, sonst habe ich überall die Haare«, forderte er kleinlich und ich guckte ihn schief von der Seite an.

»Was wollte eigentlich die Polizei neulich von dir?« Sissi versuchte, die Frage so beiläufig wie möglich klingen zu lassen.

Wolf schaute sie an. »Ach die, die befragen doch alle, die etwas mit Thomas zu tun haben«, redete er sich heraus.

Sissi wunderte sich, warum sie Wolf nicht auch in Untersuchungs- haft nahmen, schließlich hatte er doch ein Mordmotiv. Oder wusste das die Polizei nicht? Das mit der Abfindung und den geheimen Plä- nen und Mauscheleien zwischen Wolf und Fischbach.

»Warum? Denkst du etwa, ich hätte ihn umgebracht?« fragte er nun leicht irritiert.

Sissi bekam ein wenig Angst. »Nein, aber …« Wie sollte sie jetzt aus der Verlegenheit wieder rauskommen? Sie saß in der Falle. In seinem Auto. Verzweifelt guckte sie mich an. »Nein, aber jetzt su- chen sie Thomas' Mörder schon lange. Zwei Wochen oder so. Und ich habe halt Angst.«

Wolf schwieg. Das Thema schien ihm nicht zu behagen.

In Füssen angekommen parkte er seine Nobelkarosse in einer zentralen Tiefgarage und wir liefen zusammen zur Markthalle. Dort trennten sich unsere Wege.

»Ruf an, wenn du fertig bist«, rief Sissi ihm nach. »Wir brauchen so eine knappe halbe Stunde.«

Er ging ins Maklerbüro, wir steuerten einen kleinen, netten Mittagsimbiss an. Doch natürlich ging es Sissi nicht um die Weißwürste. Ich hatte mich zu früh gefreut. Sie drehte um und schlich ihm hinterher, vor dem geöffneten Bürofenster des Maklers, das einer kleinen Gasse zugewendet war, blieb sie gebückt stehen und lauschte.

Musste sie immer auf eigene Faust ermitteln und sich in Gefahr begeben? Wollte sie nun Privatermittler werden? Detektivin? Wobei, Kommissar Rex tat das schließlich auch. Angesichts meines knurrenden Magens wurde ich aber dann doch knurrig.

Wir lauschten. Hoffentlich würde uns hier niemand sehen ...

»Hallo Wolfgang!«

»Hallo Christian, setz dich!«

»Und, wie sieht's aus?«, fragte der Wolf gespannt.

»Gut!«

»Wie, gut?«, fragte der Wolf ungeduldig. »Hast du den Vertrag?«

Der Makler ließ sich Zeit.

»Hier ist der Vorverkaufsvertrag für das Grundstück. Zum ausgemachten Preis«, sagte er dann sachlich.

»Und wann können wir den richtigen Vertrag machen? Nächste Woche ist Sitzung«, hakte Wolf nach.

»Den habe ich morgen fertig und für Dienstag habe ich einen Notartermin machen lassen. Der ist aber noch nicht bestätigt. Zufrieden?«

»Ja, dann nehm ich den jetzt mit und zeig ihn dem Sepp!«

Er stand auf. »Danke nochmals, Christian! Pfiat di.«

»Passt scho!«, antwortete Christian knapp.

Wir rannten schnell zu dem Imbiss und verdrückten hastig noch Weißwurste mit Breze. Ich natürlich nur die Weißwurst. Lecker! Dass Sissi zu Weißwurst Ketchup aß, fand jeder unglaublich. In München würde sie vermutlich dafür gelyncht werden. Als wir gerade mal eine Wurst gegessen hatten, rief der Wolf an er sagte, wir könnten uns noch eine halbe Stunde Zeit lassen, weil er noch kurz zum Bürgermeister müsse. Sissi freute es, denn so konnten wir noch ein wenig durch die Stadt bummeln. Sie war sehr selten in der Stadt, weil sie das mit dem Parken nervte, und ich nervte sie zusätzlich, da ich immer überall schnüffeln wollte. Aber wenn sie mal da war, genoss sie es trotzdem immer.

Füssen war eine liebliche mittelalterliche Kleinstadt mit schon südländischem Flair. Es gab kleine Handwerksläden, Drogerien, Eiscafés und einen Indianerladen, der es Sissi besonders angetan hatte, da sie auf diesen spirituellen Quatsch stand. Oftmals zündete sie auch Räucherkerzen an und meditierte vor so einer dicken, glatzköpfigen Figur. Da könnte sie genauso gut auch mich anbeten.

Wir schlenderten durch die Fußgängerzone mit den bunten Häusern und schön bemalten Fassaden und genossen den imposanten Blick auf das hohe Schloss, das ein wunderbares Beispiel für Illusionsmalerei und ein gotischer Prachtbau war, der stolz am Ende der Reichenstraße stand, wo die Ritterstraße die Reichenstraße traf. Die bunten Stadthäuser darunter, in einer Rechtskurve von der Ritterstraße kommend, gaben dem Ganzen ein schönes Fundament und perspektivischen Schwung.

Am Stadtbrunnen trafen wir Whitey, den Künstler. »Ja, der Ludwig und seine Sissi, schön, euch zu sehen!« Er erzählte uns, dass der Willi sehr traurig sei, dass es aus war mit Sissi, was ihr und mir relativ »wurst« war.

»Ach, der findet schnell eine andere«, meinte Sissi beiläufig. Dann verabschiedeten wir uns und liefen Richtung Parkhaus.

Vor einem Souvenirladen am unteren Ende der Reichenstraße blieb Sissi abrupt stehen.

Etwas war ihr nicht wurst, sondern versetzte sie in tiefe Trauer. Ich blieb stehen und guckte mir diesen Kitsch auch an! Das schöne, junge Antlitz des Märchenkönigs, der hier von ebenso vielen gehasst wie geliebt wurde, auf Servietten, Gläsern, Glasuntersetzern. König-Ludwig-Figuren in Miniatur und schließlich eine Karikatur des Märchenkönigs auf einem Geschirrtuch.

»Guck dir diesen Mist an. Ein Geschirrtuch mit dem König drauf!« Sie sah meine gerunzelte Stirn. »Du magst das auch nicht, gell?« Mein sturer Blick beantwortete ihre Frage.

»Unser geliebter Kini wie eine Prostituierte verkauft, als Merchandising-Star vermarktet wie Daniela Katzenberger, sein Gesicht, um sich die schmutzigen Hände dran abzuwischen! Nur damit einige Geschäfte und Verkäufer einen großen Profit daraus schlagen. Für die einen der verrückte, schwule Exzentriker, der das Land mit seinen Prunkbauten nahezu in den Ruin getrieben hatte, für die anderen der idealisierte, sensible, perfekte Mensch, Künstler und König. Warum sieht ihn nicht einfach mal irgendjemand differenzierter? Wer weiß denn zum Beispiel von seinen technischen Begabungen, von seinen Plänen, von seinen Träumen zu fliegen …« Beim Gedanken an seine Flugmaschine, die ihn über den Schwansee tragen sollte, kam sie direkt ins Schwärmen.

Wortlos überquerten wir die Straße und schon kurze Zeit später trafen wir Wolfgang.

»Hallo Wolfgang, das ist ja ein super Timing! Hat alles geklappt bei dir?«, fragte sie durchaus zwiegespalten, was sie aber gut verbergen konnte. Raffiniert, die Frau.

»Ja, alles gut. Ich habe den Vorverkaufsvertrag bekommen und der ist jetzt beim Bürgermeister, in Kopie natürlich. Jetzt kann ich nur noch hoffen, dass der seine Leute im Griff hat.« Er wirkte dennoch verhalten.

»Aha, toll!«, erwiderte sie bemüht freundlich.

Der Wolf aber war ungewohnt ruhig. Er schien nachzudenken. Sissi wurde ganz heiß und kalt. War sie die Nächste, die ihm nun im Wege stand? Die er loswerden musste, damit sie ihn nicht an seinen hochtrabenden Plänen hinderte?

Im Auto sah er sie unvermittelt an.

»Du, Sissi, es wurmt mich frei schon, dass du mich für Thomas' Mörder hältst.«

Sissi standen Perlen von Schweiß auf der Brust. Sie schluckte. »Nein, Wolfgang, das meine ich nicht so! Ich bin halt nur verwirrt und ich habe Angst. Schließlich läuft da noch ein Mörder frei herum!«

»Ja, aber wenn du mich für so einen Dreckskerl hältst, dann ist mir lieber, du arbeitest nicht für mich.«

Das hatte gesessen. Er fuhr los. Am Festspielhaus angekommen, blieb er Gott sei Dank stehen.

»Ich bin nur so geschockt und verwirrt. Bitte sei mir nicht böse. Ich verdächtige zurzeit jeden«, sagte sie.

Der Wolf versuchte ein Lächeln. »Die Polizei verdächtigt mich nicht mehr. Sie haben kein genetisches Material von mir an Thomas gefunden.«

Sissi sah ihn erstaunt an. Wer war denn dann der Mörder?

»Aber frag doch lieber mal den Karl Beyerle. Der hätte wohl eher einen Grund gehabt, Thomas aus dem Weg zu räumen!« Sissi traute sich jetzt nicht mehr nachzufragen.

»Wieso der Karl?« Sie zermarterte sich das Gehirn. Mord aus Eifersucht, Ludwig, hältst du das für möglich?«

Abends im Stall entdeckten wir eine Tüte, die vor Middys Box hing. Sissi machte sie auf. Darin waren einige Möhren und ein handgeschriebener Brief. Sissi las halblaut vor.

»Lieber Midnight,

ich sende dir auf diesem Wege eine Nachricht und hoffe, du kannst mir helfen. Dein hübsches Frauchen Sissi und ich waren neulich zusammen schick essen, was tiefen Eindruck bei mir hinterlassen hat. Sissi ist nicht nur überirdisch schön, sondern auch klug und lieb. Ja, wenn ich nur zwanzig Jahre jünger wäre! Ich beneide dich, du wunderschöner, stolzer Lipizzaner, dass du ein solches Frauchen hast. Natürlich traue ich mich gar nicht, deinem Frauchen meine Gefühle mitzuteilen, deswegen wende ich mich an dich: Vielleicht kannst du ja ein gutes Wort für mich bei ihr einlegen. Man weiß ja, wie das so ist, Frauen und ihre Pferde.

Noch ein Punkt, lieber Midnight: Sehr gerne würde ich dein Frauchen zu einem Opernabend einladen. Das ist allerdings in Innsbruck und wir würden dort in einem hübschen, kleinen Hotel übernachten. Bei der Oper handelt es sich um ›Tristan und Isolde‹. Du könntest ihr ja vielleicht schon mal vorab ein wenig Lust darauf machen! Das wäre sehr lieb von dir.

Anbei schicke ich dir neben ein paar Möhren (bitte denke nicht, dass das Bestechung ist!) ein Goethe-Gedicht, das meine Emotion, die ich nach unserem Essen hatte, sehr gut wiedergibt. Ich weiß, dass auch Sissis Herz für Goethe schlägt.

Also lieber Midnight, bis bald und drück mir die Daumen.

       Dein Nikolaus von Gaffron.«

Johann Wolfgang von Goethe
Willkommen und Abschied
(Frühere Fassung, 1771)
Es schlug mein Herz. Geschwind, zu Pferde!
Und fort, wild wie ein Held zur Schlacht.
Der Abend wiegte schon die Erde,
Und an den Bergen hing die Nacht.
Schon stund im Nebelkleid die Eiche
Wie ein getürmter Riese da,
Wo Finsternis aus dem Gesträuche
Mit hundert schwarzen Augen sah.

Der Mond von einem Wolkenhügel
Sah schläfrig aus dem Duft hervor,

Die Winde schwangen leise Flügel,
Umsausten schauerlich mein Ohr.
Die Nacht schuf tausend Ungeheuer,
Doch tausendfacher war mein Mut,
Mein Geist war ein verzehrend Feuer,
Mein ganzes Herz zerfloß in Glut.

Ich sah dich und die milde Freude
Floß aus dem süßen Blick auf mich.
Ganz war mein Herz an deiner Seite,
Und jeder Atemzug für dich.
Ein rosenfarbnes Frühlingswetter
Lag auf dem lieblichen Gesicht
Und Zärtlichkeit für mich, ihr Götter,
Ich hofft es, ich verdient es nicht.

Der Abschied, wie bedrängt, wie trübe!
Aus deinen Blicken sprach dein Herz.
In deinen Küssen welche Liebe,
O welche Wonne, welcher Schmerz!
Du gingst, ich stund und sah zur Erden
Und sah dir nach mit nassem Blick.
Und doch, welch Glück, geliebt zu werden,
Und lieben, Götter, welch ein Glück!

»Wow, Ludwig!« Sissi staunte nicht schlecht. Der Brief war auf ein
wunderschönes Briefpapier geschrieben, das weich gezeichnete
Blumenornamente aufwies und nach Veilchen roch. Sie war sehr
gerührt. Erneut roch sie an dem duftenden Papier und schloss ihre
Augen. Der Nikolaus hatte sie beeindruckt. Der hatte Stil!
»Der ist ja krass drauf. Der ist das volle Gegenteil von Willi!«, rief
Sissi erfreut aus.

Tja, meine Liebe! Endlich mal ein wirklich netter Mann.

»Hat dein Pferd einen Liebesbrief bekommen?«, fragte nun eine Reiterin spitz, die gerade um die Ecke bog. Sissi faltete den Brief schnell zusammen.

»Sieht ganz so aus!«, antwortete sie überlegen und abweisend und klang dabei wohl etwas arrogant. »Ist halt auch der Schönste im ganzen Stall!«

»Und meiner ist der Beste, der geht jetzt schon die Galopptraversalen«, erzählte die dunkelbraun gelockte Reiterin stolz. »Letzte Woche sind wir in Kaufbeuren die M-Dressur gegangen und waren platziert. Mei, war ich stolz!«

»Schön für euch!«, erwiderte Sissi tonlos und hoffte, dass sie ihre Gesprächspartnerin bald wieder los wäre und sie sich in Ruhe schmusend von Middy verabschieden könnte.

»Mei, für den Turniersport sind die Lipizzaner halt nicht so geeignet, gell?«, fuhr diese nun spitz fort.

»Das würde ich so nicht sagen. Denk nur an die hohe Schule! Die Lipizzaner lassen sich nur nicht alles gefallen und zu armen Wichten degradieren wie eure Warmblüter!«, antwortete Sissi frech und fragte sich, warum sie sich eigentlich mit dieser Frau anlegte.

Diese guckte nun erzürnt.

»Willst du damit sagen, mein Ramiro sei ein degradierter Wicht?«, fragte sie echauffiert.

»Ja, schau doch mal, wie freudlos eure Rösser gehen, da ist doch jeder Stolz weg, ihr biegt die doch nur mit Gewalt nach unten und verlangt dann die Lektionen. Lasst uns doch mit dem Schmarrn in Ruhe!«, erklärte sie genervt und ließ sie stehen.

Ich trabte ihr hinterher. Middy wieherte uns nach.

Als wir im Auto saßen, ließ sie ihrem Unmut freien Lauf: »Diese Stallweiber gehen mir so auf den Keks! Die meinen, sie können alles, und merken dabei gar nicht, wie sie ihre Pferde quälen. Und dass der Wolf den Vorverkaufsvertrag bekommen hat, macht mich auch traurig. Ich hatte von dem Makler so einen guten Eindruck. Und der Wolf mag mich nun gar nicht mehr. Aber der Nikolaus, der ist toll.« Ein Lächeln huschte über ihr Gesicht.

Nach dem Essen griff sie zum Telefon. Da sie wie immer auf Lautsprecher stellte, konnte ich alles mithören.
»Hallo!«
»Hallo Nikolaus, wie geht's dir?«, fragte Sissi höflich.
»Gut, besonders wenn ich dich höre! Und dir?«
»Geht so.« Da sie ihm vertraute, erzählte sie ihm von der Frau im Stall und von Wolfs Plänen und dass er den Vorverkaufsvertrag vom Makler bekommen hatte.
Von Gaffron hörte zu, ohne Zwischenfragen zu stellen.
»Sag das bitte aber nicht weiter. Und stell dir vor, ich werde gestalkt!«, ergänzte sie neckisch.
»Nein, von wem?«, fragte er besorgt.
»Muss ein Verrückter sein. Er schreibt meinem Pferd Liebesbriefe!« Sie verzog den Mund zu einem Grinsen.
»Aha. Muss wirklich ein Verrückter sein. Oder ein …«
Er machte eine Pause. »Verliebter. Das ist ziemlich ähnlich!« Er machte wieder eine Pause.
»Er will mich in die Oper einladen!«
»Also doch kein Verrückter. Klingt nach Kultur.«
»Aber mit Übernachtung im Hotel.«
»Hm! Das ist eindeutig, oder?«, fragte von Gaffron scheinheilig.
»Tja, der weiß eigentlich, dass ich für eine Nacht nicht zu haben bin.«
»Dann probiere es aus«, schlug von Gaffron übermütig vor.
»Hopp oder Top.«
Mit diesen Worten verabschiedeten sie sich und Sissi konnte lange nicht einschlafen.
Um halb zwölf klingelte das Telefon. Es war Bellini, er war außer sich.

»Stell dir vor, in meiner Wohnung ist eingebrochen worden. Alles durchwühlt!« Er rang nach Luft. Jacky weinte im Hintergrund. Jemand hatte das Fenster aufgebrochen und musste gezielt nach etwas gesucht haben.

»Sind Thomas' Briefe noch da?« Ihre Stimme überschlug sich fast vor Aufregung.

»Ja, Gott sei Dank. Die waren doch im Safe. Und der befindet sich in einer Holzluke unter unserem Wohnzimmerteppich. Super Versteck!« In sein Schluchzen hinein konnte ich nun ein Glucksen hören, er freute sich ob seines cleveren Verstecks.

»Der Mörder hat nun die geheimen Unterlagen gesucht, weil er darin etwas vermutet, was ihm schaden könnte«, schlussfolgerte Sissi. Wir waren froh zu hören, dass sie nun sicher bei der Polizei verwahrt waren. Eigentlich sollte sie ja Sissi bei sich haben, da sie in Thomas' Namen an der König-Ludwig-Biografie weiterarbeiten sollte. Das hatten Bellini und Sissi kurz nach Thomas' Tod beschlossen. Sie wollte sein Erbe fortführen. Womöglich wären wir dem Mörder dann auch im Weg gewesen …

Ein Schauer durchfuhr mich und ließ mich frösteln. Ich kuschelte mich noch enger an Sissi.

»Du, Giovanni. Hätte der Karl eigentlich einen Grund gehabt, den Thomas umzubringen?«, fragte Sissi.

Am anderen Ende der Leitung trat nun Stille ein.

»Hm. Mei, der war halt schon immer eifersüchtig auf Thomas. Der hat immer in Thomas' Schatten gestanden, immer nur die zweite Geige gespielt. Und dann war der Alex halt auch noch mit Thomas zusammen, nicht mit ihm.«

»Aber deswegen bringt man doch keinen um«, ergänzte Sissi. »Bitte sag das der Polizei auch! Und dass der Fischbach neulich zugegeben hat, dass er auf Wolfs Auftrag hin Thomas angegriffen hat.«

Die Polizei wollte Bellini weiter befragen, und so beendeten sie das Gespräch.

Kapitel 25

Am Morgen im Büro wurden wir wieder mehr oder weniger unfreiwillig Zeugen eines Gesprächs. Wolf rief den Bürgermeister an.
»Hallo Sepp! Wie geht's? … Gut, das ist schön. Mir so na ja. … Ich hoffe, dass der Stadtrat mir den Plan am Dienstag genehmigt! Klar klappt das mit dem Grundstück! Am Montag kriegst du den Vertrag, den Vorverkaufsvertrag hast du ja schon. Hast du entsprechend auf deine Stadträte eingewirkt? Sicher? … Gut, ich verlasse mich drauf! Bis dann. Pfiat di! Ja, und am Freitag gehen wir dann alle zum Oldtimertreffen und feiern groß. Super. Ciao!«

Nach der Vorstellung gingen wir in ein gemütliches Wochenende. Für Samstag hatten wir geplant, dass wir zu Hause ganz gemütlich für Nikolaus von Gaffron kochten.
Schon nachmittags waren wir schwer beschäftigt. Hatte ich schon erwähnt, dass ich Kochen liebte? Wenn ich – mit meinem königlichen Blut – jemals einen Beruf zum Broterwerb hätte ergreifen müssen, dann den des Kochs. Ich liebte es! Essen war für mich ja ein leckerer Gaumenschmaus, nebenbei eben auch ein Augenschmaus. Schließlich aß das Auge mit. Aber auch die Zubereitung, die Zusammenstellung der Speisen, die Zutaten und Gewürze aufeinander abstimmen, das war wie die Erschaffung eines Gesamtkunstwerkes. Ein Fest für die Sinne! Ach, aber als Hund hatte ich da leider nur begrenzte Möglichkeiten.
So ließ ich also Sissi nicht aus den Augen und schaute genau, was sie in der Küche tat.
»Ludwig, du stehst immer im Weg beim Kochen. Es gibt jetzt noch keine Schleckerei!« Genervt hüpfte sie in unserer kleinen Küche um mich herum, schnitt Gemüse für die Gemüselasagne und bereitete

eine Quiche Lorraine vor. »Zu viel Fleisch ist ungesund, Ludwig, heute gibt es vegetarisch!«

Oh nein. Geht das wieder los? Der vegetarische Gesundheits-Trip. Aus Erfahrung wusste ich allerdings, dass das nie so lange bei ihr anhielt, wahrscheinlich hatte sie nur ein schlechtes Gewissen wegen der Weißwürste neulich. Jetzt ließ sie mir ein Stück Schinken zukommen. Denn so ganz ohne Schinken schmeckte die Quiche eben auch nicht.

Was das Essen betraf, schien dieser Nikolaus sehr vernünftig zu sein, denn ich wusste, dass er Fleisch und Würste genauso liebte wie ich. Dank Nikolaus wusste ich mittlerweile aber auch ein gutes Steak oder Schinken und Melone zu schätzen. Es musste ja nicht immer Leberkäse sein! Während ich diesen Gedanken nachhing, klingelte es an der Tür. Ich raste wild bellend zur Tür. Sissi eilte mir hinterher und öffnete.

Wir sahen allerdings keinen Nikolaus, also nicht auf den ersten Blick. Was unseren Blick bannte, war ein Meer aus Blumen: rote Rosen, weiße Lilien und Grün dazwischen.

»Hallo«, rief ein schmächtig wirkender von Gaffron irgendwo hinter den Blumen hervor.

»Oh!« Sissi verschlug es die Sprache, auch ich hatte ganz vergessen zu bellen, was mir wirklich selten passierte. So einen Riesenstrauß Blumen hatte sie noch nie bekommen. Vielleicht war es die intensive Duftwolke aus Lilienodeur, die uns umhaute.

»Ja, äh, komm rein!«, sagte sie noch immer verdutzt und ging zur Seite, um ihn vorbeizulassen.

»Die sind für dich!«

»Spinnst du?«

»Nein, ich dachte nur, du freust dich über Blumen«, erwiderte er nun ein wenig enttäuscht.

»Freuen? Natürlich freue ich mich. Und wie! So einen fantastischen Strauß habe ich noch nie bekommen«, antwortete sie, während sie abwechselnd die Blumen und von Gaffron ansah. Breit grinsend wie das berühmte Honigkuchenpferd.

Jetzt freute sich Nikolaus auch.

Sie nahm den großen Strauß umständlich an sich und suchte eine Vase. In Ermangelung einer Vase, die groß genug war, stellte sie den Strauß in einen Maßkrug mit Wasser. Jetzt eilte sie auf Nikolaus zu und umarmte ihn lange.

»Vielen, vielen Dank! Das wäre aber wirklich nicht nötig gewesen. Und du weißt ja noch gar nicht, ob es dir schmeckt.«

»Bestimmt«, sagte er zufrieden.

Wir waren nun in der Küche und ich baute mich groß vor Nikolaus auf. *Nikolaus, hast du nicht etwas vergessen?* Ich guckte ihn eindringlich an.

»Ach Ludwig, für dich habe ich ja auch etwas dabei!« Umständlich kramte er in seiner Jackentasche und holte einen Zahnpflegeknochen hervor.

Super, die mag ich echt gerne.

Bei einem Hugo unterhielten sich Sissi und Nikolaus angeregt, während ich alles von meinem Platz aus beobachtete.

Auf der Terrasse aßen wir dann die Quiche und die Lasagne. Ich kriegte selbstverständlich auch etwas ab. Und von Gaffron war begeistert.

»Ja, Sissi, dass du auch noch so gut kochen kannst, du wirst mir allmählich unheimlich!«

Sissi lächelte stolz.

Dann redeten sie wieder über das Musical. Sissi erklärte von Gaffron nun alles ganz genau. Sie sprach von Bellini und seiner Leidenschaft für die Kunst, dem wunderbaren ersten Musical, von Architektin Jacky, davon, wie Fischbach das erste Musical »Ludwigs Träume« bewusst »heruntergewirtschaftet« hatte, dass da wohl schon Wolf seine Finger im Spiel hatte. Von dem ersten Attentat auf

Thomas. Den wunderbaren Briefen und Tagebucheinträgen des Königs und dass sie Thomas' Erbe, also die Biografie mit dem Professor Ross aus Oxford, weiterführen durfte.

Dass Wolf sich das Musical zusammen mit der Vogler unter den Nagel gerissen hatte und nun ein Hotel daraus machen wollte.

Von Gaffron guckte nachdenklich und wortlos in den Garten.

»Heftig!«

Jetzt sah er Sissi direkt an.

»Du hängst immer noch an Bellinis Musical?«, fragte er gefühlvoll.

»Klaro.« Jetzt wurde sie noch leidenschaftlicher und erzählte von der wahren Kunst, von qualitätsvoller Musik und vom ästhetischen Streben nach Idealen, als von Gaffron sie plötzlich unterbrach.

»Sissi, hör mal zu, ich mache im Rahmen meiner Arbeit genau so etwas!« Bei diesen Worten legte er seine Hand auf ihren Arm.

»Wie, so etwas?«, fragte mein Frauchen unsicher.

»Ich helfe dabei, Konzerte, Musicals und Theaterstücke aufzuführen, auf die Bühne zu bringen, zu inszenieren.«

Jetzt war Sissi sprachlos.

»Eventuell könnte ich zusammen mit ein paar Leuten aus meiner Agentur das Theater kaufen und Bellini und sein Ensemble zurückholen, aber das ginge nur, wenn der Wolf es hergeben würde. Und das glaube ich nicht!«

Sissi wurde enthusiastisch. Hastig erzählte sie von den Versuchen Bellinis und auch einiger anderer, den Wolf an seinem Vorhaben zu hindern. Auch davon, dass sie mit dem Makler gesprochen hatte, dass Wolf ein Verhältnis mit der Vogler hatte und so weiter. Dieses Durcheinander musste einige Verwirrung in Nikolaus' Kopf stiften.

Nach diesem angeregten und intensiven Gespräch und einem Schokopudding verließ uns von Gaffron. Er streichelte mir über den Kopf und küsste Sissi vorsichtig auf die Wange.

»Bis bald, ihr zwei. Und macht euch nicht zu viele Gedanken. Alles kommt, wie es kommen soll. Und schnüffele ja nicht mehr auf eigene Faust! Ich mache mir Sorgen.« Er zwinkerte ihr zu.

Als sie die Haustüre geschlossen hatte, meinte Sissi: »Seine Nerven möchte ich haben!« Wieder roch sie an den intensiv duftenden Lilien.

Kapitel 26

Montagmorgens saß Sissi beschwingt im Büro, als uns plötzlich ein Schrei aus unserer Ruhe und Arbeitsroutine riss.

»Was? Sag, dass das nicht wahr ist!«, rief der Wolf hysterisch. »Nein, Christian, das kannst du mir nicht antun. Wir haben einen Vertrag, eine Vereinbarung!« Jetzt klang er weinerlich.

Sissi stand auf und schaute in Wolfs Büro. Mit hochrotem Kopf war er aufgesprungen und hatte den Telefonhörer ans Ohr gepresst. Eine Ader am Kopf trat deutlich hervor.

»Was soll das heißen, ein Vorverkaufsvertrag heißt nichts? Wozu gibt es den dann? Ich werde dich verklagen! ... Wie, du kannst nichts dafür? Die Grundstückseigentümer haben sich anders entschieden? Was sag ich jetzt dem Bürgermeister? Ich komme jetzt bei dir vorbei. Persönlich!« Er legte auf und riss seine Jacke vom Ständer. Der Garderobenständer fiel donnernd um und Sissi zuckte zusammen.

»Was ist denn, Wolfgang?«, fragte sie vorsichtig nach.

»Das Arschloch will mir den Baugrund in Weissensee nicht verkaufen. So kurz vorm Ziel lässt der mich hängen. Dem werd ich jetzt den Marsch blasen!« Mit diesen Worten war er verschwunden und ließ eine verdutzte Sissi zurück. »Den bring ich um!«, hörte man Wolf im Flur toben.

»Oh Gott, Ludwig, was heißt denn das?«, fragte sie, während sie mich streichelte. Betrübt sah sie auf ihren Computer. »Er wird doch nicht noch jemanden töten? Soll ich die Polizei rufen? Was habe ich nur angerichtet? Jetzt tut mir Wolf richtig leid, Ludwig! Aber wir haben es doch für Bellini und die wahre Kunst getan«, sagte sie und suchte Bestätigung bei mir.

Ich bellte. *Ja! Der denkt doch sowieso nur an sein Geld, Sissi, der berappelt sich schon wieder.*

»Hast recht, Ludwig, wir dürfen nicht vergessen, dass der auch gemein sein kann und für Geld über Leichen geht!«

Genau, Sissi, und mit Bellini hatte der damals auch kein Mitleid.

Wolf hatte sich für den Rest des Tages entschuldigen lassen und wir gingen abends zu unserer Aufführung.

Die Abendvorstellung war einigermaßen ausgebucht und alles lief gut. Mittlerweile hatte ich mich an diesen Auftritt gewöhnt, weil die Zuschauer es toll fanden, was ich alles konnte. Pfote geben, Slalom-Walk und Ballspielen.

Danach trafen wir noch einige Ensemblemitglieder in der Bierwirtschaft. Ellen war auch dabei, sie war in Begleitung eines Mannes. Sissi blieb schockiert stehen. Den großen Blonden neben Ellen kannte sie doch. Schon hatte er uns erblickt, die wir im Eingang standen, und winkte uns zu.

Jetzt konnte Sissi nicht mehr so tun, als ob sie ihn nicht gesehen hätte, und ging auf sie zu.

»Hallo Herr Schwarz! Hallo Ellen!«, meinte Sissi ein wenig ratlos.

»Hallo Frau Bierbichler!« Der Makler reichte ihr fröhlich die Hand und Ellen, die neben ihm stand, lächelte leicht peinlich berührt.

»Danke, dass Sie mich hierher mitgenommen haben!« Bei diesen Worten legte er seinen Arm um Ellen, die glücklich strahlte. Jetzt kapierte es Sissi auch.

Wir setzten uns zu der Truppe und plauderten noch ein wenig in der rustikalen Bierwirtschaft, die eingerichtet war wie ein Biergarten, nur eben im Seitentrakt des Musicalgebäudes. In der Mitte stand ein viereckiger Ausschank, an dem Holzrahmen außen herum baumelten Brezen und Schleifen im weiß-blauen Rautenmuster. Grüne Girlanden schmückten eine Galerie, die zu den oberen Garderoben führte.

Als der Moment gerade günstig war, lehnte sich Sissi zu dem Makler hinüber und sah ihn intensiv an. »Sie haben Herrn Wolf das Grundstück nicht verkauft?«

»Woher wissen Sie das?« Er schüttelte den Kopf und flüsterte ihr zu: »Ich habe lange darüber nachgedacht, das Musical ist so eine tolle Sache, ich will nicht, dass es irgendwie zweckentfremdet wird. Und ich will nicht, dass meine Ellen arbeitslos wird ... Aber wenn ich ganz ehrlich bin, wollte ich meine Finger in der schmutzigen Nummer sowieso nicht drin haben. Wenn das mit der Bestechung rausgekommen wäre, dann wäre auch mein Ruf ruiniert. Und wir Makler haben eh schon einen schlechten Ruf weg.«

Sissi war erleichtert, den Mann nicht einfach nur manipuliert zu haben, sondern zu wissen, dass er – aufgrund der nötigen Information – einfach eine Gewissensentscheidung getroffen hatte.

Sissis Handy klingelte. Sie nahm den Anruf an.

»Was? Das ist ja krass!« Ewig lang scheinende Minuten lauschte sie, legte auf und berichtete uns dann, die wir sie neugierig ansahen: »Die Polizei hat den Fischbach verhaftet. Den ersten Anschlag hat er schon gestanden. Wackerl meint, dass es nur noch eine Frage der Zeit ist, bis er auch den Mord an Thomas gesteht.«

Als Sissi am nächsten Morgen im Büro die Zeitung aufschlug, traf sie fast der Schlag. Eine fett gedruckte, große Überschrift stach dem Leser des Füssener Kuriers sofort ins Auge.

Musicalbetreiber will Bürgermeister bestechen!

Sissi sah auf die Uhr, in einer halben Stunde käme Wolf. Den würde auch der Schlag treffen, wenn er das sah!

Sie las weiter und ich fragte mich, woher die Presse diese Informationen hatte. Es standen sehr viele detaillierte und durchaus korrekte Informationen in dem Artikel, den Sissi mir vorlas: über den geplanten großen Hotelkomplex um das Musical, dass Wolf dem Bürgermeister Herrn Gottstein ein Grundstück schenken beziehungsweise günstig zukommen lassen wollte, damit er dieses Vorhaben und den Bau im Stadtrat durchbringen würde, und so weiter. Zwei große Porträtfotos zeigten sowohl Wolfgang Wolf als auch den Bürgermeister Sepp Gottstein.

Ich saß auf Sissis Schoß und sah mir die Bilder an, während sie las.

»Ludwig, diese Sitzung heute Abend wird ein Rieseneklat. Das ist doch das Aus für Wolf, oder?«

Ich bellte. *Geschieht ihm ganz recht*.

Schon wenig später kam Wolf bei der Türe hereingeschneit.

»Morgen Sissi, sag nichts! Ich habe es schon gesehen!«

Er setzte sich direkt vor den Schreibtisch. Sissi wurde angst und bange.

Kraftlos und verzweifelt, sein Charme war verflogen, er wirkte sogar dünner und eingefallener als sonst.

»Tut mir leid, Wolfgang!«, sagte Sissi nur und schaute über den Schreibtisch zu Wolf. Und das meinte sie auch wirklich so.

»Ich wollte doch nur meinen Traum verwirklichen! Ist das so schlimm?«, fragte er nun und sah uns an. Ich sprang von Sissis Schoß und verzog mich in mein Hundebett, das in der hinteren Ecke neben dem Sofa stand. Dort musste ich den Wolf nicht ansehen.

Nur meinen Traum verwirklichen, wiederholte ich in Gedanken. *Und dazu ist dir jedes Mittel recht*?

»Ich werde eine Gegendarstellung bei der Zeitung verlangen! Ich rufe da später an. Aber jetzt muss ich das erst mal verdauen!« Gebeugt ging er in sein Büro.

Bedrückt arbeitete Sissi weiter.

Später kam er noch einmal.

»Das mit der Gegendarstellung hat keinen Sinn. Die haben eine Kopie des Vorverkaufsvertrags. Ich probiere es dennoch. Morgen habe ich einen Termin bei denen. Gottstein ist stinksauer auf mich. Als ob ich etwas dafür könnte!«

Sissi nickte nur.

Während abends die Aufführung ihren gewohnten Gang ging, herrschte anschließend im Sitzungssaal im Kloster Sankt Mang aufgeregtes Durcheinanderreden. Sissi und ich waren so neugierig, dass wir der öffentlichen Sitzung beiwohnen wollten. Ganz klein saßen wir hinten in einer Ecke, ich in einer Tasche versteckt. Wir beobachteten alles ganz genau, schließlich war ich ja so etwas wie Kommissar Rex. *Kommissar Ludwig halt, klingt eh besser. Oder bedeutet »Rex« nicht auch »König«?*

Zum Teil wurde noch geflüstert und getuschelt. Grüppchenweise fanden sich die Stadträte an den dunkelbraunen Holztischen zusammen. Manche standen noch vor den großen Holzfenstern, die einen wunderbaren Blick in den mittlerweile herbstlichen Schlosshof ermöglichten, für den der aber heute niemand hier ein Auge hatte. Edle Kerzenleuchter an der Wand spendeten warmes Licht, der Boden war mit roten, schweren Orientteppichen belegt. Es war kurz vor acht Uhr. Alle Stadträte waren schon anwesend, auch ein Journalist der regionalen Zeitung und sogar ein paar überregionale Vertreter der Presse, als plötzlich ein großer, schlanker Mann den Sitzungssaal betrat. Sepp Gottstein. Ruhig wirkte er, aufgesetzt souverän. Nur das Zittern um seine Mundwinkel und die flackernden Augenlider zeigten, dass es unter seiner Oberfläche brodelte.

»Guten Abend, meine Damen und Herren, bitte setzen Sie sich.«

Ein Murren ging in den Reihen um. In Hufeisenform saßen die Stadträte und Stadträtinnen an den Tischen und alle starrten auf ihren Bürgermeister, den hageren, autoritären Mann, der sich am offenen Ende des Hufeisens befand.

Nach außen schien er – wie immer – perfekt: dunkle Hose, weißes Hemd und eine schicke rote Krawatte. Ruhig begann er zu sprechen: »Bevor wir zur Tagesordnung übergehen, möchte ich aufgrund des heutigen Zeitungsartikels ein paar Worte an Sie richten, um ein paar Dinge aufzuklären. Schließlich will ich weiterhin auf vertrauensvolle Weise mit Ihnen zusammenarbeiten. Und ich kann es nicht stehen lassen, dass einige Schmierfinken«, diese Worte betonte er besonders, »meinen guten Ruf ruinieren wollen!«

»Vo ebbs Leerem red ma itta![16]«, rief ein Stadtrat namens Hartmann aus Hopfen dazwischen, der für seine Ehrlichkeit und oppositionelle Haltung bekannt war.

Gottstein strafte ihn mit seinem steinharten Götterblick.

Auch andere tuschelten. Als Gottstein sich räusperte, hörten sie allerdings sofort auf.

»Jemand möchte sowohl meinen als auch Herrn Wolfs Ruf ruinieren. Wahrscheinlich aus Neid. Das lasse ich nicht zu.

Nun gut, Herr Wolf wollte mir ermöglichen, das besagte Grundstück in Weissensee zu kaufen. Selbstverständlich KAUFEN, zu einem fairen Preis!« Er machte eine bedeutungsvolle Pause und lächelte in die Kamera der Pressefotografen und stand aufrecht an sein Rednerpult gelehnt, wobei er die Hände an der Außenkante des Pultes aufstützte. »Und daran ist ja wohl nichts Verbotenes, oder?«

Bei diesen Worten ließ er seinen Blick unter den Stadträten schweifen. »Selbstverständlich wäre alles ganz sauber über Makler gelaufen.« Wieder Gemurmel.

Geduldig und schlüssig versuchte er, weitere Fragen einiger Politiker und der Presse zu beantworten. Dann allerdings wollte er schnell zu den Tagesordnungspunkten zurückkehren.

Die Tagespunkte eins und zwei konnten sehr schnell geklärt werden. Es ging um die Hundekotregelung und den Bau eines Kinderspielplatzes im Neubaugebiet in Füssen.

Dann wurde es speziell.

Gottstein las sachlich vor.

»Tagesordnungspunkt drei: Abstimmung über den Erweiterungsbau des Festspielhauses in Füssen. Bau von Gästezimmern im Nordwesten, Bau des Kinderbereiches am südöstlichen Ufer und Bau von vier Chalets. Eventuell Umbau der bestehenden Restaurants.« Dabei zeigte er stolz mit einem Laserpointer auf die Baupläne an

---

[16] Von etwas Leerem redet man nicht.

der Wand, die besagte Pläne, mittels eines Beamers projiziert, darstellten.

»Sie hatten ja schon vorab die Möglichkeit, Einsicht in die Pläne zu gewinnen. Falls es jedoch noch Fragen gibt, werde ich versuchen, sie zu beantworten. Herr Wolf kann heute leider nicht persönlich anwesend sein.«

»Warum will er denn dort ein Hotel bauen? Wir haben doch genug Hotels und Pensionen«, fragte eine ältere Stadträtin.

»Aus reiner Gier!«, rief ein anderer dazwischen.

Gottstein versuchte, Wolfs Pläne zu rechtfertigen, und redete von Gewinnsteigerung, Förderung des Tourismus, speziell des Asien- und Amerikamarktes, Wertschöpfung, Komplettangebot, ja sogar das Wort »Umweltschutz« fiel.

»Als ob der Umweltschutz hier noch irgendjemanden interessiert!«, meinte Hubertus Rambolt, ein sympathischer, bärtiger Grüner, und lachte dabei zynisch. »Es geht doch allen nur noch ums Geld. Jetzt wo das Musical ›gerettet‹ ist, kann man es doch lassen, wie es ist. So ist doch alles gut. Freilich tut auch Kultur unserer Stadt gut. Aber Hotels haben wir wirklich genug.« Einige stimmten ihm zu.

»Hochpreisige Luxushotels aber nicht«, warf ein anderer Hotelier ein.

Die Debatte war hitzig. Sissi kraulte mich immer fester.

»Wie hat Wolf denn den Plan da am Seeufer überhaupt beim Landratsamt genehmigt bekommen?«, fragte nun Hubertus Rambolt.

»Der hat doch super Connections zum Kreisbaumeister, der hat ihm doch auch seinen Luxusbunker im Wohngebiet im Weidach genehmigt!«, rief einer erzürnt aus.

»Genau, der klobige Quader ist doch ein fürchterlicher Fremdkörper unter all den Häuschen im Allgäuer Landhausstil«, sagte die Hotelbesitzerin.

»Und wenn unsere Architektin einen Plan einreicht, dann bügelt er alles runter, weil er keine Frauen auf dem Bau mag, der Chauvinist«, rief eine andere wütend aus.

Die Situation entglitt Gottstein. Auch ein von ihm gefordertes »Ruhe« nützte nicht mehr.

Noch mehr Argumente gegen Wolf kamen auf den Tisch.

»Warum machen denn die Voglers da mit?«, fragte Rambolt unvermittelt.

»Die hat doch ein Verhältnis mit dem Wolf!«, wusste ein anderer zu berichten.«

»Ja so ein Saustall!«, rief die Hoteliersfrau geschockt aus und schlug sich die Hand vor den Mund.

»Und wer hat jetzt den Schauspieler umgebracht?«

»Der Fischbach wird derzeit befragt«, rief jemand.

Es herrschte Chaos. Sissi biss sich auf die Unterlippe und warf dem Mann, der neben uns saß, einen vielsagenden Blick zu. »Sind alle Debatten so heftig?«, fragte sie ihren Nachbarn leise, der wiederum grinsend den Kopf schüttelte.

Am Ende kam es zur Abstimmung. Mit nur zwei Gegenstimmen wurde gegen den Erweiterungsbau gestimmt. Somit war Wolfs Plänen erst einmal der Riegel vorgeschoben worden.

»Dann kommen wir jetzt zu dem Tagesordnungspunkt Sonstiges. Falls es Wünsche, Anträge oder Fragen gibt, schießt bitte los!« Er versuchte, trotz allem zu seinem gewohnten Witz und Charme zurückzukehren.

Der Führer der Oppositionsfraktion des Stadtrats Füssen, Siegfried Schiller, von der freien Ostallgäuer Allianz, stand auf und setzte zu sprechen an.

»Sepp. Wenn …« Er sprach extra langsam. »Wenn … an diesen Vorwürfen etwas dran ist, dann wird niemand in diesem Raum mehr hinter dir stehen. Dann fordern wir deinen Rücktritt!«, erklärte Schiller eindringlich.

Beide Männer sahen sich eindringlich an.

Gottstein schluckte.

»Hiermit erkläre ich die Sitzung für beendet!«

Kapitel 27

Das Treffen der Oldtimerfreunde fand heute im Kurhaus in Schwangau statt. Der Oldtimerclub veranstaltete regelmäßige Treffen, bei denen die Ostallgäuer Crème de la Crème mit ihren alten Autos und jungen Frauen protzte: Ärzte, Anwälte, Aristokraten, Geschäftsleute, der Bürgermeister und natürlich Musicalbetreiber. Vor dem Gebäude befand sich ein großer Parkplatz, auf dem die noblen Karossen geparkt worden waren. Glänzende Trophäen ihrer stolzen Besitzer. Zeugen hart erarbeiteten Reichtums, Ausdruck erlesenen Geschmacks. Drinnen gab es in einer rustikalen Brauerei leckere Schmankerln.

Nikolaus von Gaffron hatte uns eingeladen, weil er Oldtimer ganz nett fand, obwohl er selbst keinen besaß.

Ich glaubte, er wollte auch einfach mal die Leute hier abchecken. Ich war immer gerne in Schwangau, weil von hier aus die Sicht auf das ganz nah gelegene Schloss Neuschwanstein grandios ist. Heute hingen graue Wolken tief in den Bergen und gaben der Landschaft etwas Düsteres und Dramatisches. In dieser grauen Kulisse war mein geliebtes Schloss nur bei genauem Hinsehen zu erkennen. Es war recht kühl draußen. Wir schlenderten durch die Reihen von altem Blech, im wahrsten Sinne des Wortes, und ich genoss den Blick auf die Berge in der Abendstimmung und mein Schloss, während Sissi und Nikolaus plauderten und sich die Autos ansahen. Wie viel lieber würde ich jetzt Kutschen bewundern als diese Blechhaufen. Ich erinnerte mich daran, dass ich mit Sissi einmal im Kutschenmuseum in Schloss Nymphenburg war. Welche Gefühle hatten mich da übermannt! Ich träumte von einer Prachtkarosse, vierspännig gefahren, einem leichten Spider, mit dem König Ludwig sonntags oft ausgefahren war, dem goldenen Prunkschlitten. Die wunderbaren Schlitten, ja! Ein Schlitten zwang uns dazu, auf die Seite zu gehen. Aber kein goldener Prunkschlitten, sondern ein schwarzes Rolls-Royce-Cabriolet. Drin saßen, wer hätte es gedacht, die Voglers. Er am Steuer mit einem karierten Cap und Kleidung im englischen Stil und sie auf dem Beifahrersitz. Ihren Kopf schützte eine Wollmütze vor der Kälte des Fahrtwinds. Ich würde einfach das Verdeck schließen, statt die Mütze und den Cap aufzusetzen. Manchmal verstand ich die Menschen nicht.

Fahrig nickte sie uns zu, während er nach links guckte, wo eine Clique Männer stand, die das Schauspiel beobachteten. Sie flüsterten. Auch der Sepp Gottstein war dabei und Sissis Zahnarzt. Gekonnt parkte er das große, klobige Fahrzeug ein und öffnete seiner Frau galant die Tür. Sissi schüttelte den Kopf ob so viel Verlogenheit. Ob er nichts wusste von ihrem Verhältnis?

Ich markierte noch schnell neben einem Baum, bevor wir in das Restaurant gingen. Krähen stritten laut in den Bäumen, Wolkenfetzen zogen im aufkommenden Wind eilig vorüber. Über den Bergen braute sich schlechtes Wetter zusammen, vielleicht ein verfrühter Herbststurm. Das Wetter im Allgäu konnte ja recht unberechenbar sein. Ich würde das Verdeck des Autos schnell schließen und auch sonst wäre ich an Gustav Voglers Stelle sehr vorsichtig.

»Komm, wir setzen uns ganz nah dazu, damit wir ein wenig Klatsch und Tratsch mitbekommen«, sagte Sissi und führte Nikolaus an einen zentral gelegenen Tisch.

Armer Nikolaus, jetzt muss er sich diese oberflächlichen Dummschwätzer antun, dachte ich mir und fühlte mit ihm mit.

Wie vermutet setzten sich Sepp Gottstein, ein paar andere und das Ehepaar Vogler an den Nebentisch. Ich verkroch mich unter den Tisch. Schon immer war ich lieber allein als in Gesellschaft dummer Menschen.

Es wurde getrunken, gegessen und gekichert. Nikolaus gab mir von seinem Schweinebraten heimlich etwas ab. Der Typ wuchs mir richtig ans Herz – und an den Magen!

»Gustav, iss nicht so viel fettes Fleisch, das ist ungesund«, ermahnte Frau Vogler ihren Mann.

»Wenn's halt schmeckt, Toni«, versuchte er, seinen Fleischkonsum zu verteidigen, während sie in einem großen Salatteller, der mit Hühnchenfilets dekoriert war, stocherte.

Sepp und der Zahnarzt tauschten vielsagende Blicke aus. Jetzt kam auch noch Karl Beyerle dazu. Wir staunten nicht schlecht. Fehlte eigentlich nur noch der Wolf. Aber wahrscheinlich hatten ihm die Ereignisse Anfang der Woche gründlich den Appetit verdorben.

»He Karl, altes Haus, auch wieder mal da!«, rief Sepp Gottstein aus.

»Setz dich zu uns«, meinte ein anderer.

»Ja, ich war lange nicht mehr hier. Die Sehnsucht nach euch hat mich hergetrieben!«, erwiderte er theatralisch und bestellte ein Bier.

»Was treibst du jetzt so? Im zweiten Musical haben sie ja keinen Platz mehr für dich, oder?«, fragte der Zahnarzt ohne Umschweife und legte dabei seinen Arm um seine hübsche Freundin, die eine Schwester von Daniela Katzenberger sein könnte.

»Ach, ich habe in München eine Schauspieler-Agentur eröffnet. Läuft ganz gut an. Draußen steht mein neues Spielzeug.« Er lachte leicht überheblich.

»Wow! Ein alter Lotus Elise! Nett. Müssen wir uns dann mal näher ansehen«, meinte der Zahnarzt anerkennend.

»Jetzt fahren auch die Schwuchteln schon Oldtimer!«, stichelte Gustav Vogler.

Sissi sah Nikolaus besorgt an. War der Vogler wirklich noch so hinterwäldlerisch, dass er Vorurteile gegen Schwule hatte? Und so einfach gestrickt, dass er auf ein Auto neidisch war?

»Schön, wie tolerant du bist. Aber lieber schwul als ein gehörnter Ehemann.«

»Wie bitte?«, fragte Vogler und schien aus allen Wolken zu fallen.

Solche Dialoge gab es normalerweise nur in Heimatfilmen oder vielleicht noch an Stammtischen am Sonntagmorgen, denen immer noch viele Einheimische am Sonntag nach der Kirche frönten, um über alles Mögliche zu lästern, obwohl man zuvor in der Kirche allerhand christliche Werte gepredigt bekommen hatte.

»Zahlt der Wolf deine Frau auch oder schläft die zum Spaß mit dem Fettsack?«, fragte Beyerle nun ziemlich unzweideutig.

Den anderen verschlug es die Sprache. Karl Beyerle lachte triumphierend auf. Dieser Punkt ging an ihn.

»So eine infame Frechheit! Als Gesellschafterin habe ich nun mal mit Wolfgang Wolf zu tun! Und wenn dein angekratztes Ego das nicht verkraften kann, dann musst du halt in München bleiben!«

»Sei doch nicht gleich so aggressiv, Toni! Man wird wohl noch die Wahrheit sagen dürfen.«

»Wenn du stänkern willst, dann hau ab, du Schwuchtel!« Gustav Vogler ging zum direkten Angriff über.

»Genau!«, ergänzte der Zahnarzt.

»Und was ist mit Thomas? Womöglich hast du den auf dem Gewissen. Jeder weiß, wie sehr es dich angekotzt hat, der ewig Zweite zu sein«, fuhr Vogler ihn an.

»So ein Scheiß. Wollt ihr mir jetzt einen Mord anhängen?«

Es herrschte angespannte Stille. »Da fragt doch den Wolf oder Familie Vogler! Wegen der geheimen Dokumente und Briefe vom Thomas.« Beyerle kam ins Stottern. »Ich bin doch kein Mörder!« Weg war er.

Sissi sah Nikolaus betroffen und mit offenem Mund an. Was war das denn für ein Auftritt?

Gustav Vogler fixierte seine Frau, die seinem Blick auswich. Ab und zu sah er auch zu den anderen, um deren Blicke zu deuten. Die guckten betroffen in ihre Gläser, spielten an ihren Fingernägeln oder am Smartphone oder suchten etwas in ihrer Handtasche. Eine Bedienung störte die angespannte Stille und ich glaubte, alle waren froh um deren plötzliche Anwesenheit.

Sissi und von Gaffron blickten sich wortlos an und nickten sich zu, um wenig später zu bezahlen.

Erst im Auto unterhielten sie sich offen.

»Der Beyerle war hart«, sagte Sissi immer noch schockiert.

»Ja, das hat gesessen.«

»Die arme Toni!«, meinte Sissi nun.

»Was heißt hier arm? Sie betrügt ihren Mann!« Fragend guckte er sie an. »Findest du das gut?«

»Du meinst, ob ich das auch tun würde!«, erwiderte sie sensibel. Das klang ja fast schon wie ein Beziehungsgespräch.

Sissi schaute nachdenklich aus dem Fenster.

»Wer weiß, wie lange die schon nur nebeneinander her leben! Was da schon alles schiefgelaufen ist. Aber wenn du so fragst, nein, ich würde das nicht tun.« Sie sah ihm in die Augen. »Wenn ich jemanden liebe, dann ganz oder gar nicht, und Treue und Vertrauen gehören unbedingt dazu!«

Nikolaus lächelte erleichtert sein sanftes Lächeln und fuhr uns heim. Er übernachtete nicht bei uns.

Zeitgleich in einem schwarzen Rolls-Royce.

Wortlos waren Antonie und Gustav eingestiegen. Wortlos bog er aus dem Parkplatz auf die Straße Richtung Füssen. Die Luft war so dick, dass man meinte, ersticken zu müssen.

»Hast du mir nichts zu sagen?«

»Du glaubst doch diesem Unsympathen nicht etwa, oder? Jeder weiß, dass der komplett frustriert ist. Der ist doch der Abschaum!«

»Was ich glaube, ist egal. Warum macht er so eine Andeutung?«, unterbrach Vogler seine Frau harsch.

Toni überlegte. »Er führt halt wieder etwas im Schilde.«

»Ah?«

»Entschuldige, wir beide kennen uns im Musicalbetrieb doch ein wenig aus.« Ihr gingen die Argumente aus, beziehungsweise sie hatte gar keine. Ihre Stimme wurde höher und klang immer hilfloser, während sie ihren Mann, der den Wagen steuerte, direkt ansah.

»Du kümmerst dich ja nicht!« Jetzt überschlug sich ihre Stimme und sie begann zu weinen.

»Weil ich noch einen anderen Job habe und das Musical dein Job ist. Oder Hobby oder wie man auch immer sagen soll! Aber die meiste Kohle kommt von mir!« Jetzt klang er verbittert, während sie immer lauter schluchzte.

»Du hast mich doch schon lange nicht mehr als Frau wahrgenommen, ich funktioniere doch nur noch!«, brachte sie mühsam zwischen ihren Schluchzern hervor. »Erst die Kinder, dann dein Job, der dir alles bedeutet, ja, du verdienst damit gut, aber ich? Wo bin ich geblieben?« Die letzten Worte schrie sie mit sich überschlagender Stimme heraus.

Er fuhr rechts ran, blieb stehen und sah sie unvermittelt an.

»Ich habe das Musical für dich gekauft. Damit du eine Aufgabe hast, jetzt wo die Kinder aus dem Haus sind!«

Beide starrten sich aus tränenfeuchten Augen an.

Dann sah Gustav mit leerem Blick aus dem Auto Richtung Schloss Neuschwanstein. In seinem Kummer sah er noch kleiner, farbloser und älter aus als sonst.

»Ich hätte es wissen müssen. Der Gockel ist hinter jedem Rock her. Das braucht der wohl für sein Ego. Nur die Bierbichler Sissi, die hat er nicht rumgekriegt. Die hat Rückgrat. Und hinterher spricht er dann schlecht von den Frauen. Wie oft schon hab ich am Stammtisch gehört, wie er über die dummen Hühner lacht, die so leicht zu haben sind.«

Stille. Tonis Tränen waren mittlerweile versiegt, die Tempos aus ihrer Hèrmes-Handtasche aufgebraucht.

»Da gehörst du dann also auch dazu«, meinte er tonlos, um ihr auch wehzutun.

»Nein, Gustav, versuch mich doch zu verstehen. Ich hätte mir ein wenig mehr Zeit mit dir gewünscht, Aufmerksamkeiten, einen Kurzurlaub oder nur ein romantisches Abendessen. Der Wolfgang hat mich umworben, er macht mir Komplimente, führt mich zum Essen aus.«

»Steig aus«, sagte er nüchtern.

»Nein, das kannst du nicht machen!«, erwiderte sie ungläubig.

»Steig aus!«, kam es nun lauter und nachdrücklicher.

»Gustav, komm bitte zur Vernunft!«, bat sie nun und legte ihre Hand auf seinen Arm, die er aggressiv wegstieß.

»Steig aus!«, schrie er nun so laut, dass kein Zweifel mehr an seiner Absicht bestand. »Geh doch zu deinem Hurenbock! Und das Musical kannst du auch vergessen.« Er ließ eine tränen- und regenüberströmte Antonie Vogler zurück und raste davon.

Kapitel 28

Am nächsten Morgen saßen wir wie gewohnt in Sissis Büro. Es war schon gut nach neun Uhr, als Wolfgang eintraf. Er grüßte nur kurz und ging schnurstracks an seinen Schreibtisch. Schlecht, übermüdet und verkatert sah er aus. Sissi versuchte so neutral und unauffällig wie möglich zu sein, um ihn nicht noch mehr zu provozieren. Allerdings wunderte es sie, dass es ihn so stark mitnahm, dass er die Baugenehmigung für das Hotel nicht bekommen hatte. Noch während sie ihren Gedanken nachhing, ging plötzlich die Türe auf. Es war Gustav Vogler.

»Guten Morgen, Frau Bierbichler! Ich muss zum Wolf!«, sagte er und war schon in Wolfs Büro gestürmt. Auch er sah blass, dünn und unglücklich aus. Was war denn mit denen bloß los?

Sissi guckte mich mit großen Augen an.

Die Türe war wieder nur angelehnt.

»Was machst du hier?«, fragte Wolf seinen Mitgesellschafter und Ehemann seiner Geliebten.

»Du Schwein! Schreckst du eigentlich vor gar nichts zurück?« Karl schien sich ihm gegenüber auf den Stuhl gesetzt zu haben.

»Wer hat dich reingelassen?«, fragte Wolf genervt.

»Ich habe mich selbst reingelassen. Schließlich ist das auch mein Haus!«, betonte Gustav.

»Aber MEIN Büro!«, gab Wolf zurück.

»Und, wie geht es jetzt weiter? Als Geschäftskollegen teilen wir uns jetzt also auch die Frau, oder? Fährst du demnächst auch mit meinem Auto? Und wohnst in meinem Haus?«, fragte Gustav zynisch.

»Gustav, sei doch nicht so theatralisch!«

»Theatralisch? Soll ich es etwa gelassen hinnehmen, dass du es mit meiner Frau treibst und es alle wissen außer mir?« Gustav war jetzt aggressiv, immerhin war er öffentlich gedemütigt worden.

»Es tut mir leid, dass es so gelaufen ist«, versuchte Wolf einzulenken. Er schien seine Felle mittlerweile davonschwimmen zu sehen. »Aber bitte, wir müssen jetzt Privates und Berufliches trennen, für unser Musical«, sprach er nun mit schmeichlerischer Stimme.

»UNSER Musical, das wird es bald nicht mehr geben!« Gustav lachte ironisch. »Ab jetzt siehst du von mir keinen Cent mehr! Sieh zu, wie du deine Finanzierung ohne mich hinkriegst.«

»Das kannst du nicht machen!«

»Und wie ich das kann!«, entgegnete er trotzig. »Die Toni kann ja bei dir einziehen. Ich will sie nicht mehr!« Bei diesen Worten spuckte er aus. »Pfui Teufel!«

Sissi und ich tauschten Blicke aus, schon flog die Türe auf und Gustav eilte hinaus.

»Auf Wiedersehen, Frau Bierbichler.«

»Auf Wiedersehen, Herr Vogler.«

Es war totenstill in Wolfs Büro, wir wagten fast nicht zu atmen.

Kurze Zeit später eilte die Blunzn hinein.

»Guten Morgen, Sissi«, rief sie eilig.

»Hallo!«, antwortete mein Frauchen.

Sonja Schön schloss die Türe allerdings und so hörten wir nicht, was die beiden sprachen.

Kurze Zeit später verließ sie Wolfs Büro wieder.

Bei den Proben war Wolf das Gesprächsthema Nummer eins. Alle waren sauer auf ihn.

Sissi und ich saßen mit Ellen und ein paar anderen im Zuschauerraum. Ellen streichelte mich sanft.

»Dass der Wolf so ein Sauhund ist!«, resümierte sie.

Wuff! Ich forderte einen vorsichtigeren Umgang mit meiner Gattungsbezeichnung: Hund. Sollten sie ihn doch »Sau« nennen oder »Hirsch«, aber bitte nicht »Sauhund«!

Die Blunzn schien wohl schon mit einigen Ensemblemitgliedern gesprochen zu haben.

Michael Bergmann-Mayer war besonders betroffen.

»Die Sonja hat uns alles erzählt. Der wollte das Hotel riesig aufziehen, aber unser Musical mit halber Besetzung laufen lassen. Das ist doch der Hammer!«, ereiferte er sich.

»Wie geht es jetzt weiter?«, fragte ein Schauspieler ratlos.

»Wenn Voglers aussteigen, Gustav Vogler den Geldhahn zudreht, dann ist es aus. Dann ist auch das zweite Musical pleite«, fasste Ellen die Situation knapp zusammen.

»Nur weil der alte Depp seine Triebe nicht im Griff hat und die Vogler vögelt, geht jetzt womöglich alles den Bach runter!«, meinte Willi so ernst, wie man ihn sonst nicht kannte.

»He, Willi und Michael, ihr seid dran!«, schrie die Schön in ihrem gewohnt militärischen Ton von der Bühne herunter und kam von der Bühne in den Zuschauerraum geeilt.

»Ihr seid durcheinander, oder? Wegen der Geschichte mit Wolfgang«, sagte sie ungewohnt einfühlsam und setzte sich neben Sissi auf einen der grau bezogenen Zuschauerstühle. Auch sie machte einen deprimierten Eindruck. Nur leider wusste man bei ihr nie, ob man ihr trauen konnte oder nicht. Aber immerhin saß sie mit uns in einem Boot. Sie wäre von einer erneuten Insolvenz genauso betroffen wie wir. Das Schwarz ihrer Kleidung ließ sie im dunklen, großen Theaterraum blasser aussehen als sonst. Ihre platinblonden Haare bildeten einen seltsamen Kontrast zu ihrer Gesichtsfarbe, ihre grünen Augen wirkten tränenfeucht und rot unterlaufen.

»Du hast doch gerade mit Wolfgang geredet. Hat er irgendwelche Neuigkeiten?«, fragte Sissi.

»Ich weiß offen gesagt auch nicht mehr als ihr! Aber wenn die Voglers als Gesellschafter aussteigen, dann wird's eng.«

»Der ist doch bescheuert, ausgerechnet mit seiner Mitgesellschafterin ein Verhältnis anzufangen«, meinte sie beiläufig.

Wieder redeten alle durcheinander und gaben ihr recht.

Sissi und ich warfen uns einen vielsagenden Blick zu.

Mit seinem Bergdoktoren-Charme und Sky-Dumont-Aussehen kam Wolf bei den Frauen allgemein sehr gut an.

237

Abrupt klatschte die Schön in die Hände.

»So Leute, nichtsdestotrotz machen wir uns jetzt an die Arbeit. Wir wollen ja eine perfekte Vorstellung heute Abend. Das hat das Publikum verdient. Und euch lenkt es ein wenig ab!«

Kapitel 29

Am nächsten Morgen kam Wolf nicht ins Büro.

Er war nämlich verhaftet worden. Wegen Anstiftung zu Körperverletzung und diverser anderer Dinge, über die jetzt nur spekuliert werden konnte. Es ging drunter und drüber. Schwarzgeldkonten sollte er auch haben und die Worte »Veruntreuung und Vorteilsnahme« fielen.

Wenn das Musical jetzt verkauft wurde, dann war das die Chance für Nikolaus, der ja schon die Fäden im Hintergrund zog und erneut versuchte, das Musical mit Bellini in veränderter Form aufzuführen.

Am Nachmittag warteten Sissi, die Schön und einige Schauspieler im Büro darauf, zu erfahren, was die außerordentliche Gesellschafterversammlung ergeben hatte.

Endlich erschien Karl Vogler.

»Meine Frau und ich, wir ziehen uns aus dem Musical zurück. Wir zahlen keine Tilgung mehr, das heißt, die Banken bekommen jetzt kein Geld mehr, also nur das von Wolf! Aber der hat jetzt ja grad ganz andere Probleme.« Es war keine Schadenfreude in Karl Voglers Gesichtsausdruck zu lesen. Nur tiefe Trauer und Enttäuschung. Sachlich fuhr er fort: »Auch die Gläubiger wie zum Beispiel die Stadt werden jetzt nicht mehr bezahlt.«

Sissi und ich wechselten einen verständnislosen Blick. Aber keiner wagte es, Zwischenfragen zu stellen. Warum war das alles immer so kompliziert?

»Unsere Bank ist stinksauer, dass sie in so einen Skandal mit reingezogen worden ist.«

»Die Bestechung, oder?«, hakte die Schön nach.

Vogler schüttelte den Kopf. »Wolf sagt, das sei keine Bestechung gewesen. Nur eine ganz kleine Vorteilsnahme. Fischbach hat aber gegen ihn ausgesagt. Die Stadt kommt uns auch kein bisschen mehr entgegen. Der Gottstein wird wohl zurücktreten. Das ist echt der Super-GAU.«

»Das heißt, so viel Geld können wir jetzt gar nicht mehr reinspielen, oder?«, fragte MBM ungewohnt sachlich, so als ob er sich schon mit dem Schlimmsten abgefunden hätte.

»Nein, darum geht es gar nicht mehr! Meine Frau und ich«, er schluckte schwer, »wollen das Musical gar nicht mehr behalten. Und Wolf ist raus!«

»Aber können oder wollen Sie das Musical nicht retten?«, fragte MBM verzweifelt.

»Es tut uns leid! Nein, wir wollen damit nichts mehr zu tun haben! Das Musical wird verkauft werden.«

Sissi sah mich hoffnungsvoll an. Vielleicht an das Team, das Nikolaus bereits organisierte!

»Dann werden wir jetzt unseren Job verlieren?«, fragte MBM die Frage, die wirklich alle schon seit einiger Zeit beschäftigte.

»Der Wolf hat alles kaputt gemacht«, warf die Schön wütend ein. »›Ludwig und Richard‹ war eigentlich ein erfolgreiches Musical. Wir hätten alle so dankbar sein können. Aber nein, der Profit reichte dem Herren ja nicht. Da muss ein Nobelhotel her! Und dann musste der Depp noch ein Verhältnis mit …« Sie verstummte verschämt.

»Hören Sie bitte auf!«, forderte Gustav Vogler.

»Dass so etwas rauskommt, musste doch klar sein, oder!«, hieb MBM weiter in die Kerbe.

Völlig überfordert von den Eindrücken und Gefühlen des Tages brachten wir die Abendvorstellung hinter uns, die heute bestimmt die schlechteste seit Monaten war. Danach riefen wir Nikolaus an.

Kapitel 30

»Hallo Nikolaus, wie geht's dir?«

Sie plauderten ein wenig und er berichtete von seinen Planungsarbeiten bezüglich eines neuen König-Ludwig-Musicals.

Sissi erwähnte dann die Vorkommnisse der letzten paar Tage. »Aber ich würde dir das alles lieber am Wochenende persönlich erzählen – in Innsbruck!« Sie kicherte fröhlich.

»Heißt das, du, ihr kommt mit?«, fragte Nikolaus ungläubig.

»Genau! Und sorry, dass ich es dir erst so spät gesagt habe!«

Die Stimmung im Musical war gedrückt in den nächsten Tagen. Bezüglich Thomas' Mörder gab es immer noch keine Neuigkeiten. An der Leiche wurden weder Spuren von Fischbach oder Wolf gefunden. Das und andere Informationen verbreiteten sich wie ein Lauffeuer. Gegen Wolf wurde mittlerweile aber dennoch ermittelt, allerdings nicht wegen Mordes.

Endlich war Samstagmittag. Der schicke weiße Audi Q3 stand vor der Türe.

Freudig erregt stiegen wir ein. Gestern Abend hatte Sissi noch mit ihrer Freundin Petra telefoniert. Sie war ein wenig besorgt, ob sich Nikolaus auch wirklich gut benehmen würde. »Der ist ziemlich reich, wahrscheinlich denkt er, er kann sich mit Geld alles kaufen, auch die Liebe einer jungen Frau«, hatte sie wortwörtlich gesagt.

Kopfschüttelnd hatte Sissi diesen Gedanken verworfen.

Die Stimmung im Auto war locker, im Radio lief klassische Musik. Bei den Gesprächen drehte sich wie fast immer alles ums Musical. Nach einer guten Stunde waren wir auch schon da. Nikolaus parkte vor einem kleinen, von außen unscheinbaren Stadthotel. Es war klein, aber wirklich fein und sehr geschmackvoll eingerichtet. Elegant und diskret begrüßte uns die Empfangsdame in einem dunkelblauen Kleid mit weißem Spitzenkragen, das den einfachen Charme einer Nonnentracht hatte, und geleitete uns über eine mit schickem Teppich bezogene Treppe in den ersten Stock. Die wunderschönen Swarovski-Dekorationen im ganzen Haus faszinierten Sissi. Im Eingangsbereich wurde der Besucher von einem in vielen Farben glitzernden Swarovski-Schwan begrüßt. Am liebsten wäre ich vor diesem Schwan stundenlang stehen geblieben und hätte ihn bewundert. So schön war er! Aber Sissi drängte mich darauf, weiterzugehen. Im Zimmer angekommen staunten wir noch mehr. Ein großes Himmelbett dominierte den Raum. Es war mit schwarzer Seidenbettwäsche bezogen. Oje, jetzt machte ich mir Sorgen. Hinten links befand sich in einem Erker noch eine süße kleine Eckbank mit rundem Holztisch.

»Guck mal, das sind ja Versace-Kissen«, rief Sissi freudig aus und streichelte die dunkelblauen Samtkissen mit Goldfransen.

Nikolaus lächelte stolz und glücklich, da er wohl das richtige Hotel gewählt und Sissis Geschmack getroffen hatte. »Wow!«, schrie es jetzt aus dem Bad.

Nikolaus und ich trabten zu Sissi. Und tatsächlich! Auch mir verschlug es die Sprache. So ein Badezimmer hatten wir noch nie gesehen: Es war hochelegant und schwarz gefliest mit vielen Goldornamenten. Überall blendeten Swarovski-Steine unseren Blick. Jede Fliese trug in der Mitte eine Kristall-Raute. Im Fußboden, an den Wandfliesen und sogar in der Decke. Spiegel verwirrten meinen Blick so sehr, dass ich zunächst gar nicht wusste, wo der Raum tatsächlich endete; verwirrt betrachtete ich mich vor dem glitzernden Schmuck in verschiedenen Spiegeln in verschiedenen Winkeln. Ein Spiegelkabinett. *Das hätte gut in König Ludwigs neue Burg gepasst*, dachte ich.

Später schlenderten wir in die Innenstadt von Innsbruck, bewunderten das berühmte »goldene Dachl«, tranken Kaffee, ich natürlich nur Wasser, und wanderten durch einen Park, wo wir zu dritt Frisbee spielten, was zurzeit mein Lieblingsspiel war. Nach dem Abendessen in einem gutbürgerlichen Lokal liefen wir zufrieder heim.

Ich legte mich glücklich, satt und müde auf mein blaues Reisebett. Sissi trug mittlerweile ihr goldenes Abendkleid, Nikolaus einen schwarzen Anzug mit goldener Krawatte. Gut sahen sie aus.

»So, jetzt müssen wir langsam los«, drängte Nikolaus nach dem Blick auf die Uhr.

Nikolaus war so lieb, mir das Klassikradio anzustellen, und so döste ich bei den schönen Klängen genüsslich weg, während die beiden zur Oper gingen.

Nach Stunden kamen sie wieder zurück aufs Zimmer. Sie lachten und schwärmten von der Inszenierung. »A bissl lang war's schon!«, jammerte Sissi, die keine Opernerfahrung besaß.

Jetzt hatte sie schon ein wenig Angst. Wie würde das jetzt? Mit einem noch ziemlich fremden Mann in einem Hotel in einem Doppelbett schlafen.

»Darf ich zuerst ins Bad?«, fragte sie.

»Klar!«, antwortete Nikolaus lieb wie immer.

Dann kam sie in ihrem Pyjama aus dem Bad und Nikolaus, der schon seinen Pyjama trug, ging mit seinem Waschbeutel hinein. Sissi saß unentschlossen auf dem Bett und guckte mich ein wenig hilflos an.

Nikolaus kam wieder aus dem Bad und legte sich ins Bett. Er sah sie lieb an und drückte ihre Hand mit den Worten: »Gute Nacht, Sissi. Und vielen Dank für diesen wunderbaren Tag!« Sissi schaute mich erleichtert an, als er sich hinlegte und die Augen schloss. Sie löschte das Licht und so schliefen wir friedlich ein.

Am nächsten Morgen frühstückten wir nach einem kleinen Spaziergang und düsten glücklich und zufrieden ins schöne Allgäu zurück.

»Ich habe übrigens mit einigen meiner Kollegen über das Musical gesprochen, Sissi!«, begann Nikolaus wieder mit dem Thema Nummer eins. »Ich hätte durchaus zwei, drei Leute an der Hand, die nicht uninteressiert an einem König-Ludwig-Musicalprojekt in Füssen sind.«

»Super!«, unterbrach ihn Sissi begeistert. »Am Freitag haben wir wieder Stammtisch in München. Da kommst du mit ... Bellini wird im Viereck hüpfen vor Freude!«, rief sie freudig aus.

»Jetzt mach dir mal nicht zu früh Hoffnungen. Aber man kann ja durchaus mal planen.«

»Dann bist du am Freitag dabei!«, stellte sie fest, ohne Widerworte zu dulden.

»Heißt das, du willst das kommende Wochenende wieder mit mir verbringen?«, fragte er, zwinkerte ihr dabei spitzbübisch zu und drückte ihre Hand noch fester.

»Ich denke, das würde ich in Kauf nehmen. Natürlich nur, um unser Musical zu retten.« Sie zwinkerte keck zurück.

»Logisch«, erwiderte er kopfnickend.

»Was glaubst du denn, wer den Thomas umgebracht hat?«, fragte Sissi Nikolaus, von dem sie sich eine Antwort erhoffte, wenngleich er das gar nicht wissen konnte.

»Ich weiß nicht, ich kenne die Leute, die mit ihm zu tun hatten, ja nicht so gut wie du? Wer hatte denn noch mit Thomas zu tun? Und wer hatte etwas gegen ihn?«

»Der Beyerle! Der war immer schon auf ihn eifersüchtig, weil Thomas immer die strahlende erste Besetzung war. Und in Alexander, Thomas' Freund, war er wohl auch verliebt. Alexander hat mir sogar mal eine SMS gezeigt, in der Karl Beyerle geschrieben hat: ›Ich hasse diesen aalglatten Trottel. Hol ihn der Teufel!‹ Das ist doch eindeutig, oder?«

Nikolaus schaute skeptisch. »Das weiß die Polizei sicher auch, oder?«

»Nein, die sind doch zu blöd! Ich geh selbst zu Karl und sprech ihn darauf an.«

»Spinnst du, dich mit einem potenziellen Mörder anzulegen!« Sein Ton war scharf geworden. Etwas milder fügte er hinzu: »Ich meine nur, jetzt wo wir … Nun ja, ich will dich nicht gleich wieder verlieren.«

Mittlerweile war es amtlich, das Musical würde verkauft werden. Und es wurde wahrscheinlich nur noch diesen Monat nach Plan gespielt. Wie es danach aussah, wusste keiner mehr. Wolf ward gar nicht mehr gesehen.

Kapitel 31

Eine Woche später öffnete uns Nikolaus die Tür zu seinem Apartment in Schwabing. Sissi musste heute nicht auf einer speckigen Matratze bei irgendjemandem übernachten. Nikolaus hatte ihr sein Gästezimmer angeboten. Tausche Apartment in Schwabing gegen Matratze mit Kleintierbefall!

Das traf meine königlichen Erwartungen schon eher.

Die Wohnung war einfach, aber elegant, wie es zu Nikolaus passte. Einfacher Parkettfußboden. Eine weiße Küche, ein separates Speisezimmer mit einem großen Glastisch, einer Designerlampe und einem hübschen, alten Bauernschrank. Ein großes Wohnzimmer mit schwarzer Ledercouch, einem Designerregal mit vielen Büchern und einer hübschen Büste. Mozart oder so. Eine von König Ludwig II. würde besser aussehen! Überall hingen wunderbare Gemälde, nicht nur geschmackvolle, aber preisgünstige Kunstdrucke von Monet, van Gogh oder Klimt, nein, auch Werke zeitgenössischer Künstler und auch der eine oder andere Damenakt. Aber geschmackvoll! Sissi stand kopfschüttelnd und Entsetzen vortäuschend davor. »So etwas gefällt dir also, Nikolaus«, neckte sie ihn.

Nikolaus schürzte die Lippen. »Mei Sissi, ich mag alles Schöne, Ästhetische und Erhabene!« Dabei drückte er ihr einen Kuss auf die Wange.

Dann gingen wir auf die wunderbare Dachterrasse. Ich war auf Sissis Arm, obwohl sie befürchtete, ihre weiße Hose und die schicke weiße Bluse mit mir zu verdrecken. Aber ich wollte auch den tollen Ausblick genießen und nicht nur das Gemäuer anstarren. Und es war wirklich wunderbar. Die Aussicht über die Dächer von Schwabing war fantastisch. Weiter hinten erkannten wir den Englischen Garten, die Frauenkirche und die gelben Türme der Theatinerkirche. Schön!

Dann setzte Sissi sich auf die schicken Lounge-Möbel, während ihr Nikolaus ihr Lieblingsgetränk servierte: Hugo. Ich hatte es mir auf einem Schaffell gemütlich gemacht und kassierte einen Kauknochen von Nikolaus. Der Mann dachte echt an alles. *Den würde ich glatt als Kammerdiener einstellen.* Hoffentlich schätzte Sissi seine Qualitäten auch.

Wenig später fuhren wir zur Pfälzer Weinprobierstube, wo unser Stammtisch stattfand, wobei ich es auch hier sehr gut ausgehalten hätte. Ein raschelndes Feuer im Kamin, wer brauchte schon viel mehr im Herbst …

Giovanni und Jacky waren schon da, Chantal und Wackerl mit Rosl. Herzlich umarmten sich alle und Sissi stellte Nikolaus vor.

»Das ist Nikolaus von Gaffron. Ein Freund von mir. Er hat eine PR- und Marketing-Agentur für Kunst, Kultur und Klassik.« Und schon waren sie mitten im Gespräch.

Nikolaus erklärte, dass er Menschen helfe, Kunst zu realisieren. Als Agent vermittelte er zwischen allen nötigen Parteien, stellte die Kontakte her, auch zu Banken und Investoren, machte Vernissagen, Theaterstücke und eben auch Musicals. Er nannte Beispiele für Projekte, die er schon realisiert hatte.

Sissi saß mit stolz geschwellter Brust neben ihm, schließlich hatte sie diesen tollen Mann aufgetan. Ich ließ sie mal großmütig in dem Glauben. Aber eigentlich hatte sie es mir zu verdanken, dass Nikolaus jetzt hier saß.

Natürlich musste Sissi auch alles über Wolfs Absturz und das Musical »Ludwig und Richard« erzählen.

Nicht zuletzt wollte Nikolaus alles über Giovanni Bellini und das Musical »Ludwigs Träume« erfahren.

Er war begeistert von Bellinis Erzählung. »Da steckt wirklich Leidenschaft dahinter. Und nur so kommt ein Kunstwerk beim Zuschauer an.«

»Ja, meinst du dann, du könntest etwas für unser Musical tun?«, fragte Bellini mit glänzenden Augen.

»Ich bin schon mit Investoren in Gesprächen, und denen habe ich dein Konzept ja schon wärmstens empfohlen. Also, ich denke, das könnte gut klappen!«

»Und wir haben ja auch die Original-Briefe des Königs, die können wir einbauen und damit werben, dass wir *das* König-Ludwig-Musical sind. Ganz nah am König dran«, schlug Bellini begeistert vor. »Ich hab die ja alle kopiert. Hört mal zu.« Er kramte einen Packen Papier aus einer Aktentasche, zog eine Kopie heraus und begann zu lesen:

Aumeister, Biergarten in München, September 1870

»Es ist so herrlich, liebste Sisi, dass wir uns einmal hier in München treffen. Gar zu lange konnten sich Adler und Möwe nicht mehr austauschen!«

»Tu as raison. Mon cher cousin! Doch du weißt, das Spanische Hofzeremoniell ist streng und lässt mir kaum eine Minute Zeit für mich, so bin ich schon gottfroh, einmal für ein paar Tage diesem Käfige in Wien zu entfliehen. Wie beschaulich dein München doch ist, liebster Ludwig!«

»Ja, hier in diesem wunderbar angelegten Garten findet man doch ein paar Momente der Ruhe und Abgeschiedenheit. Und der Aumeister kocht gar wunderbare einfache, aber schmackhafte Gerichte. Dein wunderbares Gedicht, liebe Poetin, habe ich leider erst im September in deinem Schlösschen auf der Roseninsel gefunden. Man merkt, welch dichterische Fortschritte du machst, ich höre gar ein wenig Heine aus deinen Gedichten heraus. C'est formidable!«

Die österreichische Kaiserin lächelt geschmeichelt: »Merci, mon chèr!«

»Wie treffend und metaphorisch es uns beide beschreibt«, schwärme ich weiter. Ich deute meinem Lakaien, er solle mir einen Brief, den ich auf Elefantenhaut verfasst habe, aus meiner Tasche geben. Ich reiche ihn Sisi: »Hier ist die Antwort, liebste Cousine.«

Sie nimmt den Brief aus meiner Hand, öffnet ihn und liest.

»Der Möve Gruß vom fernen Strand
Zu Adlers Horst den Weg wohl fand,
Er trug auf leisem Fittigschwung
Der alten Zeit Erinnerung.

Da Rosenduft umwehte Buchten
Möve und Adler gleich besuchten,
Und sich begegnend in stolzem Bogen,
Grüssend aneinander vorüberzogen.

Zur Bergeshöh' zurückgewandt,
Denkt Aar der Möve am Dünenstrand,
Und rauschend entsenden seine Flügel
Fröhlichen Gruß zum Meeresspiegel.«

Ihre geistvollen Augen blicken mich gerührt an.
»Oh Ludwig, vielen Dank für diese lyrischen Worte. An dir ist ja ein zweiter Goethe verloren gegangen. Wir beide, wir verstehen uns wahrhaftig. Wenn mich nur Franz Josef einmal so verstünde wie du.«
Ihre blauen Augen werden ein wenig tränenfeucht, doch sie möchte jetzt nicht weinen; zu schön ist der Moment hier, dass wir jetzt ein paar Stunden der gemeinsamen Rekreation haben. Ich bewundere ihr üppiges, fersenlanges Haar, das kunstvoll geflochten und nach hinten gebunden ist. Ihre schmale Figur, trotz der Kinder, kommt in ihrem zartrosa Kleid wunderschön hervor. Die zarte Spitze ist gleichsam eine Metapher für ihr zartes Gemüt. Ich liebe diese Frau!
»Erzähle mir vom Meer, Liebste!«, *bitte ich meine Cousine, die Kaiserin Elisabeth von Österreich, da ich noch nie dort gewesen bin. Verträumt sieht sie in die Ferne.*

»Ach Ludwig, c'est fantastique. Schon allein die würzige, salzige Luft, die Wellen, die mit großer Gewalt Gischt ans sandige Ufer spülen. Nicht vergleichbar an Größe und Wucht mit denen des Würmsees. Und dann ist da nur diese endlose, blaue Weite. Du musst mich einmal dorthin begleiten, teurer Freund!« Jetzt lächelt sie mich sehnsüchtig an und nimmt meine Hand, die unter ihrer Berührung ganz heiß wird.

»Ich kann momentan hier nicht weg, liebste Frau. Habe ich dir schon von meinem Schlossbau in Hohenschwangau erzählt?« Freude und Leidenschaft ergreifen mich. »Die Bauarbeiten zur Neuen Burg gehen zügig voran. Im Ostteil stehen schon das Fundament und einige Mauern. Dies wird meine Gralsburg. Dort werde ich mich zurückziehen vor dieser Welt. Werde Wagner-Opern aufführen. Mein Zufluchtsort, verstehst du? So wie dein Korfu!« Begeistert sehe ich Sisi an, die mich durchdringend ansieht, und bedecke ihre zarte Hand mit unzähligen Küssen. Jetzt lacht sie wie ein junges Mädchen. »Ludwig, lass das. Ich habe ja bald keine Hand mehr!«

Sissi wischte sich verstohlen eine Träne der Rührung aus dem Augenwinkel. Nikolaus drückte ihre Hand.

»Ja, wir können einige Originaltöne des Königs einbauen, und die Briefe stellen wir in Vitrinen aus!«, schlug Nikolaus vor.

»Und du Sissi, du sollst doch mit diesem Professor aus Oxford zusammenarbeiten und die König-Ludwig-Biografie fertigstellen«, meinte Wackerl.

»Ja, ich rufe den nächste Woche mal an«, erklärte Sissi strahlend.

»Dann sehen wir weiter. Juhu, dann darf ich mal nach England reisen. Und werde Buchautorin!«

Bellini holte noch ein Schriftstück heraus. »Das hat Franz Lehmann, der Opa von Thomas' Oma, selbst verfasst.«

Er las mit ergriffener Stimme:

»Dr. Gudden wollte den König mit beiden Händen festhalten und stützen. Der König aber, um ein gutes Stück größer und stärker als er, stieß ihn kraftvoll ins Wasser. Er fiel hilflos und ungelenk in die kalten Fluten und schrie erschrocken um Hilfe. Seine Majestät lachte laut auf. ›Da gehörst du hin, du gemeiner Verräter!‹ Es fiel ein Schuss. Ich erschrak sehr, doch hielt mich in meinem Versteck, was hätte ich auch tun sollen? Die Gendarmen holten auf und riefen etwas. Sie waren bedrohlich nah. Gudden rappelte sich auf, wollte Ludwig zurückhalten; sie standen jetzt hüfthoch im kalten Wasser, das bleischwer an des Königs Rock zog.

›Ihre Majestät, bleiben Sie doch stehen. Wir …‹, rief Gudden hysterisch. Sie kämpften. Gudden blickte sich dabei um zu den Männern in Uniform. Angst flackerte in seinen weit aufgerissenen Augen auf. Aha, die Garde war hinter ihm her, er hatte also nicht nur König Ludwig verraten, sondern auch das Geheimnis … Er rüttelte Ludwig an den Schultern, um ihn zur Vernunft zu bringen. Dieser jedoch stürzte sich mit voller Wucht auf ihn, sodass beide ins kalte Wasser stürzten. Die Kälte musste seine Glieder lähmen. Die Wachen riefen erneut etwas; sie packten Gudden. Jemand stieß den König noch weiter ins Tiefe. Grüne, undurchsichtige Tiefe.

Plötzlich brach ein Schuss durch das laute Plätschern und Gurgeln. Der König fiel. Rote Flüssigkeit ergoss sich im See. Ein tiefes Dunkelrot! Eine blutrote Wolke, die sich heller werdend wie ein Wolkengebilde im grünen Wasser ausbreitete …

Der Mantel mit dem Einschussloch wurde seither nicht mehr gesehen.«

Alle waren sehr ergriffen und versuchten, das eben Gehörte zu verdauen.

»Dieser Franz Lehmann, König Ludwigs Lieblingslakai, war dabei, als dieser starb«, sagte Bellini in das Schweigen hinein. »Er hat sich dies aufgeschrieben, um es für seine Nachfahren zu dokumentieren. Er schreibt weiter:

Meine lieben Kinder, Kindeskinder,

bitte behandelt dies unbedingt vertraulich! Diese Texte, und vor allem dieser hier, dürfen nicht in falsche Hände geraten. Das müsst ihr mir bei meiner Ehre versprechen. Ich war, und das kann ich mit Fug und Recht behaupten, ein Vertrauter des Königs. Ich war dabei, als er starb. Wir wurden gezwungen, zu schweigen. Hätte ich gesprochen, dann hätten sie mich auch getötet. Und dann wäre meine geliebte Frau Kreszentia mit den Kindern allein. Das wollte ich nicht. Für mein Schweigen bekamen wir einen großen Batzen Geld.

Aber glaubt mir, nach dieser Erfahrung, nach diesem Unrecht, das sie vor meinen Augen an meinem geliebten König getan haben, war nichts mehr wie früher. Mein Glaube an das Gute, an die Gerechtigkeit war verschwunden. Weg! Ich lebte fortan nur mein kleines Biedermeierglück mit meiner Familie. König Ludwig war tot. Nichts hätte ihn jetzt mehr lebendig gemacht ...«

Bellini hörte auf zu lesen.

»Das muss ein Familiengeheimnis bleiben«, sagte Sissi düster.

»Diesen Brief lassen wir in Giovannis Safe verschwinden, okay?«, fragte sie ängstlich in die Runde.

Die anderen stimmten zu.

»Ja, wir wollen alles im Sinne von Thomas fortführen!«

»Der Wolf hat zugegeben, bei mir eingebrochen zu haben«, sagte Bellini unvermittelt.

»Ja, er hatte gehört, wie Thomas von brisanten Dokumenten und Briefen, von einer Sensation gesprochen hat, und Angst bekommen, dass darin etwas steht, was gegen ihn verwendet werden könnte«, ergänzte Jacky.

»Ach so, dann dachte Wolf, Thomas hätte etwas gegen ihn, seine Schwarzgeldkonten und seine Mauscheleien mit Fischbach in der Hand«, schlussfolgerte Wackerl.

»Und deswegen auch der Anschlag auf Thomas«, sagte Chantal.

»Und der Mord?«, warf Sissi ein.

Niemand wusste eine Antwort.

Am nächsten Morgen frühstückten wir gemütlich und gingen dann im Englischen Garten spazieren. Es war wunderbar. Nikolaus und Sissi spazierten Hand in Hand in Harmonie und ich nahm viele tolle Gerüche auf, raste durch das hohe Gras.

Nach einer kleinen Mittagsmahlzeit trank Sissi noch einen Kaffee bei Nikolaus.

»Und lass mir die Finger von Beyerle!«, rief Nikolaus zum Abschied. Doch Sissi tat das, was sonst ich immer tue: Sie schaltete ihre Ohren auf Durchzug.

Kapitel 32

Am Montagmorgen hatte uns der Alltag wieder fest in seiner Hand. Verflogen war die Leichtigkeit des Wochenendes.

Das Ehepaar Vogler ward nach seinem Auszug aus seinem Büro nicht mehr gesehen. Nikolaus und Bellini waren in stetem Kontakt und auch das Treffen zwischen Nikolaus, Bellini und neuen Interessenten beziehungsweise Gesellschaftern hatte schon stattgefunden. Sie würden das Musicalgebäude kaufen, Giovanni Bellini als Regisseur und Intendant einstellen und das Musical »Ludwigs Träume« in leicht abgewandelter Form übernehmen. Schon am Wochenende würden Sissi, Nikolaus und Bellini darauf anstoßen. Midnight und ich wurden auch wieder übernommen. Für Freitag waren die Notartermine, die Übergabe und die Unterschriften geplant.

Jetzt galt es nur noch, Thomas' Mörder zu finden.

Da die Polizei Sissi sowieso nicht so recht ernst nahm, beschloss sie, die Sache selbst in die Hand zu nehmen und Karl zur Rede zu stellen.

»Komm, Ludwig, das schaffen wir. Ich stelle einfach mein Handy auf Aufnahme und spiel das Geständnis dann der Polizei vor.«

Super Plan! Ich spielte ja gern Kommissar Rex, aber das ging mir wirklich zu weit. Aber wie konnte ich sie mit ihrem Allgäuer Sturschädel davon abhalten?

Gar nicht, denn wir fuhren am Donnerstagvormittag zu Karls Wohnung. Ein Mann, der mit verschlafenem Blick die Türe öffnete, sagte, er sei nicht hier, sondern in der Hanfwerke. Dort betreibe Karl seit Kurzem ein kleines Atelier.

Die Hanfwerke lag unterhalb des Hohen Schlosses am anderen Lechufer. Schon als wir nach der Lechbrücke rechts in das große Gelände einbogen, war mir sehr unwohl. Nein, nicht unwohl. Ich hatte richtiggehend Angst und mir war schlecht. Sissi parkte ihr Auto vor dem Hauptgebäude mit den Ateliers. Für die schöne Aussicht auf den türkisfarbenen Lech, der sich langsam Richtung Forggensee schob, die romantischen Bäume im goldenen Gewand und die Skulpturen hatte ich jetzt keinen Nerv. Selbst das am Boden liegende raschelnde Laub konnte mich heute nicht zu einem Sprint bewegen.

Schnurstracks ging mein Frauchen die Treppe hoch und in ein großes Atelier, in dem auch Whitey seine Bilder ausstellte und teilweise sogar malte. Große Fenster ließen helles Licht in den hallenartigen, großzügigen Raum, der selbst im Sommer recht kühl war. Stabile Stahlträger waren an den Decken zu sehen. Bunt bemalte Säulen trennten verschiedene Bereiche des Raumes.

»Hallo!«, rief sie aus. Whiteys Wellensittiche begrüßten uns lautstark und flogen frei über unseren Köpfen.

Vom hinteren Eck ertönte ein »Hallöle«, dann schälte sich Whitey mit Pinsel, Malerkittel und Mütze zwischen den Bildern hervor.

Sah toll aus, wie aus dem Bilderbuch. Chaotischer Künstler im farbverschmierten Kittel. Bilder, die an Wänden und Säulen hingen und einige Bierbänke mit Getränken mitten im Raum, auf denen die Werke »in progress« zu sehen waren. Sonst liebte Sissi es, den Bildern bei ihrem »Werdeprozess« zuzusehen. Nicht jedoch heute.

»Hallo Whitey, weißt du, wo ich den Karl Beyerle finde?«, fragte Sissi unverblümt und ohne einen Blick für die Stillleben, die sich ihr boten.

Er guckte etwas verplant. »Ne, keine Ahnung. Aber wenn du weiter hinten in den Gebäudetrakt gehst, da sind der Schreiner Robert und ein paar neue Künstler. Vielleicht ist er da!«

»Danke, Whitey!«, sagte sie im Gehen und ich raste hinterher.

»Was brauchst du denn von dem?«, rief er ihr hinterher, doch bekam keine Antwort. Wir verließen das Atelier, eilten die Treppe herunter und am Gebäude vorbei, unter einem düsteren Torbogen durch und an einem weiteren riesigen Fabrikgebäude, das schon deutlich bessere Zeiten gesehen hatte, entlang. Das große rote Hauptgebäude mit den großen Fenstern, die oben mit jeweils roten

Ziegelbögen abschlossen, hatten wir schon hinter uns gelassen. Jetzt eröffnete sich uns der hintere Bereich mit den quaderförmigen, klobigen, schmucklosen Gebäuden. *War das hier alles vergammelt! Ach, wäre doch Nikolaus da!*

Müll, alte Autos und Blech lagen herum, der Putz fiel von den Häuserfassaden, der Boden war schottrig mit Schlaglöchern, in denen sich schon ordentliche Pfützen gebildet hatten. Keine Menschenseele war an diesem Vormittag an diesem verlassenen Ort.

Ein ungutes Gefühl beschlich mich. Und sagte man Hunden nicht den siebten Sinn nach? Oder doch den Katzen?

Für philosophische Gedanken blieb mir jedoch keine Zeit. Ich schnaufte Sissi hinterher.

Dann gingen wir in eines der riesigen Fabrikgebäude rein, eine große Steintreppe hoch, schoben eine schwere Stahltüre auf und befanden uns in einer unüberschaubaren, dunklen Halle, die etliche Stützsäulen aufwies. Gruselig. Ein modriger, feuchter Geruch stieg in unsere Nasen. Und hier sollte sich ein Atelier befinden?

»Keine Angst, Ludwig, ich habe Nikolaus eine SMS geschickt, dass wir hier sind!«, versuchte Sissi, die wie so oft meine Gedanken zu lesen schien, mich zu beruhigen.

Plötzlich war Karl Beyerle im hinteren Bereich des großen Raumes zu sehen. Ein Eisschauer durchfuhr mich. Wieder aufgestellte Nackenhaare. Der große Mann hantierte an einer Werkbank herum. Sissi verschwand hinter einer Säule und tippte in ihrem Handy herum. Dann ging sie schnurstracks auf Beyerle zu und begrüßte ihn. Ich blieb ihr dicht auf den Fersen. Ich fühlte mich jetzt nicht wie Kommissar Rex! Weder mutig noch gefährlich!

»Was machst du denn da?«, fragte er erstaunt und unfreundlich. Fühlte er sich ertappt?

»Hallo Karl. Entschuldigung, dass ich so unvermittelt hier auftauche. Aber ich hätte mal ein paar Fragen an dich.« Sissi versuchte es weiterhin freundlich.

Seine Augen verengten sich.

»Können wir rausgehen, hier ist es so ungemütlich und kalt!«, fragte nun Sissi etwas verunsichert. In diesem dunklen Raum war ihr alles andere als wohl. War es doch Blödsinn, sich hier mit ihm allein zu treffen? Aber welche Gefahr sollte denn von ihr ausgehen. Sie war doch nur eine einfache Frau und somit völlig unverdächtig.

»Was soll das?« Er wirkte ungehalten.

»Hast du den Thomas umgebracht?«

Oh Gott, Diplomatie war wie gesagt nicht ihre Stärke.

»Bitte was? Verschwinde!«, rief er ungehalten aus.

»Ich frage ja nur!«

»Was geht dich das an, du Schnüfflerin?«

»Na, du hast Thomas doch noch nie leiden können. Du warst eifersüchtig auf ihn. Er hat dir die besten Jobs vor der Nase weggeschnappt und dann auch noch den Alexander!«

Oh Gott! Was würde jetzt passieren?

Er hob die Hand. Ich ging knurrend dazwischen.

»Pack den Hund weg!«

»Nein, der bleibt da. Wir haben eindeutige Beweise, du musst es nur zugeben.« Sissi konnte so ein Großmaul sein. Meinte sie die SMS, in der Karl sagte, dass er Thomas hasste?

Karl drehte durch. Er schien nicht die besten Nerven zu haben.

»Das war ein Unfall. Der ist gestürzt«, stotterte er.

»Nachdem du ihm eine gescheuert hast!«

»Ja, dann ist er gestürzt!« Er weinte fast.

»Komm, Ludwig, wir verschwinden.« Sissi rannte los, ich hinterher. Karl glotzte blöd in die Gegend, dann spurtete auch er los und packte ein paar Schnüre und Kabel, die am Boden lagen. Es war wie im Krimi. Nur leider Wirklichkeit! Mit Riesenschritten holte der lange Lulatsch uns ein.

Er kriegte Sissi an der Jacke zu fassen, sie fiel jäh zu Boden und schrie. Er stürzte sich auf sie. Sie schrie noch lauter. Oh Gott! Ich hatte solche Angst um sie. Noch nie habe ich sie so schreien hören. Es ging mir durch Mark und Bein. Was würde Kommissar Rex jetzt tun? Ich rannte hin. Er schlug Sissi ins Gesicht, dann drehte er sie unsanft auf den Bauch und kniete sich auf sie. Ich biss ihn in den Arm, doch er schlug mich weg. So brutal, dass ich einen Meter weit flog. Gefühlte zwei. Wieso war ich nur kein Rottweiler?! Und er schlug mit der Schnur nach mir, um mich fernzuhalten. Gegen den hatten wir keine Chance! Er fesselte Sissi, aus deren Mund jetzt ein rotes kleines Rinnsal floss, an Armen und Beinen. Dann band er einen Pullover um ihren Mund, damit sie nicht mehr schreien konnte. Sollte ich Hilfe holen? Oder bei ihr bleiben? Ich drehte durch. Wieder biss ich Karl, der noch immer über Sissi gelehnt war und sie fesselte, in den Oberschenkel. Er schlug mir mit voller Macht ins Gesicht. Au, das tat weh! Als Sissi bewegungsunfähig war, rannte er weg, zum Hinterausgang, hielt sich das blutende Bein. Ich schleckte Sissis Gesicht, also das, was noch nicht von dem Pullover bedeckt war, ab. *Kommissar Rex würde jetzt die Fesseln und den Knebel aufbeißen.* Also machte ich das. Biss in den Knebel und zerrte ihn herunter von ihrem Gesicht Richtung Hals. Sissi war froh, wieder mit mir reden zu können. Noch immer floss Blut aus ihrem Mund.

»Danke, Ludwig, beiß die Fußfesseln durch, bevor er zurückkommt!«

Ich tat, was ich konnte, doch so leicht war das nicht. Als Welpe hatte ich doch auch jeden Strick und jede Leine durchgebissen?

»Los, hol Whitey, findest du den Weg?« Sie robbte in Deckung, die Fesseln an Händen und Füßen waren einfach zu fest. Ich raste los, die Treppe runter. Mist, die Stahltür! Sie war nur einen Spalt geöffnet. Mit ganzer Kraft schob ich zuerst meine Schnauze und dann meinen ganzen Körper durch. Wieder einmal gereichte mir meine Pitbullbrust zum Vorteil! Endlich war ich draußen, spurtete den Kieshof vor Richtung Atelier. Wieder flogen Kieselsteine, Blätter raschelten, doch ich hatte kein Gehör dafür. Durch den Perlenvorhang rein in Whiteys Atelier, dessen Tür Gott sei Dank immer offen stand. Ich bellte wie verrückt.

»Ja, Ludwig, was ist denn los? Wo hast du die Sissi gelassen?«

Der feinfühlige Künstler, der spürte, dass etwas nicht stimmte, bückte sich zu mir herunter. Ich bellte, rannte zwei Meter, drehte mich um, animierte ihn mitzukommen. Und das tat er auch und rannte mir hinterher. Wow, dass ich so schnell sein konnte, machte mich richtig stolz.

Und schon waren wir da. Sissi lag etwas versteckt hinter einem Mauervorsprung. Karl war nicht zurückgekehrt. Ich hatte solche Angst gehabt, dass er auch sie töten würde. Wieder das Bild vom Tierheim. In solchen Notsituationen kamen einem die blödesten Bilder in den Kopf.

»Ruf die Polizei!«, rief Sissi panisch aus, was Whitey sofort machte. In Notfällen konnte man sich wirklich auf ihn verlassen.

Dann löste er vorsichtig Sissis Fesseln, nahm den Pullover von ihrem Hals und führte sie sachte hinaus.

»Sonst alles okay?«, fragte er sanft.

»Ja, bei mir schon. Schau lieber nach dem Ludwig.« Süß, mein Frauchen. Auf einer Treppe sitzend untersuchte sie mich auf mögliche Verletzungen. Ich schleckte ihr Gesicht ab.

Dann traf die Polizei ein. Auch das war wie im Film: Sirenen, Blaulicht, quietschende Autoreifen und zwei Polizisten, die aus dem Auto sprangen.

»Oje, des kneschtige Weib scho wieda!«, meinte der nette Polizist aus dem Revier.

»Sie müssen den Karl Beyerle suchen, der hat den Mord gestanden!«, rief sie ihnen entgegen.

»Lassen Sie uns mal lieber unsere Arbeit machen, Sie …«, rief der Streberbatzen aus, vollendete aber den Satz nicht.

Sissi wurde befragt, ein Krankenwagen kam. Viele Polizeiautos und Polizisten waren schon auf der Suche nach Karl Beyerle.

Die Sanitäter wollten Sissi auf eine Trage legen, doch sie sträubte sich. »Ich bleibe bei Ludwig.« Und dann kam schon Nikolaus angerannt.

»Du dumme Kuh«, fauchte er.

»Na, das nenn ich mal 'ne liebevolle Begrüßung!«, versuchte sie ein Grinsen.

Er umarmte sie und Sissi weinte.

Dann kamen die Männer von der Kripo, Maier und Scheffler. »Guten Morgen, zusammen. Sind Sie verletzt?«, fragten sie an Sissi gerichtet, die noch auf der Stufe saß. Nikolaus hatte einen Arm um sie gelegt.

»Nein, danke, es geht!«

Der große, kahle Maier schüttelte den Kopf.

»Wie kann man sich nur so leichtsinnig in Gefahr begeben!«

»Sie sollten sich nicht in unsere Arbeit einmischen!«, ergänzte der andere, dem der Kollege zu freundlich war.

»Aber er hat gestanden«, sagte Sissi unter dem strafenden Blick von Scheffler.

»Passen Sie mal besser auf Ihre Freundin auf!«, scherzte Maier.

Sissi und Nikolaus guckten sich verschmitzt an.

Das Funkgerät eines Streifenpolizisten rauschte. »Nun, wir haben soeben erfahren, dass die Streife Karl Beyerle festgenommen hat und aufs Revier nach Füssen bringt. Sie können also ganz beruhigt sein.«

Epilog

Am nächsten Morgen, es war Freitag, rief Kommissar Maier bei uns an. Karl Beyerle hatte gestanden, Thomas niedergeschlagen zu haben. Die daraus resultierende Kopfverletzung wäre aber niemals tödlich gewesen. Die Kriminalpolizei konnte auch Spuren seiner Kleidung unter den Fingernägeln von Thomas nachweisen. Jedoch war diese Verletzung eben nicht tödlich.
Die Ermittlungsarbeiten hatten aber überraschenderweise ergeben, dass auch Frau Voglers Spuren an Thomas zu finden waren, die den bewusstlosen Thomas nach dem Kampf mit Beyerle ins Wasser des nahe liegenden Forggensees geschleift und ihn dort ertränkt hatte, unweit der Ludwigsglocke hinter dem Festspielhaus. Sie hatte schon alles gestanden. Was hatte sie auch noch zu verlieren gehabt? Sie wusste, dass Wolf in großer Sorge wegen Thomas' geheimen Dokumenten war, und wollte Wolf, verblendet, wie sie vor lauter Liebe war, und das Musical schützen. Sie konnte ja nicht wissen, dass die geheimen Dokumente nur König Ludwig II. betrafen, also für Wolf gänzlich ungefährlich waren.

Weder Sissi noch mir schmeckte unser Frühstück und mit flauem Magen schleppten wir uns in die Arbeit. Auf dem hinteren Parkplatz trafen wir Nikolaus. Schnell gaben sich Sissi und er einen verstohlenen Kuss. Wuff! Um acht Uhr in der Frühe war die Gesellschafterversammlung. Danach der Notartermin. Nikolaus trug einen schicken Anzug und sah richtig gut aus. Auf dem Parkplatz trafen wir die zwei neuen Käufer, Herr Lechner und Frau Schmuck. Nikolaus stellte Sissi und mich vor.
»Das ist die Sissi, sie machte bisher das Büro von Herrn Wolf, und das ist der Ludwig. Ich habe Ihnen ja schon viel von den beiden erzählt«, ergänzte er augenzwinkernd.
Sissi gab ihnen die Hand.

»Ja du bist aber ein ganz Hübscher!«, begrüßte mich die Frau.

Endlich mal wieder bekam ich ein Kompliment und Streicheleinheiten. Sissi und Nikolaus streichelten sich ja nur noch gegenseitig.

»Sekt ist schon kalt gestellt, Sissi!«, sagte Nikolaus, bevor er zur Versammlung ging.

Für uns hieß es warten. Doch immerhin mussten wir keine Angst mehr haben, denn Thomas' Mörderin befand sich hinter Schloss und Riegel. Das war schon ein gutes Gefühl.

Nach über zwei Stunden rief Nikolaus auf dem Handy an.

»Beim Notar hat alles geklappt. Es ist vollbracht!«, sprach er die biblischen Worte erleichtert aus.

Sofort eilten wir in die Bierwirtschaft, wo ein kleiner Umtrunk mit allen Beteiligten stattfinden sollte.

Sissi stürzte Nikolaus in die Arme.

Als alle mit Sekt oder Sekt-Orange bewaffnet waren, ließen sie die Gläser klingen.

Bellini freute sich wie ein kleines Kind und umarmte alle. Mich nahm er hoch auf den Arm und drückte mich liebevoll. *Na, na, na, Giovanni. Contenance!*

Jacky lächelte nur ihr mildes Lächeln, aber natürlich wusste ich, wie glücklich sie darüber war, dass sie beide in Füssen wieder für »ihr« Musical arbeiten durften.

»Ich habe doch auch den Sekt kalt gestellt!«, flüsterte Sissi Nikolaus ins Ohr.

»Den trinken wir heute Abend, Schatz, nur wir zwei!«, hauchte er ihr ins Ohr.

Ich knurrte.

»Sorry, kleiner Schatz, nur wir drei!« Sie lachten.

Es wurde noch über den Vertragsabschluss gesprochen und geplaudert.

Von der aktuellen Besetzung war niemand da. Vermutlich würde keiner von ihnen übernommen. Das neue Team wollte einen klaren

Schlussstrich ziehen und ganz bewusst auf das Original »Ludwigs Träume« setzen.

»Wollen Sie weiterhin die Sekretärin sein?«, fragte Herr Lechner nun Sissi.

»Herr von Gaffron hat ziemlich von Ihrer Arbeit geschwärmt!«, ergänzte Frau Schmuck und lächelte.

»Sehr gerne!«, sagte Sissi ohne viele Umschweife.

»Ich möchte aber einen Job unabhängig von Beziehungen, nur aufgrund meiner Leistung«, flüsterte Sissi Nikolaus in einem unbemerkten Augenblick ins Ohr, während ein sanfter Sonnenstrahl in den Raum fiel. Staubpartikel tanzten wie kleine Glühwürmchen darin.

Nikolaus und ich warfen uns einen vielsagenden Blick zu. Die Frauen und ihre Unabhängigkeit!

»So, dann ist für den Middy die süße Zeit jetzt auch vorbei. Jetzt muss er wieder arbeiten für sein Futter«, sagte sie. »Und der Ludwig hat schon einige Anfragen von der Polizei«, fügte sie lächelnd hinzu, worauf Nikolaus sie in die Rippen zwickte.

Plötzlich aber blickte sie schockiert in Richtung der Galerie, die jetzt von dem kegelförmigen Lichtstrahl beleuchtet wurde. Kalkweiß war sie von einer Sekunde auf die nächste geworden. Die Augen groß, der Mund offen. Nikolaus und ich folgten ihrem Blick.

Oh Gott. Mir stellte es die Nackenhaare auf. Ein Schauer durchfuhr mich.

Auf der Galerie, inmitten des Sonnenlichtkegels, stand König Ludwig? Oder Thomas Gubath? Wie von einem Scheinwerfer erleuchtet.

Schön, groß, adelig, mit den seelenvollen Augen, die eben nur er hatte. Das pechschwarze Haar glänzte in mannigfaltigen Farben im Schein des Sonnenstrahls. Eine Offenbarung mit seiner blauen Uniform und der roten Schärpe.

Ein mildes Lächeln umspielte seinen schönen Mund und er zwinkerte uns zu. Ja, er zwinkerte uns dreien zu. Nur uns. Ludwig lebt!

Ja, König Ludwig und sein Erbe leben in uns weiter.

Danke

Mein Dank gilt allen, die mir geholfen haben, dieses Buch zu schreiben. Da sind zunächst meine Eltern und mein Ehemann zu nennen. Klemens hat mir nicht nur den Rücken freigehalten, sondern maßgeblich an der Entstehung dieses Romans mitgewirkt, indem er mich mit brillanten Ideen und Fachwissen rund ums Theater versorgt und sich geduldig alle Kapitel angehört hat. Außerdem möchte ich meinen Deutschlehrer Herrn Müller-Kress erwähnen, der in mir maßgeblich die Liebe zur Sprache und zur Literatur geweckt und das Buch korrigiert hat. Ebenso Nicola Förg; sie lieferte mir wertvolle „Krimi-Impulse". Ferner danke ich meiner Agentin Lianne Kolf, die an das Projekt geglaubt hat, und meiner Lektorin Christin Ullmann. Mit viel Fachwissen und großem Einfühlungsvermögen hat sie dieses Buch überarbeitet. Zum Schluss danke ich natürlich meinem Hund Ludwig, meinem besten Freund. Er hat mir diese Zeilen „eingeflüstert".

Über die Autorin:

Simone Guggemos-Hübner wurde 1978 in Füssen geboren. Nach dem Abitur (Leistungskurse Deutsch und Französisch) studierte sie Germanistik und Anglistik für das Lehramt an Realschulen in Augsburg, was sie mit wichtigen Werken der Literatur in Berührung gebracht und ihre Liebe zur Sprache geweckt hat. Während ihres Studiums arbeitete sie in Irland, um ihre Englischkenntnisse zu verbessern.

Mittlerweile unterrichtet sie Deutsch, Englisch und IT (Informationstechnologie).

Der Hundekrimi „Festspielschmaus – Immer so ein Theater mit Ludwig" ist ihr erster Roman. Er spielt im Theater (Festspielhaus Füssen), sein Protagonist und Erzähler ist der freche Jack-Russel-Terrier Ludwig. Im Dezember 2017 folgte „filmreif", Teil 2 der Reihe „Immer so ein Theater mit Ludwig".